CLAUDIA SCHMID
Mannheimer Todesmess

WINZERMORDE Der Winzer Manfred Grönert wird während des großen Feuerwerks tot an die Ausschankhütte des »Weinbrunnens« auf der Mannheimer Mess genagelt. Melanie Härter, Mannheimer Kriminalhauptkommissarin und Winzertochter, verfolgt gemeinsam mit ihrem Kollegen Jörg Kenner mehrere Spuren. Diese führen die beiden auch an die badische Bergstraße. Gibt es hier ein dunkles Geheimnis? Grönert hatte vor Kurzem seinen Weinberg an einen Zugezogenen verkauft, der sich nicht in die Gemeinschaft einfügt. Hat Grönert sich damit Feinde gemacht?
Plötzlich ist Melanies Sohn Felix verschwunden. Und dann trifft sie im Laufe der Ermittlungen auch noch auf einen alten Bekannten, dem sie jahrelang mit Erfolg aus dem Weg ging. Diese Begegnung reißt eine alte, längst verheilt geglaubte Wunde in ihr auf ...

Claudia Schmid lebte in Passau, im »Bayerischen Venedig«, bevor sie sich ihren Traum erfüllte und an der Mannheimer Schlossuniversität Germanistik studierte. Seither lebt sie mit ihrer Familie in der Metropolregion Rhein-Neckar. Sie schreibt Kriminelles, Historisches und Reiseberichte. Neben ihren Büchern hat sie zwei Dutzend Kurzgeschichten veröffentlicht und mehrere literarische Preise erhalten.

Bisherige Veröffentlichungen im Gmeiner-Verlag:
Die brennenden Lettern (2011)

CLAUDIA SCHMID

Mannheimer Todesmess

Roman

GMEINER Original

Ausgewählt von
Claudia Senghaas

Besuchen Sie uns im Internet:
www.gmeiner-verlag.de

© 2013 – Gmeiner-Verlag GmbH
Im Ehnried 5, 88605 Meßkirch
Telefon 0 75 75/20 95-0
info@gmeiner-verlag.de
Alle Rechte vorbehalten

Lektorat: Claudia Senghaas, Kirchardt
Herstellung: Mirjam Hecht
Umschlaggestaltung: U.O.R.G. Lutz Eberle, Stuttgart
unter Verwendung eines Fotos von: © studioliebhart – Fotolia.com
Druck: Libri Plureos GmbH, Friedensallee 273, 22763 Hamburg
Printed in Germany
ISBN 978-3-8392-1458-9

Prolog

Neugierig kamen sie näher. Ich spürte ihre weichen Schnauzen an meinen Füßen, feucht und warm. Erschrocken zog ich meine Beine hoch. Die gemauerte Kante zwischen den beiden Buchten, auf der ich saß, war schmal und drückte unerbittlich in meinen Po. Meine Hände krallten sich fest, ich wusste nicht, wie lange es mir noch gelingen würde, mich zu halten.

»Schweine fressen alles, auch Menschen«, hatte er mir böse ins Ohr geraunt, als er mich absetzte, mir einen nassen Kuss in den Nacken drückte, den Koben verließ und die Tür von außen verschloss. Die Umrandung aus Beton war hoch und schmal, ich hatte vergessen, wie lange ich mich schon festklammerte. Können einem Minuten wie Stunden vorkommen? Es war nicht sonderlich hell, die Luft tropfte von dem alles durchdringenden Gestank der Schweinepisse. Ich traute mich nicht laut zu rufen, womöglich käme er zurück und schubste mich hinunter und sah ihnen bei ihrem Mahl zu. Meine Schlappen waren bereits hinuntergefallen, eine Sau hatte sie genüsslich zerkaut. Neugierig sah sie zu mir hoch und grunzte.

Es war abends, als meine Mutter mich endlich vollgepinkelt fand und mich befreite. Die Sorge um mich war ihr tief ins Gesicht geschnitten. Sie musste meine Finger einzeln von der Umrandung lösen, währenddessen der Bauer die Schweine mit seiner Mistgabel in Schach hielt. Mir war kalt und ich wollte bei meiner Mutter im Bett liegen und keine Fragen beantworten und nichts denken und nie wieder von ihr wegmüssen und alles vergessen.

Vorsichtig versuchten sie aus mir herauszukriegen, wer mich da eingesperrt hatte, aber seine Drohung, wenn ich ihn verriete, würde er meine Mutter töten, wirkte so nachhaltig, dass ich eisern schwieg. Nie verriet ich ihn.

I

Wütend kickte Melanie mit ihrem schwarzen Stiefel eine Bierflasche weg, die daraufhin polternd über den Bahnhofsvorplatz rollte. Eine alte Frau mit Kopftuch sah sie vorwurfsvoll an. Melanie war zeitlich knapp dran und etwas außer Atem, weil sie die wenigen Meter von ihrer Dienststelle hierher gelaufen war.

Melanie hätte gern auf die Ehre verzichtet, den neuen Staatsanwalt Thorsten Demsch vom ICE aus Berlin abzuholen. Ihr Vorgesetzter hatte diese Aufgabe generös an sie weitergegeben und sich selbst mit einem dringenden Arzttermin aus der Affäre gezogen. Melanie, die immer noch mit der Weglobung ihrer bisher zuständigen Staatsanwältin Marthe Gesell nach Stuttgart haderte, war gar nicht neugierig auf diesen Typen. Der kam aus Berlin und ließ sich ausgerechnet nach Mannheim versetzen. Als ob es in Berlin nicht auch genug Arbeit für den gäbe! Bestimmt war das so ein geschniegelter Großstadtlackaffe, der Mannheim für Provinz hielt, wo es als höchsten kulinarischen Genuss Saumagen gab, den man womöglich noch mit Bier hinunterspülte.

Wenn es nach Melanie ginge, würde Thorsten Demsch weiterhin in Berlin arbeiten und Marthe in Mannheim bleiben. Mit der bildete Melanie und ihre gesamte Abteilung ein gutes Team, jahrelang waren sie aufeinander eingespielt gewesen. Melanie wusste beinahe, wie Marthe dachte! Thorsten Demsch eilte der Ruf voraus, ein Pedant zu sein. Das konnte ja so richtig heiter werden. Melanie seufzte wehmütig in Erinnerung an Marthe, die schon Mal ein Auge bei ihrem manchmal allzu voreiligen Handeln zudrückte, weil die doch nur zu genau wusste, dass die 39-jährige Polizistin aus Überzeugung war, präziser: Kriminalhauptkommissarin. Wenn der Neue es mit den Vorschriften hypergenau nahm, dann wäre mit ihren bisherigen Freiheiten erst mal Essig.

Melanie fiel der Spruch der Zuzügler ein: »Man weint immer zwei Mal: Erst wenn man nach Mannheim kommt, und dann, wenn man wieder geht.« Marthe hatte sich mit feuchten Augen von ihr verabschiedet, denn auch sie hatte sich wie so viele vor ihr ebenfalls erst auf den zweiten Blick in die ehemalige Arbeiterstadt verliebt, die nach verheerenden Kriegsschäden in den Fünfzigern und bis in die sechziger Jahre des 20. Jahrhunderts hinein mit viel Beton wieder hochgezogen worden war.

Melanie durchquerte die lichte Bahnhofshalle unter der großen gläsernen Kuppel und fuhr mit der Rolltreppe ins Untergeschoss. Eine Horde schwappte ihr entgegen, deren Lärmen das Klackern ihrer Nietenstiefel übertönte. Sie musste sich regelrecht an den Jugendlichen vorbeidrängeln und hielt ihre Lederjacke vorn mit einer Hand zusammen. Verärgert warf sie ihre dunkelbraunen Haare nach hinten. Als sie auf dem Gleis ankam, war der Zug bereits weg und auch alle Ankömmlinge aus Berlin, bis auf einen. Der blickte sie nun erwartungsvoll an. Melanie stutzte. Das konnte er aber nicht sein, einen Großstadtlackaffen stellte sie sich wirklich anders vor. Der Mann wirkte kaum älter als sie und steckte nicht wie von ihr erwartet in einem anthrazitfarbenen Nadelstreifenanzug mit Krawatte, sondern ganz leger in Jeans und blauem T-Shirt. Dazu sah er auch noch unverschämt gut aus, viel zu gut. Nein, das war er sicher nicht. Bestimmt hatte Thorsten Demsch den Zug verpasst und der blonde Typ, der jetzt vor ihr stand und sie erwartungsvoll anschaute, wartete auf sein Blind Date, das Melanie nur zu gern gewesen wäre. Sie musterte ihn unverschämt und schenkte ihm ein Lächeln.

Seine blauen Augen versenkten sich in ihre. Er war etwas größer als sie selbst mit ihren beinahe 180 Zentimetern. Nun streckte er ihr auch noch die Hand hin. Was sollte das? Er öffnete den Mund, »Thorsten Demsch – holen Sie mich ab?«

Melanie entgleisten die Gesichtszüge und sie starrte ihn sprachlos an.

»Entschuldigen Sie bitte, ich dachte, Sie sind da, um mich abzuholen. Ich trete eine neue Stelle in Mannheim an und es sollte jemand kommen. Da außer Ihnen niemand mehr da ist, dachte ich, …« Das Lächeln blieb trotzdem in seinen Mundwinkeln hängen, grub kleine Fältchen um die Augen. Ultramarineblau.

Melanie fasste sich wieder, war voll peinlich, derart die Fassung zu verlieren, nur weil dieser Mensch so verdammt gut aussah! Was sollte der bloß von ihr denken? Ärgerlich auf sich selbst bemühte sie sich, ihre Stimme normal klingen zu lassen »Melanie Härter, KHK. Der Dezernatsleiter ist verhindert, und ich soll Sie abholen.«

Vorm Bahnhof wies Thorsten Demsch, der einen Trolley hinter sich herzog, mit dem Kinn auf die Schlange mit den Taxis. »Nehmen wir eines?«

Melanie schüttelte energisch den Kopf. »Es ist nicht weit, nur ein paar Meter. Ich bringe Sie zum Leitenden Oberstaatsanwalt, der wird sich um Sie kümmern.« Sie lief rot an. Um Sie kümmern – das klang ja, als ob er eine Nanny brauchte. Sie vergrub beide Hände in den Taschen ihrer Jeans und eilte voraus in Richtung Mannheimer Schloss, das ihrer Dienststelle genau gegenüberlag. Sie hatte keinen blassen Dunst davon, dass es bald schon einen hässlichen Fall gäbe, bei dem sie zusammenarbeiten würden.

2

Die Sonne leckte immer noch warm an den Rebstöcken an diesem prächtigen Oktobertag an der badischen Bergstraße. Wolfgang Härter schritt in dem Weinberg, der seit etlichen Generationen seiner Familie gehörte, zwischen den Rebzeilen längs und maß sie prüfenden Auges. Er war so weit zufrieden. Nur vereinzelt fand er ein paar harmlose Käfer.

Die Lese hatten sie in dieser Saison gegen Ende September abgeschlossen, das war relativ früh. Sie produzierten hauptsächlich Riesling. Die Rehheimer Erde verlieh ihm ein zartes Aprikosenaroma, das machte ihn sehr beliebt bei den Kunden. Er war ein ›Allrounder‹, der mit vielen Gerichten harmonierte. Der ›Rehheimer Schafsberg‹ war ihre Hausmarke. Wolfgang Härters Tochter Lisa ließ freche Etiketten entwerfen, die den Flaschen ein modernes Image verpassten. Und es passte zu dem frischen Geschmack ihres Weines, der so elegant im Glas schimmerte. In kleinerer Menge produzierten sie noch Gewürztraminer, wegen seines Zitronenaromas war auch der sehr beliebt. Und er passte perfekt zum Dessert.

Seit Lisa, die das Weingut nun in fünfter Generation führte, auf biologischen Anbau umgestiegen war, ließ ihn die Skepsis bezüglich seiner Entscheidung dennoch nie ganz los. Manchmal überlegte er schon noch, ob sein Rückzug aus der Geschäftsleitung nicht ein wenig zu früh erfolgt war. Andererseits gab der Erfolg Lisa Recht. Ihre ›Frauenweine‹ kamen bei den Kunden an. Mit den Attributen ›sinnlich, fruchtig‹ und vor allem mit ihrer spritzigen Kreation ›Lisas Bergstraßen-Secco‹ eroberte sie sich ein Marktsegment, das nicht nur die weibliche Kundschaft zunehmend ansprach. Tüchtig war sie ja die Lisa, das musste der Vater ihr lassen. Und sehr kreativ! Die Weinproben führte sie auch direkt im Weinberg durch, im Sommer in Verbindung mit einem leichten Picknick. Er zupfte eine der Trauben ab, die noch am Rebstock hing. In diesem Jahr wollte sich Lisa an Eiswein wagen. Das war schon auch ein bisschen riskant, da man nicht so genau wissen konnte, wann der erste richtige Frost kam. Die Trauben mussten in gefrorenem Zustand geerntet werden, oft blieben sie bis Januar am Stock hängen. Die Weinausbeute war geringer als bei Weißwein, da für Eiswein die gefrorenen Trauben gepresst wurden, deshalb musste nach der Ernte die weitere Verarbeitung auch rasch geschehen. Aus den gefrorenen Früchten konnte nicht die gesamte Flüssigkeit gequetscht werden, es blieb immer ein Rest darin. Das Risiko für den Winzer bestand in zu milden Temperaturen. Und wer konnte schon zuverlässig das Wetter vorhersagen? Aber in den letzten Wintern hatten sie sogar hier in der Gegend im Gegensatz zu früheren Jahren ordentlichen Frost gehabt und so pokerte Lisa mit dem Wetter. Sie hatte sich Lisas Eiswein in den Kopf gesetzt und da war nichts zu machen. Wenn sie sich etwas vornahm, ließ sie es sich von niemandem mehr ausreden, selbst nicht von ihrem Vater, dem erfahrenen Winzer. Er erinnerte sich an ihren letzten Dialog in puncto Eiswein: »Lisa, es ist viel zu warm für Eiswein. Wenn es nicht genügend Frost gibt, kannst du die wertvollen Beeren wegwerfen, dann war alles für die Katz!«

»Papa, das Wetter ändert sich in den letzten Jahren. Du kannst nicht mehr nur von früher ausgehen.«

»Der Klimawandel, ja ja. Soll es der nicht wärmer machen?«, versuchte Wolfgang sie dann stets in die von ihm gewünschte Richtung zu lenken.

»Nein, Papa, nur die Sommer sollen heißer werden. Aber die Winter immer kälter, auch bei uns hier. Ist doch optimales Eisweinwetter, nicht wahr? Die Trauben entwickeln durch die höhere Sonneneinwirkung mehr Süße und im Winter gibt es dann den Frost dazu. Perfektes Eisweinwetter!«, erwiderte sie keck und strahlte ihn an.

So viel weiblicher Logik hatte Wolfgang Härter in der Regel nichts mehr entgegenzusetzen, Lisas Argumente stimmten ja, das musste er heimlich zugeben, auch wenn er ihr das nicht offen sagte. Und Eiswein brachte natürlich einen ganz anderen Erlös als Weißwein und vor allem erhöhte es die Aufmerksamkeit für den Winzer. Auf Werbung verstand Lisa sich nämlich auch noch ganz ausgezeichnet. Und sie wollte unbedingt einen Preis für ihren Wein gewinnen, das hatte sie sich zum Ziel gesetzt. Stur wie sie war, würde sie das wohl auch schaffen. Denn Lisas Sturheit war gepaart mit Ausdauer und Disziplin. Da war nichts geschenkt oder gestohlen, die Härters waren immer emsige Arbeiter gewesen. Schon seit Generationen.

Trotz Lisas Erfolgen hätte er es nur zu gern gesehen, wenn auch die ältere Tochter ins Weingeschäft miteingestiegen wäre. Aber Melanie wollte unbedingt zur Kripo gehen. An Sturheit waren sich die beiden Schwestern ziemlich ähnlich, wenngleich sie sich ansonsten unterschieden, vor allem im Äußeren. Melanie war größer und schlanker als Lisa, die auch noch dunkelblond war im Gegensatz zur braunhaarigen älteren Schwester. Wenigstens war Melanie nicht weit weg im nahen Mannheim. Aber lieber wäre es ihm und seiner Frau Susanne schon, wenn ihr Mädchen diesen Beruf an den Nagel hängte. Vor wenigen Jahren wurde gar nicht weit entfernt in Heilbronn eine Polizistin heimtückisch ermordet, seitdem lagen sie Melanie verstärkt in den Ohren, etwas weniger Gefährliches zu machen. Die Mordrate unter Winzern war ziemlich gering. Er gab aber die Hoffnung nicht auf und sprach bei jeder sich bietenden Gelegenheit Melanie darauf an, doch nach Hause zu kommen und bei ihrer Schwester als Mitgesellschafterin im Unternehmen einzusteigen. Die Tür stand sperrangelweit offen. Er seufzte. Eigentlich durfte er sich überhaupt nicht beklagen, vor allem wenn er an den Nachbarn da drüben dachte. Dieser fand keinen Nachfolger innerhalb der Familie für sein traditionsreiches Weingut und hatte sich schweren Herzens zum Verkauf entschlossen.

Härter ließ seinen Blick über die Reben wandern, bis hin zum nächsten Hang. Genau da oben drauf hing etwas, was ihn jedes Mal, wenn er hinüberschaute, zutiefst ärgerte. Der Nachbar hatte nämlich seinen Wingert ausgerechnet an einen gewissen Jonathan W. Streicher verkauft und dieser windige Schauspieler, der mit einer seichten Fernsehserie zu schnellem Geld gekommen war, hatte sich einen Betonkubus mit Panoramaverglasung auf den Hang kleben lassen.

Als ob es nicht schon schlimm genug wäre, was der auf der Mattscheibe bot, machte er nun auch noch einen auf Freizeitwinzer. Die meiste Zeit war der sowieso nicht in Rehheim, wie sollte das dann was werden mit dem Wein? Häufig flog er zu Dreharbeiten nach Berlin, wenigstens lief er einem dann an der Bergstraße nicht über den Weg. Es war ja weiß Gott nicht so, dass Wolfgang Härter generell keine Fremden mochte, aber ausgerechnet dieser eine Neigeplackte passte einfach so überhaupt nicht zu ihnen. Nicht zu den Nachbarn, und auch nicht in ihren Ort, weil er sich nicht einfügte. Er bemühte sich auch nicht, sich in das soziale Gefüge an der Bergstraße einzugliedern. Wer wusste schon, was dem alles zuzutrauen war! Wer nichts zu verbergen hatte, der nahm auch am Gemeinschaftsleben teil. Aber dieser Streicher ließ sich nicht bei ihren Festen sehen und war in keinem einzigen ansässigen Verein, so wie er selbst. Wolfgang sang im örtlichen Männergesangsverein. Sein Vater war auch schon Mitglied gewesen und er selbst fand, das musste so sein, wenn man dazugehören wollte. Und in die Kirche ging Streicher auch nie, noch nicht einmal zu den hohen Festtagen.

Wolfgang Härter kniff die Augen zusammen. Die Sonne brach sich in der riesengroßen Fensterscheibe des futuristischen Hauses und tauchte sie in gleißendes Licht. »Dass man den so neumodern hat bauen lassen«, brummte Wolfgang kopfschüttelnd. »Dem Manni sag ich des schon noch amol, dass es eine Frechheit war, uns diesen Neigeplackten da vor die Tür zu setzen, grade direkt vor die Haustür, und dann auch noch mit diesem Monstrum von hässlichem Haus, das die ganze Gegend verhunzt. Der hätte doch auch einen anderen Käufer suchen können, einen, der zu uns passt. Das ist grad so, als ob der Manni uns allen eines hat auswischen wollen.« Er nahm einen der Käfer und zerquetschte ihn zwischen Daumen und Zeigefinger. Es gab ein hässliches Geräusch, als der Chitin-Panzer platzte. Wolfgang wischte den gelben Saft, der aus den Eingeweiden des Käfers gequollen war und der nun an seinen Fingern klebte, an einem Weinblatt ab. Dann setzte er seinen Weg zwischen den Rebstöcken fort und versuchte, den Gedanken an den ungeliebten Nachbarn aus dem Kopf zu bekommen. Es wäre ihm am liebsten gewesen, der Kerl würde einfach wieder verschwinden.

Jonathan W. Streicher saß auf seinem schwarzen italienischen Ledersofa. Seine nackten Füße ruhten in weichen, extra für ihn angefertigten Leder-Mokassins. Ihm entfuhr ein zutiefst angewidertes Pah, wobei die Tageszeitung von seinem Schoß auf den Boden rutschte. Der Eysoldt-Ring, der bedeutendste Theaterpreis im deutschsprachigen Raum, war schon wieder an einen anderen Schauspieler als ihn, den großartigen Jonathan W. Streicher, gegangen! Sicher, er verdiente ein Vermögen mit einer Sitcom auf einem großen Privatsender. Aber *wie* er diese Rolle ausfüllte! Jonathan schüttelte sich angeekelt. Der hohle Neid auf seine Gage verblendete alle und ließ sie nicht genau hinsehen, was er da leistete! Wie feinnervig und nuanciert er den gestressten

Silberrücken einer Schwulen-WG spielte, das war nicht
zu überbieten! Seine Einschaltquoten waren immens.
Und deshalb ärgerte es ihn umso mehr, dass die begehrte
Auszeichnung wieder Mal an einen Theaterschauspieler
ging, der in staatlich subventionierten Häusern auftrat.
Während seiner eigenen Durststrecke in den beruflichen
Anfangsjahren hatte er oft genug vor halbbesetzten Pro-
vinzhäusern spielen müssen, die alles durchdringende
Verachtung dafür wurde zu einem Teil seiner Persön-
lichkeit. Er hatte sich damals geschworen, es ganz nach
oben zu schaffen. Der Weg dorthin führte ihn über die
eine oder andere Couch, was ihn nicht störte. Er sah
eben neben seinem Können auch noch verdammt gut
aus. Deshalb bekam er auch die lukrativen Werbeauf-
träge. Der Spot für die Fleischwurst war für sein Dafürhalten unheimlich intelligent gemacht, nur deshalb ließ
er sich dazu überreden. Die Werbung gegen Blasen-
inkontinenz reflektierte er heute selbst kritischer als
damals, als er den verlockenden Vertrag unterzeichnete.
Aber allein mit der Gage aus diesem Werbevertrag ließ
er sich dieses Haus an der badischen Bergstraße bauen.
Ein großer Kubus aus Sichtbeton und Stahl, die Vor-
derfront vollständig verglast. Von seinem Platz auf der
Sitzgruppe aus hatte er einen unvergleichlichen Blick
in die Rheinebene. Manches Mal, bei Nebel, lag das Tal
im Diffusen, Unwirklichen. Er liebte diesen Anblick.
Und verschwommen im Nebel ruhten weit hinten die
majestätischen Türme des Mannheimer Großkraftwerks mit ihren roten Signalleuchten. Das sah an düsteren Tagen beinahe wie ein Motiv von Böcklin aus. Die
Lichter dienten als Warnung für Flugzeuge. Man hatte
ihm erzählt, dass ein Hubschrauber-Pilot vor etlichen

Jahren die Spitze des Mannheimer Fernsehturms abrasierte. In die Türme des Großkraftwerks dagegen war noch keiner geflogen.

Jonathan nahm einen Schluck von dem Spätburgunder, den er sich vorhin eingegossen hatte. Schwer ruhte der samtrote, kräftige Wein im Glas. Jonathan behielt den Wein im Mund und erhob sich schwerfällig, erst dann schluckte er. Das große Wohnzimmer war mit Carrara-Marmor ausgelegt. Zwei Mal war der Boden wieder herausgerissen worden, weil ihm die Veränderung der Farbschattierung im sich verändernden Lichteinfall im Tagesablauf doch nicht zusagte. So etwas ließ sich letztendlich erst feststellen, wenn man einen Raum bewohnte, in ihm lebte. Beim Innenarchitekten sahen die Muster ansprechend aus. Aber hier in seinem Haus, das er sich so lange gewünscht hatte, bei den unterschiedlichen Lichtverhältnissen, kamen die Farben ganz anders zur Geltung. Er wollte nur das Beste. Die Kompromisse von früher waren längst Vergangenheit.

Er strich seine gefärbten Haare zurück und legte die Lesebrille auf dem Tisch ab. Sein Panoramablick war zwar teuer gewesen, dafür aber unverbaubar. Denn er hatte gleich den gesamten Hang dazu gekauft. Den Wingert von diesem alten Winzer Manfred Grönert, dessen einziges Kind eine Tochter war, die nach einer kurzen Weinköniginnenkarriere in die Ferne zog und ihren Eltern frühzeitig ihre Unlust zur Übernahme des elterlichen Betriebes spüren ließ. Jonathan hatte selbstverständlich jemanden eingestellt, der die anstrengende Winzerarbeit für ihn übernahm. Er fand den Zeitpunkt perfekt dazu geeignet, seine schlechte Laune an seinem Verwalter abzureagieren und griff nach dem Telefon.

3

»Und, wie ist er so, unser neuer Herr Staatsanwalt?«
Jörg fuhr mit seinem Sessel ein Stück vom Schreibtisch zurück, als Melanie in sein Büro kam. Der Sessel
wirkte wegen Jörgs Größe beinahe fragil. Jörg hatte
immer noch eine einigermaßen gute Figur. Seine Fress-
anfälle, denen er in unregelmäßigen Abständen nach-
gab, glich er nämlich mit Touren auf seinem Moun-
tainbike aus. Sein halblanges schwarzes Haar fiel ihm
über die Augen. Er schüttelte es mit einer Kopfbewe-
gung zurück. Seine braunen Augen musterten sie konzentriert.

Melanie zog die Tür hinter sich zu. »Na ja ...«, sie
suchte nach den richtigen Worten, um die Frage zu
beantworten. Sie hatte nicht vor, ihrem überaus neugie-
rigen Kollegen auf die Nase zu binden, dass ihr der Typ
gefiel, richtig gut sogar. Und irgendwie musterte Jörg
sie unverschämterweise gerade, als ob er eine Zeugin
in einem wichtigen Fall befragen würde. Seine Augen
durchbohrten sie geradezu, während sein Körper leicht
angespannt wirkte.

Jörg Kenner, ihr Teampartner, mit dem sie schon
einige Fälle erfolgreich gelöste hatte, nahm die Hand
von der Computermaus. »Ja was denn nun! Lass es dir
doch nicht dermaßen aus der Nase ziehen! Mach es
doch nicht so spannend. Ist er denn ein eingebildeter
Großstadtlackaffe?«

Melanie bekam rote Flecken auf dem Hals. »Eigentlich gar nicht.«

Jörg schien sie mit Blicken an die Tür zu nageln und setzte zu einem breiten Grinsen an. Die roten Flecken, die von Melanies Hals in Richtung zu ihrem Gesicht unterwegs waren, sah er natürlich auf Anhieb. Und er wusste ganz genau, wann seine Kollegin diese bekam. »So so, er gefällt dir also, der Neue?« Damit traf er voll ins Schwarze.

Melanie verdrehte genervt die Augen. Bei ihrer gemeinsamen Arbeit war es klasse, dass ihr Kollege und sie sich gut kannten und jede Reaktion des anderen zu deuten wussten. Aber so wie jetzt im Moment ging es ihr mächtig auf den Senkel. »Und wenn?«, funkelte sie ihn kampfeslustig an und machte einen Schritt auf ihn zu. Der Ausschnitt ihres T-Shirts verrutschte und gab den Blick frei auf das Tattoo auf ihrer Schulter.

»O nein, nicht schon wieder! Du fängst aber nichts mit dem an, oder?«

»Sag mal, hast du sie noch alle? Der Typ ist gerade eben erst angekommen.«

»Du hast diesen ganz besonderen Blick, Melanie. Diesen Blick kenne ich.«

»Was geht dich das an, verdammt!« Sie drehte sich wütend um und knallte mit einer raschen Bewegung seine Tür zu.

Auf dem Flur wäre sie ums Haar mit ihrem Chef zusammen gerumpelt. Dem hatte sie noch etwas reinzuwürgen. »Schon zurück vom Arzt?«, fragte sie scheinheilig mit perfekt gespieltem Kleinmädchenaugenaufschlag.

»Was war denn da drin los?« Der leicht zur Rundlichkeit neigende Erich Klöppner überging ihre Frage und zeigte auf Jörgs Tür.

Melanie zuckte mit ihren Schultern. »Mir war bloß die Tür ausgerutscht«, und rauschte ab in ihr eigenes Büro. Ihre Stiefelabsätze knallten auf dem blassgrauen Linoleumboden.

Den Panoramablick auf das Mannheimer Barockschloss nahm sie jetzt nicht wahr, sondern setzte sich mit dem Rücken zum Fenster. Sie legte ihre Hand flach auf den Bauch und versuchte sich zu beruhigen. Jörg nervte manchmal echt! Nur weil sie einmal während einer gemeinsamen Dienstreise in seinem Bett gelandet war, gab ihm das keinerlei Rechte, sich in ihr Liebesleben einzumischen. Da war noch gar nichts zwischen ihr und dem Staatsanwalt, noch rein gar nichts und er bekam schon mal wieder alles mit. Lackaffe! Und eifersüchtig wie ein Gorillamännchen. Außerdem hatte Jörg sowieso eine Freundin.

Melanies Blick blieb auf dem Berg Akten vor ihr auf dem Schreibtisch kleben. Sie presste beide Handflächen auf die Platte und stieß zwei Mal die Luft durch den geöffneten Mund aus. Es ärgerte sie ganz furchtbar, dass Jörg mit seiner Äußerung mal wieder einen prompten Volltreffer erzielt hatte. Denn natürlich gefiel ihr der neue Staatsanwalt, sogar ganz ausgesprochen gut. Er entsprach genau ihrem Beuteschema.

Sie ging in Gedanken ihre To-Do-Liste durch. Einige Berichte waren noch zu schreiben, der dringendste lag oben auf. Und dann war da noch der Ordner mit den ungeklärten Fällen, den sie hin und wieder durchblätterte. Wenn sie bloß mehr Zeit hätte, um diese alten Fälle neu aufzurollen! Einer hing ihr immer noch besonders im Magen: der Mord an dem Mädchen in der Tiefgarage am Stadthaus. Nur kurz war das Mädchen damals

allein am Auto gewesen, es sollten ihre letzten Lebens-
minuten sein. Zurück gelaufen war sie nochmals ans
Auto, weil sie ihre Tasche liegengelassen hatte. Und in
der Tasche war geschenktes Geld von ihrer Oma, mit
dem sie sich etwas kaufen wollte. Melanie war damals
vor 17 Jahren ganz neu in der Mannheimer Dienststelle
und hatte mit den Kollegen den Tatort untersucht. Es
gab Bilder, die bekam sie nie wieder im Leben aus dem
Kopf. Eines davon war dieses tote, elfjährige Mädchen.
Dies würde sie wohl bis zu ihrem eigenen Ende abruf-
bar im Gedächtnis aufbewahren. Seltsam verrenkt lag
die Kleine da, das geblümte Kleid hochgerutscht, die
dünnen Haare zersträhnt überm Gesicht verteilt. Melanie hätte immer noch heulen können, wenn sie an die
Hilflosigkeit des Mädchens dachte. Energisch schob sie
ein anderes, noch dunkleres Bild zur Seite, das sich den
Weg zu bahnen suchte aus den Tiefen ihres Unterbe-
wusstseins hinein in die Welt ihrer Gedanken. Sie zog
eine der Laden ihres Schreibtisches auf und knallte sie
mit Gewalt wieder zu.

Auf dem Mädchen hatte ihre Tasche gelegen, wegen
der sie nochmals allein ans Auto zurückgegangen war.
Wie die Ermittlungen und die Befragungen der Eltern
ergaben, fehlte nichts in der roten geblümten Tasche.
Alles war noch da, sogar der Autoschlüssel lag auf dem
Boden. Es lag auch kein Sexualdelikt vor. Ihre Tasche
lag auf ihrem Bauch, so als ob der Täter sie da hingelegt
hätte. Sie hatten damals das Rätsel nicht lösen können,
weshalb Amelie sterben musste. In der Tiefgarage hatte
es zum damaligen Zeitpunkt keine Videoüberwachung
gegeben. Und was Melanie überhaupt nicht verwinden
konnte: Der Täter lief immer noch frei herum. War dies

sein einziger Mord geblieben oder waren da noch mehrere? Was war sein Motiv gewesen? Sie hatten Amelies gesamtes Umfeld gründlich abgeklopft und waren auf nichts gestoßen, was sie der Lösung dieses hässlichen Falles auch nur annähernd nähergebracht hätte. Absolut nichts.

Melanie lief in Mannheims Fußgängerzone hin und wieder den Eltern des Mädchens über den Weg. Sie waren um Jahre gealtert und glitten freudlos durch ihr Dasein. Melanie schlug mit der flachen Hand auf den Ordner. Irgendwann würde sie diesen verdammten Fall klären, und wenn es kurz vor ihrer Pensionierung war. Die Methoden der DNA-Analyse wurden laufend verbessert, sie hoffte, dass es ihr möglich wäre, mit neuesten, ständig verfeinerten kriminalistischen Methoden den Fall endlich zu lösen. Sie nahm sich vor, in den nächsten Tagen in der Asservatenkammer nach Gegenständen zu diesem Fall zu forschen. Vielleicht ließ sich an denen noch etwas finden, womit man heute weiterkam als damals. Sie versuchte, die hässliche Erinnerung zu verdrängen und fuhr ihren Computer hoch. Und das andere, um so vieles dunklere Bild war wieder in ihrem Unterbewusstsein versenkt, bevor der Inhalt in ihr Bewusstsein drang.

Gegen 17 Uhr verließ sie ihr Büro, aber ohne wie sonst ein kräftiges »Alla dann, bis morgen!« in Jörgs Zimmer zu plärren. Der sollte ruhig merken, dass sie sein blödes Gerede absolut nicht witzig fand. Wie immer sprang sie die Treppe hinunter, sie hasste es, den engen Aufzug zu nehmen. Das Industriedenkmal blieb manchmal stecken, und allein die Vorstellung davon ließ ihre Hände schweißnass werden.

Melanie reihte sich mit ihrem Fahrrad in die Bismarckstraße ein, bog am Bahnhof nach links ab in Richtung Tattersall und dann am denkmalgeschützten Tattersall-Kiosk nach rechts in die Seckenheimer Straße. Sie hielt bei dem kleinen Käseladen, denn für französischen Käse mit einem guten Weißbrot hätte sie beinahe sterben können. Sie entschied sich für einen Camembert aus Rohmilch, Ziegenkäse mit Kräutern und einen Picandou.

Nach weiteren 500 geradelten Metern war sie angekommen. Sie schob das Fahrrad durch den geräumigen Flur des Mehrparteienhauses in den Innenhof und schloss es ab. Eigentlich wollte sie sich mit ihrer Einkaufstasche und der noch schnell aus dem Briefkasten gefischten Post auf den Weg in ihre Wohnung machen. Aber schon in der untersten Etage des Treppenhauses war Anna Ternheims balladenhafte Stimme mit ›Strangers in the Night‹ zu hören. »O jemine, so schlimm ist es mal wieder«, Melanie schüttelte genervt ihren Kopf und ging gar nicht erst in ihre eigene Wohnung, sondern gleich noch ein Stockwerk weiter. Felix musste noch einen Moment auf sie warten, da oben wurde sie im Moment absolut dringend gebraucht, wer weiß, was Margret im Rausch wieder anstellen würde. Beim letzten Mal hatte sie spontan Lust verspürt, ihre Waschmaschine in Betrieb zu nehmen und den Abwasserschlauch nicht am Waschbecken eingehängt. Die ganze Brühe war bei Melanie aus der Decke getropft. Tagelang hatte sie anschließend eine laute Trocknungsmaschine in ihrer Wohnung stehen gehabt.

Abgetörnt von dem letztlich unergiebigen Arbeitstag schleppte Melanie sich hoch und hämmerte mit der

Faust an die Tür mit dem Schild ›Margret Schreck-
huber‹. Wie von Melanie richtig vermutet lag hier die
Quelle der Beschallung des gesamten Hauses. »Margret,
mach auf!«, bellte sie durch die geschlossene Tür. Hinter
ihrem Rücken öffnete sich eine Tür. Dort wohnten die
ständig wechselnden Mitglieder einer Studenten-WG.
Eine rothaarige junge Frau steckte ihren Kopf in den
Flur. »Das geht schon seit zwei Stunden so. Immer dasselbe Lied. Wenn sie wenigstens mal was anderes spielen würde!«, sie grinste gequält.

»Ich kümmere mich darum.« Melanie haute erneut
mit der Faust an die Tür. »Aufmachen, Polizei!« Ver-
wirrt zog sich die Rothaarige zurück.

Margret öffnete einen Spalt weit. Melanie stemmte sich
gegen die Tür und drückte sie ganz auf. Margret stand
mit hängenden Schultern und verheulten Augen vor ihr
und roch nach Kirschlikör. Sie war in einen Morgenmantel mit überdimensioniertem Blütenmuster gehüllt.
Melanie legte den Arm um sie und schob sie in die Küche,
drückte sie dort auf einen Stuhl. Nachdem sie im Wohnzimmer die Stereoanlage auf normale Lautstärke gestellt
und einen kontrollierenden Blick in Margrets Badezimmer geworfen hatte, kam sie zu ihr zurück. »Ich mach'
uns einen starken Kaffee. Das wird dir guttun. Und dann
erzählst du mir, was los ist.« Heimlich schaute Melanie
auf die Uhr. Hoffentlich dauerte das hier nicht zu lange!

Margret raffte ihren knopflosen Morgenmantel mit
der Hand zusammen. »Es ist halt manchmal so arg
schlimm, weißt. Ich soll Überstunden abfeiern. Ja, bitt'
schön, was soll ich denn da feiern, wenn ich allein in meiner Wohnung herumhock'? Die ganze Woche schon!«
Tränen schossen ihr aus den Augen, tropften auf ihre

Brust und hinterließen Flecken. »Wegfahren tät ich schon ganz gern. Aber kannst du mir vielleicht sagen, mit wem ich irgendwo hinfahren sollte?«

Melanie hantierte an Margrets Kaffeeautomaten. Aus Erfahrung wusste sie, dass es keinen Sinn machte, jetzt irgendwelche Argumente vorzubringen. Am besten ließ sie Margret einfach reden. Und sorgte anschließend dafür, dass sie wieder nüchtern wurde. Aber am liebsten unten in ihrer eigenen Wohnung, ihre Füße wollten raus aus den Stiefeln.

»Heim hab ich fahrn wollen, weißt.« Mit ›heim‹ meinte Margret ihre niederbayerische alte Heimat, da, wo sie aufgewachsen und vor 15 Jahren weggezogen war. »Aber meine Freundin, die Kressie, die ist zu ihrem Freund nach Münchn gfahrn. Ja, und dann hab ich mir gedacht, allein herumhocken, das kann ich auch hier. Es ist so hart, wenn man niemanden hat, zu dem man gehört. Du hast ja wenigstens deinen Sohn.« Ein neuerlicher nasser Strom ergoss sich über ihre vollen Wangen.

Mit resolutem Handgriff schnappte Melanie sich eine Rolle Küchentücher und stellte sie vor Margret auf den Tisch »Jetzt mach dir mal dein Gesicht sauber. Und hier hast du einen starken Kaffee, den trinkst du. Und dann sehen wir weiter, dann kommst du mit zu mir.« Sie überlegte fieberhaft, mit welchem Notfallprogramm sie ihre Nachbarin wieder auf die Beine stellen könnte. »Meine Schwester, die Lisa, die könnte glaube ich jemanden gebrauchen, der ihr zur Hand geht. Hättest du Lust dazu?«

»Wenn du meinst, dann versuch' ich des halt mal. Urlaub soll ich auch noch machen, sagt der Chef, es ist schon so viel aufgelaufen. Meinst wirklich, die Lisa kann mich brauchen?« Margrets Blick weitete sich, sie dürstete förmlich nach einer bejahenden Antwort und nach jemandem, der sie brauchte.

Melanie beeilte sich, heftig zu nicken, »Die ist um jede Hand froh. Die Lisa ist eine ganz tolle Winzerin, weißt du. Früher hat unser Vater hauptsächlich Riesling gemacht, wegen dem zarten Aprikosenaroma, von unserer Erde kommt das. Ich weiß gar nicht mehr, wie viele Kisten ›Rehheimer Schafsberg‹ ich in meiner Jugend geschleppt habe.«

»Hilfst du jetzt auch noch mit, im Weinberg?«

»Nein, für die Arbeit im Weinberg habe ich keine Zeit mehr. Ich helfe aber mit auf der Mannheimer Mess, beim Bedienen. Manchmal fahre ich an den Wochenenden auch mit auf Messen, wo die Lisa Probierstände hat.« Melanie trank einen Schluck Kaffee. »Die Lisa führt unser Weingut jetzt schon in fünfter Generation, unser Vater ist ganz schön stolz auf sie. Ich wollte von Anfang an zur Polizei, ich will mit Menschen zu tun haben, das finde ich spannender.« Sie zwirbelte eine Strähne ihres Haares zu einer Locke. »Die Lisa macht jetzt Frauenweine, die kommen echt gut an bei den Kunden. ›Lisas Bergstraßen-Secco‹ macht sie, das ist echt der Renner.« Sie lächelte versonnen. Es stimmte, sie war stolz auf ihre kleine Schwester. »Dieses Jahr will sie erstmalig Eiswein machen. Unser Vater ist zwar dagegen, weil man nicht so genau wissen kann, wann der erste richtige Frost kommt. Die Trauben müssen in gefrorenem Zustand geerntet werden, das kann je nach Wetter bis Januar dauern. Aber gegen Lisas Dickkopf kommt er nicht an, die macht sowieso, was sie will.« Melanie erhob sich und schüttete den Rest ihres Kaffees in den Spülstein. »Die

Lisa kann dich ganz sicher gebrauchen. So, und jetzt ziehst du dir was an, dann gehst du mit mir nach unten und wir essen gemeinsam mit dem Felix. Ich muss nämlich ganz dringend nach dem Felix schauen.«

Doch Margret wollte noch ein bisschen in der Wunde wühlen. »Warum hast du dich eigentlich von dem Vater von Felix getrennt?«

Melanie verdrehte genervt die Augen. »Der Huber Erwin war eine richtige Frauenfalle, weißt du. Und er konnte nicht Nein sagen. Ständig hat der irgendeine Frau angeschleppt. Und als ich ihn dann noch in unserem Bett mit einer erwischt habe, da habe ich nur noch rot gesehen und ihn rausgeworfen. Da war der Felix noch gar nicht geboren. Jetzt ist der Erwin älter geworden, hat sich die Hörner abgestoßen. Manchmal ruft er an und fragt nach dem Felix. Aber der Felix interessiert sich nicht für seinen Erzeuger, der sagt, jetzt, wo er groß ist, braucht er auch keinen Vater mehr.«

»Und dann war da keiner mehr?«

Melanie schob geräuschvoll ihren Stuhl nach hinten. »Margret, wo denkst du hin? Der Felix ist jetzt 16! Glaubst du wirklich, ich hätte die ganze Zeit um seinen Erzeuger getrauert?« Sie schüttelte empört ihre braunen Haare, dass sie nur so flogen. »Nein, das habe ich ganz bestimmt nicht.« Sie verspürte wenig Lust, jetzt auch noch über ihre kurze Ehe und die anderen Katastrophen ihres Liebeslebens zu reden, deshalb stand sie auf und meinte energisch: »So, jetzt ziehst du dir aber was an und isst mit uns. Ich geh' schon mal runter und du kommst gleich nach. Versprochen?«

Margret wischte eine letzte Träne beiseite und nickte.

Melanie schloss die Wohnungstür auf und rief nach Felix. Es kam keine Antwort. In seinem Zimmer war er nicht, auch nicht in der Küche. Sie streifte ihre Stiefel ab und wandte sich zur Badtür. »Felix, bist du da drin?« Nichts. Sie drückte die Klinke herunter. Auch hier war er nicht. Sie setzte sich in der Küche auf einen der Stühle. Sie verlangte von ihrem Sohn keine Rechenschaft darüber, was er den ganzen Tag machte, aber hin und wieder hätte sie ihn schon ganz gern zu Gesicht bekommen.

Es klopfte an der Tür. Melanie eilte fahrig hin und riss sie erleichtert auf. Sicher kam jetzt Felix und sie konnte wenigstens noch kurz allein ein bisschen mit ihm quatschen. Er wirkte so verschlossen in letzter Zeit. Sie schob es immer auf die Pubertät und konnte sich nicht mehr so genau daran erinnern, wann ihre eigene damals zu Ende gewesen war. Aber es war Margret, die vor ihr stand.

»Und was hast du Feines zum Essen?«, strahlte Margret. Melanie wirbelte herum, griff sich den Flyer vom Pizzaservice mit der roten Telefonnummer von der Garderobe und drückte ihn ihr in die Hand.

Als Margret endlich gegangen war und Melanie nach flüchtigem Duschen elendig müde und von Margret beinahe totgequatscht im Bett lag, hörte sie die Wohnungstür klappen. Melanie zog die Decke hoch und dachte im Eindämmern ›Morgen. Morgen rede ich mal wieder ausgiebig mit Felix‹. Als sie merkte, dass die Tür zu ihrem Schlafzimmer leise geöffnet wurde, stellte sie sich schlafend.

4

Kurt Laubenholz stöhnte angewidert. Er sollte sofort beim Chef antanzen, das passte zwar, weil er sowieso etwas mit ihm zu besprechen hatte. Aber der Tonfall, in dem er ihn einbestellt hatte, passte ihm ganz und gar nicht. Es war dieser Herr-Knecht-Tonfall gewesen, den er so verabscheute. Das konnte der vor seinen Kameras in seinen Soaps machen, aber doch nicht mit ihm! Dem würde er schon noch zeigen, mit wem er es zu tun hatte. Dieser Streicher war so dämlich, er merkte noch nicht einmal, wenn man ihn betrog. Kurt Laubenholz handelte mit den Lieferanten Spezialpreise aus. Und zwar kaufte er ihnen auf Rechnung Streichers Waren zu erhöhten Preisen ab. Streicher hatte keine Ahnung, was die Sachen wirklich kosteten. Für diese Sonderpreise bekam Kurt Laubenholz private Gratislieferungen, welche bei den Lieferanten unter Schwund ausgebucht wurden.

Sie waren in diesem Herbst mit der Weinlese im Gegensatz zu ihren Kollegen noch nicht fertig. Sie ließen ihre Trauben etwas länger an den Reben. Kurt hatte alle Hände damit zu tun, die Leute zu beaufsichtigen. Die meisten von ihnen kamen aus Polen und wohnten in Containern am Ortsrand. Die jungen Frauen wohnten separat, aber leider nicht allein. Kurt musste sich immer etwas Besonders einfallen lassen, wollte er eine von ihnen wie zufällig treffen.

Als er die Treppen zu Streichers Villa hinaufstieg, streifte Kurts Blick den Nachbarwingert. Die Bekloppte da drüben baute Öko-Wein an. Öko – wenn er das hörte, hätte er schon laut schreien können! ›Frauenwein‹ nannte die neuerdings ihre Plörre, die sie produzierte. Wenn er nur daran dachte! Kurt spuckte verächtlich aus. Womöglich noch bei Vollmond gekeltert! Die würde schon sehen, wo sie das alles hinbrächte. Obwohl, vielleicht kelterte sie ja im Himmelskleid, das würde er sich dann gern mal genauer ansehen. Dieses Weib war komplett irre, genau das war sie. Vielleicht sollte er ihr mal zeigen, wo seine Latte hing, manche Weiber brachte das in die Normalität zurück, die brauchten das einfach mal hin und wieder. Mal sehen, wann sich eine Gelegenheit dazu ergab. Er verzog sein Gesicht zu einer hämischen Grimasse.

Je weiter er die steilen Treppen hochstieg, desto mehr kam er aus der Puste. Am liebsten wäre es ihm schon gewesen, er selbst wäre der Chef. Aber ihm fehlte das nötige Kapital, um selbst in den Betrieb einzusteigen. Es war ein widerwilliger Kompromiss gewesen, sich von dem Schauspieler einstellen zu lassen. Trotzdem fühlte Kurt sich beinahe wie der Eigentümer des Gutes und führte sich im Ort auch entsprechend auf.

Das kam bei den Dorfbewohnern nicht gut an. Zwar war er kein Neigeplackter wie sein Chef, sondern stammte von hier. Aber ihm gehörte der Wingert nicht und das war ein entscheidender Unterschied zu den angestammten Winzern! Ein komischer Kauz war dieser Laubenholz, das raunten sich einige Leute über ihn zu. War der nicht als Jugendlicher schon immer ein Sonderling gewesen?

Sie sagten es ihm nicht direkt ins Gesicht, aber er meinte sie zu spüren, diese vermeintliche Überlegenheit, die sie selbst aus der Tatsache schöpften, etwas geerbt zu haben, nun als Eigentümer dazustehen und dementsprechend aufzutreten. Schon als Kind wurde er in der Schule damit gehänselt, ein uneheliches Bankert zu sein. Zwar war sein Großvater eine Respektsperson im Ort gewesen. Aber der Alte hatte ihn in seinem Testament explizit vom Erbe ausgeschlossen. Kurt schnaubte verächtlich aus. Heutzutage war es beinahe Mode, nicht verheiratet zu sein und Kinder von verschiedenen Partnern in einer Patchworkfamilie zu versammeln. Aber als Kurt klein war, hatte sich diese Form des Familienlebens noch nicht bis in die kleinen Orte hinein durchgesetzt. Er hatte sich jedoch genügend gerächt für die Hänseleien und sich ein paar fügsame Opfer gesucht, die ihr Maul hielten. Immer noch. Er hoffte, das würde auch weiter so bleiben.

5

Morgens hing Melanie wie Blei in ihrem Bett und dann war sie endlich doch auf ihren Beinen. Sie schlich in die Küche, schaltete den Kaffeeautomaten ein und machte sich dann auf in Richtung Bad. Im Flur stolperte sie über Felix' Schuhe. Wie so oft hatte er die einfach mitten im Weg stehen lassen. Sie packte die Schuhe und warf sie gegen seine Tür. Polternd fielen sie zu Boden.

Schlaftrunken steckte Felix kurz darauf seinen Kopf heraus. »Ich habe heute erst zur dritten Stunde Schule, Alter, ey, musstest du mich jetzt echt wecken?«

Melanie baute sich vor ihm auf. »Ich bin eben über deine Schuhe gefallen! Hätten die da gestanden, wo sie hingehören, würdest du noch schlafen!«

»Alter, stress doch nicht so herum!« Er schlurfte zur Toilette und warf die Tür hinter sich zu. Kurz danach verschwand er geräuschvoll wieder in seinem Zimmer.

Aus dem Ächzen des Bettes schloss Melanie, dass ihr Filius sich nochmals hingelegt hatte. Sie trank einen schwarzen Kaffee und machte sich dann auf den Weg. Melanie war kein Frühstücksesser.

Im Büro fand sie auf ihrem Schreibtisch ein großes Glas. Mit zugeschraubtem Deckel und mit Filzstift beschriftet. ›Erdbeere–Feige‹ war darauf zu lesen. Melanie schmunzelte. Ihr Kollege Jörg war auf der Dienststelle für seine selbstgemachte Erdbeermarmelade berühmt. Zu Beginn des Sommers, wenn die prallen Früchte an den niedrigen Büschen hingen, pflückte er bei Edingen auf der Plantage selbst die Beeren. Dabei durfte ihm Barbara, seine Lebensgefährtin, nicht helfen. Denn Jörg vertrat die Ansicht, die Beeren müssten bereits mit einem gewissen Fingerspitzengefühl gepflückt werden, wollte man ein perfektes Ergebnis erzielen. Die Feigen kaufte er auf einer Obstplantage in der Pfalz, er fuhr beinahe 50 Kilometer dafür. Und eines der Resultate seiner Einkochlust zierte nun ihren Schreibtisch. Na, da musste das schlechte Gewissen ihr gegenüber ihn schon sehr gedrückt haben, wenn er eines seiner kostbaren Gläser herausrückte. Dabei wusste er doch ganz genau, dass sie diese süße Pampe nicht mochte. Melanie griff nach dem Glas und versenkte es in der Tiefe ihres Schreibtisches. Sie überlegte, ob sie es dem neuen Staatsanwalt schenken und Jörg davon berichten sollte. Bei der Vorstellung von dem Wutanfall, den er dann unweigerlich bekommen würde, huschte ein sattes Lächeln über ihr Gesicht.

6

Thorsten Demsch schlief seit gestern in den eigenen vier Wänden. Seine Möbel waren nun ebenfalls in Mannheim eingetroffen und er konnte aus dem Hotel umziehen. Sein neues Zuhause lag unweit von seinem Büro im zweiten Stock eines exklusiv renovierten Mehrfamilienhauses im Stadtteil Jungbusch, in der Nähe der Moschee und knapp hinter dem Luisenring, der die Innenstadt mit ihren Quadraten umschloss und wo früher die Festungsmauer rings um die Stadt war.

Das Haus mit seiner Backsteinfassade und dem großen repräsentativen Eingang stammte aus der Gründerzeit, es unterschied sich deutlich von den Häusern mit den abblätternden Fassaden und den vielen Graffitis, die sich gleich ums Eck aneinanderreihten. Ein leitender Angestellter einer Fabrik in der nahe gelegenen Neckarvorlandstraße habe sich das Haus damals bauen lassen, erklärte der Makler. Die Fabrik gäbe es noch immer.

Nun gut, hier war auch der Hafen in der Nähe, da gab es wohl einige Fabriken. Thorsten fragte nicht weiter nach und der Makler sah keinen Anlass, ihn darüber zu informieren, dass es sich hier um eine ganz spezielle Fabrik handelte. Es regnete am Tag der Besichtigung, und so war Thorsten rasch dem Makler in den tadellos renovierten Hausflur gefolgt. Selbst die hölzerne Briefkastenanlage war noch original von damals. Die mit Ölfarbe bemalten Wände täuschten geschickt echten Marmor vor.

Die Wohnung selbst hatte Thorsten dann restlos überzeugt. Die Fenster in ihrem hölzernen Rahmen führten sowohl nach vorn zur Straße hinaus, als auch rückwärts in den malerischen Innenhof mit dem prächtigem Oleander und den gepflegten Rosen. Das modern sanierte Bad erfüllte seine kühnsten Ansprüche. Thorsten unterschrieb noch während der Besichtigung den Mietvertrag.

Thorsten öffnete das Küchenfenster zum Hinterhof. Ein seltsamer Geruch kroch ins Zimmer, machte sich bis in die Ecken breit und füllte es aus. Es roch satt nach Schokolade. Thorsten steckte den Kopf aus dem Fenster, dabei sah er, dass an dem Feigenbaum im Hof noch Früchte hingen. Da kochte sich jemand einen Kakao und erfreute die Nachbarn mit der olfaktorischen Gabe! Seltsam fand er nur, dass außer seinem kein einziges anderes Fenster geöffnet war.

Thorsten kochte Wasser und bereitete Tee zu. Ein grüner Tee mit leichtem Zitronenaroma, das er wegen des intensiven Kakaogeruchs jedoch nur kaum wahrnahm. Er musste an die Kommissarin denken, die ihn am Bahnhof abgeholt hatte. Diese Frau hatte etwas an sich, das ihn beschäftigte. Seit ihrer ersten Begegnung ging sie ihm nicht mehr aus dem Sinn. Hoffentlich ergab sich die Gelegenheit, sie näher kennenzulernen. In seinem Leben gab es im Moment niemanden. Seine letzte Beziehung war jedenfalls der Grund dafür gewesen, dass er Berlin verließ, eigentlich war es beinahe schon eine Flucht. Anna-Kristina war nicht anders beizubringen, dass Schluss war zwischen ihnen. Hoffentlich kapierte sie es nun endlich und hörte auf damit, ihn zu stalken.

7

Melanie schlich am Spätnachmittag so früh wie möglich aus ihrem Büro, sie hatte heute noch etwas vor. Ihre Eltern und ihre Schwester betrieben auf der Mannheimer Mess, die gerade wie jedes Jahr zusätzlich zur Maimess im Oktober stattfand, einen Weinausschank. Für Melanie eine willkommene Gelegenheit, ein paar Euro dazuzuverdienen. Felix' Vater zahlte keinen Cent mehr für seinen Sohn, als er verpflichtet war, das reichte hinten und vorn nicht. Zum Ende des Schuljahres stand eine Klassenfahrt auf dem Plan, die musste sie irgendwie finanzieren, außerdem nölte er ständig wegen eines neuen Handys herum, das angeblich alle seine Freunde hatten. Alle außer ihm liefen mit so einem Ding herum, er nervte sie ständig mit dem Spruch »Alter, ey, das ist voll assi, dass ich keines habe«.

Es war wie immer an Freitagabenden voll auf dem Neuen Messplatz. Melanie kämpfte sich durch bis zum Weinbrunnen, vorbei an der großen Wildwasserbahn, an ›Hau den Lukas‹ und verschiedenen Ständen, wo man nach Quietscheenten angeln oder auf Plastikrosen schießen konnte. Eine ausgelassene, fröhliche

Stimmung lag über dem Ganzen. Endlich war sie am Weinausschank ihrer Eltern angekommen. ›Rehheimer Weinbrunnen‹ stand in großen Lettern auf einem gemalten Schild am Eingang zu dem Zelt. Daneben stand ein stilisierter Jägerzaun auf ausgelegtem Rollrasen. Sie erspähte ihre Schwester Lisa, die sich mit einem vollen Tablett durch die Sitzreihen kämpfte. Ihre Mutter hantierte hinter dem Tresen vor dem überdimensionierten Weinfass, das eine begehbare originelle Holzhütte war. Beide trugen rosafarbene Dirndlkleider. Für Melanies Geschmack hatte Lisa entschieden übertrieben: Die setzte ihrem Outfit noch eines drauf mit ihrer Flechtfrisur und trug ihre dicken dunkelblonden Haare an den Schläfen beginnend geflochten. Im Nacken vereinte sich die Pracht zu einem dicken Zopf, der ihr auf dem Rücken baumelte und um den sie ein Gummi mit Blüte gewunden trug. In Lisas Ausschnitt steckte ein kleiner Blumenstrauß. »Lieber Himmel, kandidierst du für das ukrainische Parlament? Kriegst aber ordentlich Trinkgeld heute, was?« Melanie zupfte an Lisas üppigem Busen herum. Lisa lachte ihr gurrendes Lachen und stellte das Tablett mit Schwung auf dem nächsten Tisch ab, wo sogleich mehrere Hände hervorschossen und nach den Gläsern griffen.

Ihre Mutter Susanne Härter, die Ruhe in Person, stand hinter dem Tresen und schien, so machte es sehr glaubhaft den Eindruck, das ganze Geschehen resolut im Griff zu haben. Sie musterte Melanie mit kritischem Blick. »Es wäre mir schon lieber, du tätest auch ein Dirndl anziehen. Das kommt so gut an bei den Gästen«, versuchte sie erneut vergeblich, Melanie zu einem anderen Outfit zu überreden.

»Vergiss es«, fauchte Melanie, die in Jeans und einem weißen T-Shirt steckte. Sie nahm das Bedientäschchen entgegen, das ihr Susanne hinhielt. »Welche Reihe soll ich nehmen?«, und winkte zu Felix hinüber, der an einem Tisch eine Bestellung aufnahm.

Felix war das ganze Glück seiner Großeltern, ä Buu, nachdem sie selbst zwei Mädchen großgezogen hatten. Es versetzte Melanie nach der Geburt einen tiefen Stich, dass ihre Eltern sich wie blöd über einen Buben freuten. Hätten sie selbst auch lieber einen Jungen gehabt? Sie und Lisa hatten nie gemerkt, dass die Eltern gern einen Sohn gehabt hätten. Verbargen die Eltern das nur geschickt vor ihnen? Eine ganze Kindheit lang? Zugegeben hätten sie dies sicher nie. Aber die übergroße Freude über den Enkelsohn brachte Melanie schon auf diese Idee.

Ihre Mutter riss Melanie aus den Gedanken: »Und pass auf, dass auch wirklich alle vorm Feuerwerk bezahlen.«

Melanie setzte einen übertrieben wichtigen Gesichtsausdruck auf. »Ja, Mama. Ich pass auf, dass keiner abhaut ohne zu bezahlen. Und wenn es einer versucht, ziehe ich meine Wumme aus dem Dekolleté und schreie nach einem dicken Kollegen.«

Susanne Härter ließ sich von ihrem Gehabe nicht aus der Ruhe bringen. Lachend wischte sie mit der Hand durch die Luft. »Ach Melanie, die liegt doch sicher in deinem Büro, vorschriftsmäßig im Stahlschrank verstaut, wie du uns immer erklärst. Also: Schmalzbrote haben wir, Saumagen ist aus, Brezeln gibt es aber noch. Und Zwiebelkuchen natürlich, davon haben wir genug. Und von den Getränken, die auf der Karte stehen, ist auch noch alles da.« Da fiel ihr noch was ein. »Komm mal zu mir hinter die Theke. Was hast du denn für Schuhe an? Doch nicht wieder Nietenstiefel?«

»Ich bin mit dem Fahrrad hier. Was denkst du, womit ich in die Pedale trete?« Melanie drückte ihren Rücken durch, um größer zu erscheinen. Auf keinen Fall würde sie andere Schuhe anziehen, so viel stand fest, genauso wenig wie sie sich in einen Dirndlfetzen zwängen ließ. Auch in diesem Punkt blieb sie unnachgiebig!

»Da schau mal, ich habe dir passende Schuhe mitgebracht.« Ihre Mutter hielt mit einem äußerst gewinnenden Lächeln ein Paar braune Haferlschuhe hoch.

Melanie würdigte die Schuhe keines Blickes und ging zu ihrer Reihe, hoffend, dass heute Abend keiner ihrer Kollegen hier aufkreuzte. Laut war es, Feierlaune lag in der Luft. Freitagabend war hier immer eine besondere Stimmung. Die meisten Leute konnten am nächsten Tag ausschlafen und waren umso ausgelassener. Melanie hatte alle Hände voll zu tun, um die Bestellungen auszuführen. Nebenbei registrierte sie, dass Felix sich von seiner Großmutter tatsächlich zu einem weiß-rot karierten Hemd hatte überreden lassen, dass er über seiner Jeans trug. Naja, dachte sie, immerhin hat sie ihn nicht auch noch in eine Lederhose gesteckt.

Eine Viertelstunde, bevor das Feuerwerk losgehen sollte, kassierten sie bei allen Gästen die Zeche, wobei einiges an Trinkgeld floss.

Unmittelbar bevor es losging, stoben alle aus dem Zelt und drängten sich um die besten Plätze. Auch Melanie ging nach draußen, um das Feuerwerk zu sehen. Mit einem gewaltigen Knall explodierte der erste Feuerwerkskörper am Himmel. Abgeschossen wurde auf der großen Wiese im Herzogenriedpark. Eine unendliche Menge an farbigen Sternen entlud sich am Himmel. Sie stoben kurz auf, verteilten sich zu einer Figur, um dann, begleitet von lauten Ahs und Ohs zu verglühen, bevor sie den Boden hätten erreichen können. Dann ging es Schlag auf Schlag, eine laute Explosion folgte der nächsten.

»Ich glaube, ich kriege einen Gehörschaden«, schrie Lisa ihrer Schwester ins Ohr.

»Ich versteh dich nicht! Ist so laut hier!«, brüllte die zurück.

Das Feuerwerk steuerte seinem Höhepunkt entgegen, die Raketen stoben nun in rascher Abfolge in den Himmel. Es klang wie Kriegs-Scharmützel. Zumindest in Melanies Vorstellung, real hatte sie noch keines gehört. Und das war auch gut so, fand sie. Nach einer knappen Viertelstunde war das fulminante Feuerwerk vorbei, Applaus brandete auf. Erst jetzt fiel auch ihr auf, dass Felix gar nicht bei ihnen stand. Die Menschen verteilten sich rasch wieder.

Melanie drehte sich um und wandte sich in Richtung Weinfass. Sie hoffte, bald nach Hause zu können. Für heute hatte sie genug. Und für Felix wurde es auch allmählich Zeit, dass er hier Schluss machte.

Plötzlich kam Felix bleich auf sie zugestolpert. »Mama …«, weiter konnte er nicht sprechen. Ein Schwall kam aus seinen Mund, Melanie sprang in letzter Sekunde zur Seite und bekam so nur einige kleine Spritzer der stinkenden Brühe ab. Sie stutzte. Ihr Sohn sagte Mama zu ihr, so hatte er sie seit dem Kindergarten nicht mehr genannt. Wieso reiherte der ihr vor die Füße? Hatte er Alkohol getrunken? Das machte er doch sonst nie! Zumindest behauptete er immer, das schmecke ihm nicht. Aber wer kannte sein pubertierendes Kind schon genau. Einmal war immer das erste Mal! Sie beäugte ihn äußerst kritisch. »Felix, was hast du getrunken? Hat dir jemand was gegeben?« Fieberhaft überlegte Melanie, welche Drogen sofortiges Übergeben zur Folge hatten.

Felix wischte sich mit dem T-Shirt-Ärmel den Mund ab und ignorierte ihre Frage. Er schien sie gar nicht gehört zu haben. »Mama, du musst mitkommen. Sofort.«

»Felix, ich muss erst was auf deine Kotze streuen. Sonst tritt da noch einer drauf.«

»Nein, du kommst jetzt mit, da ist ein Toter.«

»Da ist ein Toter?« Grundgütiger, ihr einziges Kind hatte irgendetwas eingeworfen und halluzinierte nun. Hoffentlich trat keine dauerhafte Schädigung ein.

Er packte sie an ihrem T-Shirt und zerrte sie mit. »Es sieht furchtbar aus! Tut mir leid, dass mir schlecht geworden ist. Ist voll krass, echt.«

Melanie versuchte, Felix' Hand abzustreifen. »Der Opa soll uns heimfahren, dann sehen wir zu, dass du wieder nüchtern bist. Das Fahrrad lasse ich bis morgen hier.«

»Mellie!« Felix packte sie mit beiden Händen an ihren Oberarmen.

So zugedröhnt war er offenbar doch nicht, immerhin fiel ihm wieder sein üblicher Name für sie ein.

»Mellie! Da ist eine Leiche! Glaub mir doch! Du musst mitkommen, ich zeig sie dir.« Er ging voraus.

Widerwillig folgte Melanie ihrem Filius. Er führte sie um das Zelt herum. Er ging direkt zur Rückseite des Weinfasses. An dem stand ein Mann gelehnt, so viel konnte sie in der Dunkelheit, denn hier war kaum

Licht, schemenhaft wahrnehmen. Sie war sich nun doch wieder sicher, dass Felix zu viel getrunken hatte. Ein Toter stand nicht an der Wand, der wäre längst umgefallen oder zumindest in die Sitzhaltung gerutscht. Dem Kerl war wahrscheinlich auch schlecht, und nun stand er da, an der Rückseite des Rehheimer Weinbrunnens, ans Weinfass gelehnt und hoffte, dass die frische Luft zur Besserung seines Zustandes beitragen möge. Den würde sie gleich packen und rütteln, dann wäre er schon wieder ansprechbar.

Nur schemenhaft konnte Melanie den Mann ausmachen, der da an der Holzwand stand. Felix zog ein Feuerzeug aus der Hosentasche und schwenkte es. Der Mann hielt den Kopf gesenkt, eigentlich hing der Kopf sogar ziemlich weit nach unten. Felix leuchtete nun mit dem Feuerzeug, das sehr spärliches Licht gab, zu beiden Seiten neben den Kopf. Seltsam, der hielt beide Arme weit ausgestreckt an die Wand gepresst, die Handflächen nach außen. Wie ein gekreuzigter Christus.

»Mellie, der ist an die Wand getackert. Schau mal, die Nägel in seinen Händen. Der ist noch warm, der ist noch nicht lange tot. Wahrscheinlich während des Feuerwerks. Es war so furchtbar laut, da hat niemand was gehört. Und alle waren vorn, weil sie das Feuerwerk sehen wollten.« Felix führte sich auf wie ein Hilfspolizist und hielt das Feuerzeug abwechselnd vor beide Hände des Mannes und fragte immer wieder: »Siehst du es?« Die Handinnenflächen zeigten nach vorn, mittig waren lange Zimmerernägel durch sie hindurch getrieben. Sie stakten einige Zentimeter weit aus dem Fleisch heraus. Aus den Wunden war Blut getropft.

Nun glaubte Melanie ihm endlich. Sie trat zu dem

Mann, fuhr suchend mit der Hand seinen Hals entlang und fand keinen Puls.

»Der ist tot, sage ich dir doch, ich habe auch schon nach seinem Puls gesucht. Da ist nichts zu finden, der hat keinen mehr. Der ist hinüber.«

Melanie wirbelte blitzschnell herum. »Du hast ihn angefasst?«

»Ich hätte vielleicht noch helfen können, Notarzt rufen oder so. Aber da er tot ist, habe ich die Polizei geholt.« Er versuchte ein schiefes Grinsen, was aber ziemlich missglückte und zur Grimasse geriet.

»Hast du irgendjemanden bei dem Mann gesehen?« Sie fixierte ihn scharf. Ihr Polizistenhirn übernahm die Führung und ratterte. »Oder etwas gehört? Ist dir jemand hier hinten begegnet?«

»Niemanden gesehen und nichts gehört. Gar nichts.«

Melanie stöhnte auf. Alles stob im Moment auseinander, die wenigsten Gäste kehrten ins Zelt zurück, die meisten nutzten das Ganze für einen letzten Bummel oder für einen Absacker in einem anderen Zelt. »Wie soll ich jetzt die Leute zusammenhalten? Die müssten alle hier bleiben.« Sie überlegte, was sie zuerst tun sollte. Konnte sie ihren 16-jährigen Sohn mit einer Aufgabe betrauen? Ein Versuch war es wert. »Felix, du bleibst hier und lässt niemanden an ihn dran. Verstehst du? Niemand fasst was an oder nähert sich ihm. Und ruf mit deinem Handy die 110, hol die Kollegen. Und mach es dringend! Ganz dringend!« Sie lief nach vorn.

Vor dem Platz waren nur noch ungefähr 20 Personen. Wenigstens war der Höllenlärm des Feuerwerks vorüber. »Kriminalpolizei«, schrie Melanie. »Niemand von Ihnen geht weg, Sie bleiben hier.«

Eine runde Frau lachte. »Was? Sie sind doch die Bedienung von eben. Gell, die letzte Schorle war warm, das wollte ich Ihnen noch sagen, aber das wäre wirklich kein Grund, gleich die Polizei zu holen.« Sie machte Anzeichen wegzugehen.

Melanie griff nach ihrem Arm und sah beschwörend in die Runde. »Sie bleiben alle hier. Niemand geht weg! Meine Kollegen sind gleich da und dann erfahren Sie warum. Bitte, bleiben Sie, ich nehme Ihre Personalien auf.« Sie griff nach ihrem Bedienblock, der in der kleinen schwarzen Gürteltasche, die vor ihrem Bauch baumelte, steckte.

»Geh Muschi, blas dich nicht so auf!« Ein älterer Mann, nicht mehr so ganz nüchtern, brach in heftiges Lachen aus und schlug sich auf die Oberschenkel.

Melanie hoffte, dass die Kollegen von der Wache hier auf der Mess schnell da wären. Während der Mannheimer Mess gab es am Rande des Messegeländes in dem backsteinernen Gebäude, in dem unten die öffentlichen Toiletten untergebracht waren, im oberen Stock eine Polizeiwache. Wie sollte sie bloß allein und ohne Dienstausweis die Leute am Weggehen hindern?

»Also, ich brauche jetzt noch eine gescheite Bratwurst, Fräulein. Sie können hier gern weiter Polizei spielen, aber ohne mich. Außerdem, warum schreien Sie so? Das machen die Polizisten im Fernsehen auch immer. Echte Polizisten verhalten sich ganz anders als die aus dem Fernsehen. Das weiß doch jeder! Uns machen Sie hier nichts weis.«

Einzelne lösten sich aus der Gruppe und gingen weg. Melanie packte einen Mann am Hemd. »Bitte bleiben Sie! Es ist etwas vorgefallen und womöglich hat jemand von Ihnen etwas gesehen. Es ist so wichtig, dass wir das aufnehmen. Wir brauchen Sie alle als Zeugen. Meine Kollegen kommen jeden Moment.« Beinahe flehentlich kam das.

Der Mann senkte seinen Blick in Melanies Dekolleté. »Aufnehmen«, säuselte er, »ich hätt' schon was gfunde, zum Aufnehmen.«

»Gesehen? Wir haben gar nichts gesehen!« Seine blondierte Frau packte ihn energisch am Arm. »Komm, Erwin, wir lassen uns in Nichts hineinziehen. Erst hat man was gesehen und am Ende war man es dann auch noch. Das kennt man doch.« Erwin und Blondie zogen ab.

Hilflos musste Melanie mit ansehen, wie sich die Gruppe auflöste und alle ins Gewirr auf der Mess verschwanden. Am liebsten hätte sie sie alle festgehalten, aber wie hätte sie dies tun sollen? Sie trat voller Wucht gegen den Jägerzaun neben dem Eingang zum Zelt.

»Aber Melanie, was ist denn passiert? Haben vorhin nicht alle bezahlt?«, fragte Lisa besorgt, die gerade aus dem Zelt kam.

»Nicht bezahlt, pah! Es geht um was ganz anderes!« Melanie packte sie am Rock und zog sie mit zum Tresen, wo ihre Mutter arbeitete. »Hört mal zu, ihr beiden.« Sie zeigte mit der Hand auf das Weinfass. »An die Rückwand von unserer Hütte hat jemand einen Toten getackert. Die Kollegen sind gleich da, der Felix ruft sie.«

Susanne ließ den Lappen auf den Tresen fallen. »Einen Toten getackert? Und wieso denn der Felix?« Ihr Mund stand offen.

»Weil der Felix ihn gefunden hat.«

»Ein Toter? Bei uns? Und du sagst uns jetzt im Ernst, dass der Felix da allein mit einem Toten ist? Mein Gott! Ich geh sofort zum Felix!« Lisa fing an zu rennen und rief über die Schulter zurück: »Wie kannst du den Buben mit einer Leiche allein lassen! Ich fasse es nicht!«

Auch ihre Mutter schaute sie vorwurfsvoll an. »Er ist doch noch ein Kind!«

Melanie krampfte ihre Hände um die Kante des Tresens, bis die Knöchel weiß hervortraten. Ihre Mutter tat gerade so, als ob sie irgendetwas dafür könnte, dass ausgerechnet ihr Sohn die Leiche fand. Sie fühlte sich grässlich ungerecht behandelt und war ziemlich wütend. Außerdem tat sie doch nur ihre Pflicht. Polizistin war man schließlich rund um die Uhr, nicht nur während der Dienstzeit. »Mama, gerade so, wie er es braucht, ist er ein Kind oder schon ein junger Mann. Fakt ist, er ist 16 Jahre alt, und außerdem ist Lisa jetzt bei ihm. Ich warte vor dem Zelt auf die Kollegen. Und wenn wir schon beim Thema sind: Wessen Idee war es denn, dass der Felix hier arbeitet?« Melanie ließ ihre Mutter mit verdutztem Gesichtsausdruck stehen. Es hatte keinen Sinn, ausgerechnet jetzt mit ihr darüber zu diskutieren, was sie Felix zumuten konnte und was nicht. Sie konnte doch nun wirklich überhaupt nichts dafür. Leben passierte eben einfach. Eine Leiche zu finden war für einen Halbwüchsigen natürlich schon der Hammer. Die brauchten gar nicht so tun, als fände sie selbst das normal! Das war nun wirklich eine gemeine Unterstellung. Sie schüttelte wütend den Kopf. Sie stemmte beide Hände in die Seiten. Wo blieben die Kollegen nur? Der Fundort der Leiche musste untersucht, Spuren gesichert und schließlich der Mann abtransportiert werden. Wahrscheinlich in die Gerichtsmedizin, in die Nähe der Alten Krehl-Klinik in Heidelberg.

Ihre Mutter lief ihr nach. »Heißt das, wir können nichts mehr ausschenken? Die Mess geht noch eine Woche!«

»Mama, das gibt's doch nicht!« Jetzt war Melanie wirklich restlos genervt. Erst machte sie sie an wegen Felix, und dann noch ausgerechnet diese Frage. Fassungslos zischte sie ihre Mutter an: »Da hinten ist ein Toter! Und du denkst an deinen Umsatz? Das ist ja nicht zu fassen!«

»Erst der Ärger mit der Rehheimer Cuveé, und jetzt das noch!«

»Was ist mit der Cuveé, Mama?«

»Ach, das erzählen wir dir ein anderes Mal.«

Es schien Melanie wie eine Ewigkeit, dabei waren nur wenige Minuten seit Felix' Anruf vergangen, als zwei uniformierte Kollegen vor ihr auftauchten, die sie nicht kannten.

»Haben Sie den Notruf abgesetzt?«

»Ja, nein, also, mein Sohn hat angerufen. Kommen Sie mit mir mit.«

»Hier soll es eine Leiche geben?«

»Ja, hinterm Zelt. Ich gehe voraus.«

Melanie stapfte vorneweg. Hinterm Zelt empfing sie die ansonsten so nüchterne Lisa ziemlich aufgelöst. »Lieber Himmel, da hat jemand tatsächlich einen Toten an unsere Bude getackert. Das gibt's doch gar nicht. Wer macht denn so was?« Melanie ging nicht darauf ein, ihre bodenständige Schwester würde sich schon wieder beruhigen. Sie trat neben Felix und legte ihren Arm flüchtig auf seinen.

Die beiden Polizisten richteten große Stablampen auf den Toten. Nun konnte ihn auch Melanie richtig sehen. Er stand mit weit ausgestreckten Armen an der Holzwand, die Hände waren mit Nägeln fixiert. Die Haare hingen ihm über die Stirn, der Kopf hing nach unten. Und nun, da er hell ausgeleuchtet wurde, sah man auch noch etwas Weiteres: Unter der Jacke, die er trug, beulte auf Herzhöhe etwas aus. Melanie trat näher an ihn heran, fasste mit spitzen Fingern danach und klappte die Jacke um. Nun konnten sie es alle sehen: Im Brustkorb steckte ein Messer, von dem nur der Griff herausragte. Der Schaft war zur Gänze versunken, kein Blut war ausgedrungen. Ein gezielter Stich direkt in die Pumpe verursachte kaum Blutungen, das wusste Melanie. »Saubere Arbeit«, sagte sie. Für die Uniformierten klang es beinahe anerkennend. Kopfschüttelnd sahen sie sich an. Einer der beiden sagte: »Die Leute vom Kriminaldauerdienst sind gleich da, auch Gerichtsarzt und Spurensicherung. Den Staatsanwalt haben wir auch informiert.«

Als sie mit ihrer Stablampe das Gesicht des Toten ausleuchteten, ging Felix in die Hocke, um es besser sehen zu können. »Das ist doch …«, er sah sich nach seiner Mutter um. »Das ist doch der alte Nachbar vom Opa.«

Der mit der Taschenlampe am nächsten daran stand, wurde hellhörig: »Sie haben den Toten gefunden und Sie kennen ihn?« Er schaute seinen Kollegen vielsagend an.

Melanie reagierte prompt: »Moment, die Herren. Bevor Sie hier irgendwelche voreiligen Schlüsse ziehen: Mein Sohn arbeitet hier im Zelt, deshalb hat er zufällig den Toten gefunden. Versteht ihr, *zufällig*!«

»Der junge Mann bleibt auf jeden Fall hier! Der wird gleich von der Kripo befragt. Die müssen jeden Moment hier sein.«

»Die Kripo ist schon hier«, Melanie richtete sich zur vollen Größe auf.

»Ach ja? Das scheint ein interessanter Fall zu sein. Sie sind bei der Kripo und der junge Mann hier, der Ihr Sohn ist, findet einen Toten, den er kennt. Ist er vielleicht auch noch Ihr Praktikant?«

Melanie ballte die Fäuste und machte einen Schritt auf die Männer zu. »Das ist alles nur ein ganz dummer Zufall. Sie sollten besser mal hier absperren, damit nicht noch die letzten Spuren totgetrampelt werden.«

Da kamen auch schon die Kollegen vom Kriminaldauerdienst. Man kannte sich vom Sehen, auch wenn Melanie nicht direkt mit ihnen zu tun hatte. Heike Poll streifte sie mit einem kurzen Blick. »Frau Härter, was machen Sie denn hier?«

»Das ist ein Zufall. Mein Sohn, Felix Härter, hat hier eine Leiche gefunden und die Kollegen informiert.«

»In welcher Beziehung stehen Sie zum Fundort der Leiche?«

Nun wurde es Melanie ziemlich warm. Sie hatte mal wieder vergessen, ihre Bedientätigkeit hier ihrem Dienstherrn als Nebentätigkeit zu melden und sich genehmigen zu lassen, das fiel ihr nun siedendheiß ein. Sie stotterte herum. »Mein Sohn hilft meinen Eltern, ähem, also seinen Großeltern, ja, äh, die haben hier den Weinbrunnen.« Sie schluckte. »Ja, also, ich bin heute hier bloß eingesprungen.« Trotzig drückte sie ihren Rücken durch. »Aber unentgeltlich. Ich mach das als Familienhilfe, sozusagen.« Sie hoffte innig, nicht in den

Steuerbüchern ihrer Schwester als ›Betriebsausgabe‹ aufzutauchen.

Heike Poll hörte konzentriert zu. »Haben Sie irgendetwas gehört?«

Melanie verneinte.

»Ihren Sohn befragen wir gleich. Nun schauen wir erst mal, was wir hier finden.«

Norbert Plüsch, ihr Kollege vom Kriminaldauerdienst, hatte einen leistungsstarken Scheinwerfer mitgebracht, damit leuchtete er den Fundort beinahe taghell aus.

Ein Mann trat aus dem Dunkel hervor und gesellte sich zu ihnen. »Ah, Herr Staatsanwalt.« Heike Poll stellte ihm kurz die anwesenden Beamten vor. Sein Blick verweilte einen Tick zu lang auf Melanie. Gut sah sie aus, in dem weißen T-Shirt und den verstrubbelten Haaren.

Heike erläuterte: »Herr Demsch, hier ist der Fundort der Leiche. Der Sohn von Kollegin Härter hat die Leiche gefunden und die Meldung abgesetzt.« Sie wies mit der rechten Hand auf das Messer. »Ob der Stich ins Herz todesursächlich war, wird die Gerichtsmedizin in Heidelberg herausfinden.«

Sieh an, sie hat also einen Sohn, dachte Thorsten Demsch und fragte sachlich: »Ist die Identität des Toten bekannt?«

Nun ergriff Melanie das Wort: »Sein Name ist Manfred Grönert.«

Der Staatsanwalt gab sich verwundert. »Woher wissen Sie das?«

Melanie druckste herum, »das ist hier der Weinausschank meiner Eltern, die sind Winzer in Rehheim, ich helfe heute ausnahmsweise. Und der Manfred Grönert, der ist auch Winzer.«

»Dann war also quasi die Polizei vor Ort, als sich das Tötungsdelikt ereignete?«

Nun wurde sie vollends verlegen. »Naja, also, wir waren alle *vor* unserem Ausschank. Da hat keiner von uns was mitgekriegt.«

»Und Ihr Sohn?«

»Der hat den Toten nur gefunden, der hat nichts gesehen«, betonte Melanie mit Nachdruck.

Thorsten Demschs Pupillen wurden kleiner, er wollte unbedingt noch eine Information von ihr. »Und Ihr Mann? Beteiligt sich der auch an der Familienhilfe?«

Nun fauchte Melanie böse: »Mein Familienstand geht Sie nun wirklich nichts an.« Also doch ein Lackaffe, beschloss sie. Sie hatte jedenfalls nicht vor, ihn darüber aufzuklären, dass sie weder verheiratet war noch, dass Felix' Vater nicht bei ihnen lebte. Sie würde ihn über gar nichts aufklären, sollte er doch selbst sehen, wie weit er mit Ausfragen bei ihr kam!

Doch Thorsten Demsch zeigte sich versöhnlich. »Ihr Sohn, Frau Härter, kann nach Hause.« Mit leichter Ironie fügte er hinzu: »Verdunkelungsgefahr besteht ja wohl nicht?«

Melanie ließ ihn einfach stehen.

Sie fand ihre Schwester und ihren Sohn bei ihrer Mutter im Zelt, um das sie einmal herum gelaufen war. »Lisa, nehmt ihr den Felix mit? Der soll heute bei euch übernachten. Ich muss morgen noch früher raus als ihr.«

Doch Felix wehrte sich. »Nee, Mellie, ich will nach Hause. In mein eigenes Bett.«

»Aber du hast doch bei Oma und Opa auch ein eigenes Bett!«

Felix winkte ab. »Lass mal. Ich will wirklich nach Hause und nicht nach Rehheim.«

Lisa griff ein. »Ich fahre gleich den Felix nach Hause. Mama bleibt noch hier. Den Rest räumen wir morgen auf. Wer weiß, ob wir morgen überhaupt öffnen dürfen.«

»Eine Katastrophe ist das! Ist doch erst die Hälfte der Mess um«, jammerte Susanne Härter.

»Mama, also wirklich«, fuhr ihr Melanie ins Wort. »Da ist jemand gestorben! Wie kannst du da an den Ausschank denken!«

Doch auch Lisa dachte über die ihnen nun sehr wahrscheinlich entgehenden restlichen Einnahmen auf der Mess nach. »Meinst du wirklich, die schließen unseren Ausschank für die gesamte restliche Dauer der Mess?«, wandte sie sich an ihre Schwester.

Unwirsch meinte die: »Das entscheidet morgen der Dezernatsleiter, da kann ich dir gar nichts dazu sagen. Wenn die mit Spurensichern fertig sind, kann es sein, dass in wenigen Stunden der Fundort wieder freigegeben wird.« Mit einem Blick auf ihren Sohn fügte sie hinzu: »Also gut, Lisa, dann fährst du jetzt den Felix nach Hause. Ich nehme mein Rad. Ich muss den Kopf frei kriegen, morgen früh wird eine Soko gebildet, da muss ich klar denken können.«

Melanie radelte durch das nächtliche Mannheim. Die kühle Nachtluft würde ihr guttun und ihren Kopf wieder klar machen. Felix würde vor ihr zu Hause sein.

Erstaunlich viele Leute waren noch unterwegs, Nachtschwärmer und Menschen, die ihre Hunde Gassi führten. Einige brüllten sich über ihren Kopf hinweg etwas zu, das sie nicht verstehen konnte. In Mannheim wurden sehr viele Sprachen gesprochen, bunte Stadt wurde sie deshalb genannt. Menschen aus über 160 Nationen waren hier heimisch. Über der Kurpfalzbrücke war es empfindlich kalt, ein eisiger Wind blies ihr ins Gesicht. Vorbei am Gebäude der Abendakademie, das irgendwie ein bisschen wie ein Buchregal aussah, folgte sie dem Friedrichsring, bis die Collinistraße abzweigte. Hier zeigte sich nur noch spärlich Nachtvolk.

Die Kuppel der imposanten Christuskirche in der Oststadt wurde wie in jeder Nacht von mächtigen Lichtstrahlern beleuchtet. Obenauf, an der Spitze eines kleinen Turmes mit den Pagoden, stand aufrecht der Erzengel Michael. Seine goldene Farbe leuchtete in der kühlen Nacht wie ein Stern der Hoffnung. ›Schaut her, hier bin ich! Seit über einhundert Jahren stehe ich hier und stoße in meine Posaune‹, schien er zu rufen. Der Anblick der beleuchteten Kirche barg etwas Tröstliches, Vertrautes in sich. Zwei Weltkriege hatte die Christuskirche so gut wie unbeschadet überstanden, obwohl Mannheim zum Großteil in Schutt und Asche gelegt wurde, vor allem zum Ende des Zweiten. Aber der Erzengel Michael, der bedeutendste aller Engel, der stand da oben und schaute voller Zuversicht in den Himmel. Er hielt sein Gesicht und den Blick unverdrossen nach oben, voller Hoffnung, egal, was da unten auch passierte. Obwohl Melanie nicht allzu religiös war, bannte sich doch ihr Blick jedes Mal aufs Neue auf diese Kirche mit ihrem standfesten Engel. Der Engel, der schaute in aufrechter Haltung nach oben. Sie musste in ihrem Beruf den Blick auf die Erde halten, auf die Menschen, die darauf lebten und manchmal über die Stränge schlugen und Gebote brachen. Wie das eine Gebot, das lautete: Du sollst nicht töten.

Zu Hause schlich sie ganz leise in Felix' Zimmer. Sie hatte richtig vermutet und er war vor ihr angekommen, Lisa war wohl sofort mit ihm losgefahren. Die Decke war verrutscht, sie zog sie hoch. Auf dem Regal saß noch immer ein Kuscheltier. Ein honigfarbener Bär, den hatten sie vor vielen Jahren im Disney-Park bei Paris gekauft. Melanie setzte sich an den Bettrand und fuhr ihm durchs verstrubbelte Haar. Es kam ihr verschwitzt vor. Sie sah auf ihre Armbanduhr. In fünf Stunden traf sich die ›Soko Mess‹, das stand in der SMS, die ihr Chef ihr soeben gesandt hatte. Vermutlich sollte sie sich noch eine Handvoll Schlaf gönnen, damit sie während der Sitzung nicht allzu alt aussah.

Doch der Schlaf wollte nicht kommen, als sie in ihrem Bett lag. Schäfchen zählen half sowieso nie, auch nochmals in die Küche gehen und einen Schluck Wasser trinken half nicht. Melanie öffnete das Fenster weit und atmete tief. Ein sich aus den Platanen des Oberen Luisenparks verirrter frei lebender Papagei kreischte ächzend. Seltsam, was einem so durch den Kopf ging, wenn man schlaflos im Bett lag. Der Erzeuger ihres Sohnes flatterte durch ihre Gedanken und versuchte, sich dort breitzumachen. Nein, an den wollte sie jetzt nicht denken. Wer um alles in der Welt hatte Manfred Grönert umgebracht? Seine Tochter war in der Schule ein, zwei Klassen unter ihrer eigenen Jahrgangsstufe gewesen. Nach einigem Grübeln fiel ihr der Name endlich ein. Sylvia Grönert. Weinkönigin war die sogar mal gewesen. Melanie und Lisa wollten nie Weinkönigin sein, im Dirndl und mit Krönchen auf dem Kopf, nein danke, das war damals für beide Härter-Mädels nichts gewesen, auch wenn Lisa heute im Dirndl die Bedienung gab. Aber Sylvia gefiel das Repräsentieren, das Herumgereichtwerden auf offiziellen Veranstaltungen von Rehheim, Küsschen hier, Küsschen dort. Aber dann heiratete sie ganz plötzlich einen Unternehmer und war zum Leidwesen ihrer Eltern weit weg gezogen. War da irgendwas gewesen? Melanie grübelte, kam aber nicht drauf. Mit Sicherheit wusste ihre Mutter mehr darüber. In so einem kleinen Ort wie Rehheim wusste jeder, was der Nachbar und seine Kinder machen. Meist hörte Melanie nicht hin, wenn ihre Mutter am Telefon den neuesten Klatsch über die Nachbarn breittrat. Sie schaltete dann einfach auf Lautsprecher und verrichtete nebenher ihre Hausarbeit.

Endlich schlief Melanie doch ein. Als sie im Tal der Tiefschlafphase ankam, schrillte ihr Wecker gnadenlos und alles durchdringend. Nur kurz spielte sie mit dem Gedanken, einfach liegen zu bleiben und wälzte sich auf die andere Seite. Sie fühlte sich wie an ihr Bett gepappt und rappelte sich schwerfällig hoch. In solchen Momenten haderte sie mit ihren Beruf und hätte Gott weiß was darum gegeben, einfach liegen bleiben zu dürfen.

8

Mit einer Tasse extrastarkem Kaffee lehnte sie am Fenster ihrer Küche und schaute in den dämmerigen Hinterhof, der von Mehrfamilienhäusern umringt war. Im Haus direkt gegenüber flackerte blaues Licht. Da war wohl einer vor dem Fernsehapparat eingepennt. Sie nahm einen kräftigen Schluck und hoffte, das Gebräu würde sie in die Lage versetzen, das Haus zu verlassen. Sonst war nirgendwo Licht. Nur sie allein musste an einem Samstagmorgen derart früh aufstehen! Hart knallte sie ihre Kaffeetasse auf den Tisch, sodass der restliche Inhalt überschwappte.

Nach der Dusche schlüpfte sie in ihre Jeans und ein blaues T-Shirt. Bevor sie sich ihre schwarze Lederjacke griff, legte sie einen Zehn-Euro-Schein auf den Küchentisch. Sie wusste wirklich nicht, wann sie heute nach Hause kommen würde. Felix sollte zumindest nicht hungern.

Punkt acht Uhr waren sie alle im großen Besprechungsraum versammelt. Potentielle Mitglieder einer Soko hatten ständig ihr Handy bei sich zu führen und im Falle eines Falles sofort einsatzbereit zu sein, egal, wo immer sie sich aufhielten. Erich Klöppner ließ sie noch in der Nacht alle verständigen, der Hinweis auf Pünktlichkeit war nicht nötig, das verstand sich von selbst. Das Küken der Runde, Chantal Wagenrad, wirkte reichlich übernächtigt, die Zeit zum Schminken hatte sie sich wohl nicht genommen. Jörg Kenner musterte sie mit einem belustigten Blick. Ohne ihre schrägen Katzenaugen, die sie sich sonst immer schminkte, war sie nur schwer wiederzuerkennen. Er verkniff sich mit viel Mühe die Bemerkung, als sie ins Haus gekommen war. Der Pförtner erkannte sie ungeschminkt bestimmt nicht auf Anhieb. Jörg nippte an seiner Teetasse. Mit seinem Aussehen hätte er eher für Budweiser Werbung machen können. Er ließ seinen Blick weiter über die Runde schweifen, um zu schauen, mit wem Klöppner die Soko besetzt hatte.

Silke Bremers Gesicht wirkte verbissen, aber die 40-Jährige verstand es in der Regel ganz ausgezeichnet, einen mürrischen Eindruck zu erwecken. Jörg dachte oft, die Frau mag sich selbst nicht leiden. Sie war eine der wenigen, über deren Privatleben er absolut nichts wusste, sie hielt es streng bedeckt. Womöglich lebte sie immer noch bei ihren Eltern. Verbiss sich Silke Bremer in einer Spur, war sie wie eine Zecke, die sich nicht abschütteln ließ, bevor sie hatte, was sie wollte. Erich Klöppner schätzte sie sehr. Mit Hartnäckigkeit blieb Silke an etwas dran, bis sich eine Lösung ergab. So leicht ließ sie sich nicht von einem Fall abbringen, schon gar nicht von Tatverdächtigen, welche sie aufgrund ihrer geringen Körpergröße um einiges überragten. Viele der Kolosse unterschätzten die zarte Frau völlig, diesen Vorteil nutzte sie gern für gezielte Überrumpelungsmanöver. Schon manch schwerer Junge war an ihrer Hartnäckigkeit gescheitert. Silke Bremer wusste die Tatsache, dass sie aufgrund ihres Äußeren häufig unterschätzt wurde, geschickt für ihre Zwecke einzusetzen. Die meisten waren dumm genug, ihr auf den Leim zu gehen.

Jörg sah sich weiter in der Runde um. Aha, Günter Friedrich war auch da, sehr gut. Ein äußerst erfahrener Kollege, bei vielen Ermittlungen erprobt. Neben ihm saß Melanie. Sie trug ihre üblichen Jeans, knöchelhohen Stiefel und ein lässiges T-Shirt, das den Ansatz ihrer Brüste offen ließ. Melanie wirkte ziemlich übernächtigt, unter ihren Augen waren deutlich schwarze Ringe zu sehen. Neben ihr saß Sabine Meyer, von Jörg nur ›Biene Maja‹ genannt, was diese nicht leiden konnte.

Da Erich Klöppner die Soko leitete, gab er einen kurzen Überblick. Als Leiter der Soko würde er im Büro sitzen und alle Ergebnisse auf seinem Schreibtisch sammeln, während die Kollegen zum Ermitteln ausschwärmten und ihm die Ergebnisse brachten. Erich hob seine Hand, was das Zeichen für absolute Ruhe war. »Herrschaften, wir haben einen Mord. Einen Mord auf der Mannemer Mess, das können wir gar nicht gebrauchen. Das ist nicht gut für das Image unserer freundlichen Stadt. Wir sollten das Ganze rasch aufdecken, damit wieder Ruhe einkehrt. Das Opfer heißt Manfred Grönert und wird im Moment in der Heidelberger Gerichtsmedizin obduziert. Der Tote war 69 Jahre alt. Am Fundort war Kollegin Härter anwesend, ihr Sohn fand die Leiche. Frau Härter, was können Sie dazu sagen?«

Melanie errötete leicht, als sich die Augen aller versammelten Kolleginnen und Kollegen auf sie richteten. Dass ihr Sohn auf ihrer Arbeitsstelle erwähnt wurde, war ein Novum. Sie hatte all die Jahre über versucht, ihr Privatleben außen vor zu lassen und genauso zu funktionieren wie eine Kollegin ohne Kind. Zum Glück war ihr dies mit Hilfe von Felix' Großeltern immer möglich gewesen. Dass sie alleinerziehend war, war ihre Privatangelegenheit. Sie räusperte sich. »Der Tote war an einen Holzstand genagelt, der zufällig meinen Eltern gehört.«

Chantal Wagenrad fiel ihr ins Wort: »An die Wand genagelt? Wer nagelt denn einen Opa an die Wand? Sachen gibt's.« Sie schüttelte ihren Kopf, verstummte aber, als sie Klöppners tadelnden Blick auf sich spürte. Solche Äußerungen schätzte er nicht, sie waren nicht dazu geeignet, den Ermittlungsstand zu erhellen.

Melanie fuhr fort. »Meine Eltern betreiben auf der Mannheimer Mess einen Weinausschank, den ›Rehheimer Weinbrunnen‹. An der Rückseite des großen hölzernen Fasses, das zum Ausschank gehört, befand sich die Leiche. Sie war mit zwei großen Zimmerernägeln, die man ihr durch die Hand getrieben hatte, an die Wand genagelt. Mein Sohn Felix, der seinen Großeltern beim Ausschank hilft, ging gegen Ende des gestrigen Feuerwerks nach hinten zu der Hütte, weil er einen Korb mit schmutzigen Gläsern dort abstellen wollte.«

Klöppner fixierte sie. »Und weshalb waren Sie selbst am Fundort der Leiche?«

Melanies Röte wurde noch dunkler. »Ich, ähem, ich helfe auch bei meinen Eltern mit. Aber, äh, ich mache das als Familienhilfe, ehrenamtlich, quasi. Deshalb habe ich keine Nebentätigkeit beim Dienstherrn angezeigt.« Mist, sie musste rasch mit Lisa reden, damit die sie nicht auf ihrer Gehaltsliste führte. Sie nahm sehr wohl das breite Grinsen bei einigen Kollegen wahr. Sie versuchte, davon Abstand zu nehmen und gab sich einen Ruck, lenkte auf Sachliches. »Das Opfer heißt Manfred Grönert, wie unser Chef schon sagte. Er ist, äh, war, ein Winzer aus Rehheim.«

Klöppner nickte ihr kurz zu, was bedeutete, dass ihr Wortbeitrag nun zu Ende war. »Wir müssen noch das Obduktionsergebnis aus Heidelberg abwarten, aber sehr wahrscheinlich war ein Stich ins Herz todesursächlich.«

Silke Bremer warf ein: »War der Mann schon tot, als er an die Wand genagelt wurde?«

Klöppner fuhr ernst fort: »Auch das wird die Obduktion zeigen. Alles, was wir zum jetzigen Zeitpunkt dazu sagen können, wäre reine Spekulation.« Er hielt seine Lesebrille in der rechten Hand und drehte sie hin und her.

Jörg starrte gebannt auf die Brille des Chefs. Bereits zwei solcher Geräte hatte er auf diese Weise verloren, als sie ihm bei zu hastigem Drehen entglitten und auf den Boden knallten. Trotzdem ließ er nach wie vor bei Anspannung nicht von seinem Spielzeug ab.

Klöppner bemerkte Jörgs Blick und legte die Brille unwillig vor sich auf dem Besprechungstisch ab. »Zwei Beamte waren noch in der Nacht bei der Witwe und überbrachten die Nachricht. Die Frau war so geschockt, die Kollegen haben den Notarzt gerufen, der sie zur Überwachung ins Städtische Klinikum einweisen ließ.« Er seufzte. Aus eigener Erfahrung wusste er aus den Anfängen seiner Dienstzeit, dass das Überbringen von Todesnachrichten eine der unangenehmsten und undankbarsten Arbeiten im Polizeidienst überhaupt war. Eine Narbe über seinem linken Auge zeugte von dem Ausraster einer Frau, der er die Nachricht vom Tode ihres Luden überbracht hatte. Statt Erleichterung darüber zu verspüren, ihren Abzocker los zu sein, brach die Frau in aggressive Trauer aus, die sich am Überbringer der Nachricht entlud. Sie hatte eine Flasche an der Tischkante zerschlagen und war Klöppner damit über die Stirn gefahren, bevor er sie, überrumpelt von ihrem Angriff, überwältigen konnte. Alle im Dezernat kannten die Geschichte, sie wurde den jeweils Neuen immer hinter vorgehaltener Hand kolportiert, manchmal mit Häme, manchmal mit Anteilnahme. Klöppner beendete die kurze Pause, die entstanden war. »Wir teilen nun die Aufgaben zu. Wagenrad und Bremer, ihr versucht auf der Mess was herauszufinden. Vielleicht hat doch jemand was gesehen. Auch wenn die Mess jetzt um die Uhrzeit noch nicht offen hat, geht ihr gleich hin. Viele Ständebesitzer sind bestimmt früher da und haben jetzt, bevor der Rummel losgeht, Zeit für euch. Befragt auch den Wachdienst, der dort nachts seine Runden dreht. Vielleicht ist denen in den Nächten zuvor was aufgefallen.« Nun suchte er den Blickkontakt zu Melanie. »Härter und Kenner, ihr fahrt nach Rehheim. Härter hat dort Ortskenntnisse, das kann von Vorteil sein. Ihr ermittelt im Wohnumfeld. Die Ehefrau lasst ihr heute aber noch in Ruhe. Außerdem steht die mit Sicherheit unter Medikamenteneinfluss.«

Klöppner verteilte noch weitere Aufgaben wie die Einholung des richterlichen Beschlusses zur Überprüfung der Telefonverbindungen des Toten in letzter Zeit und die Aufhebung des Bankgeheimnisses für Ermittlungszwecke. Dann erhob er sich und gab damit das Zeichen zum Aufbruch. »Morgen früh um dieselbe Zeit. Sammeln eurer Ergebnisse und Besprechung.«

9

Jörg, der vor Melanie die Treppen hinunter polterte, meinte über die Schulter zu ihr: »Das gesamte Wochenende ist wieder beim Deubel. Barbara wird sich freuen.«

Melanie schlug ihm von oben neckisch auf die Schulter: »Wenn das bloß nicht wieder eine Eifersuchtstirade auslöst und sie hier anruft, um zu kontrollieren, ob du wirklich arbeitest«, und kicherte.

Jörg blieb so abrupt stehen, dass Melanie auf ihn drauf lief. »Melanie, darüber brauchst du echt keine Späße zu machen. Es war peinlich genug, als Barbara bei den Kollegen anrief und mir hinterherspionierte.«

Melanie rieb sich den Arm. »Ist ja gut, Mensch, Jörg, nimm es doch mit Humor.«

Jörgs Augen blitzten. »Apropos Humor. Hast du gestern in Lederhosen bedient? Ich meine, weil doch auch grad Oktoberfest auf dem Alten Messplatz ist?«

Es blitzte kurz in Melanie Augen auf, dann gab sie ihm einen kräftigen Schubs. Jörg konnte sich gerade noch am Geländer abfangen, beinahe wäre er über die Treppe gestürzt. Verärgert drehte er sich um. »Sag mal, spinnst du? Austeilen, aber selbst nichts einstecken wollen, was, Frau Kollegin?«

Melanie beschloss, das Kriegsbeil zu begraben, sie musste das ganze Wochenende über mit ihm auskommen und hoffte, Jörgs loses Mundwerk damit fürs Erste gestoppt zu haben. Außerdem musste sie Felix anrufen. Es gefiel ihr gar nicht, dass er allein zu Hause war. Viel lieber hätte sie mit ihm über die Ereignisse der letzten Nacht gesprochen. Aber als sie aus dem Haus ging, schlief er noch. Hoffentlich schlief er recht lange. Schlaf war ein Allheilmittel, auch für die Seele.

Sie nahmen auf dem Hinterhof des Polizeigebäudes den weißen Opel in Besitz und machten sich auf den Weg nach Rehheim. Während Jörg den Wagen lenkte, versuchte Melanie, Felix anzurufen. Aber es schaltete sich nur die Mailbox ihres Sohnes zu. Sehr gut, also schlief er noch. Zufrieden lehnte sie sich zurück.

»Klöppner ist lustig, wenn er meint, ich sei besonders geeignet, mit dir nach Rehheim zu fahren, weil ich Ortskenntnisse habe. Erstens ist Rehheim so mini, das hast du in einer halben Stunde durchlaufen und komplett erkundet und zweitens wohne ich in Mannheim! Da habe ich meinen Lebensmittelpunkt. Ich bin nicht oft in Rehheim, ich telefoniere aber viel mit Lisa und meinen Eltern. Was meint der denn, wie viel Zeit ich habe? Wenn ich abends nach Hause komme, muss ich noch in der Wohnung was tun, einkaufen, mich um die Wäsche kümmern und so weiter.« Sie schüttelte verärgert den Kopf. »Nur weil seine Frau daheim ist und ihm alles abnimmt, meint er immer, bei anderen Leuten sei das auch so. Wenn er Feierabend macht, geht's für mich zu Hause nochmals los.«

»Aber du stammst von dort. Dir erzählen die Leute vielleicht mehr.«

»Klar, ich bin die Leuteflüsterin!«

Melanie löste den Sicherheitsgurt und schlüpfte aus dem Wagen. Ruhig war es in Rehheim, an diesem Samstagmorgen. Es war bereits jetzt zu merken, dass der Tag nochmals warm werden würde. Prächtigstes Altweibersommerwetter gäbe das heute wieder. Sie machten sich auf den Weg zu Manfred Grönerts Haus, Melanie wusste den Weg und ging voraus durch Rehheims Altstadt mit den schmucken Fachwerkhäusern.

»Wie viele Winzer gibt es hier eigentlich noch?«, Jörg hatte seine Sonnenbrille aufgesetzt und lief neben ihr her.

»An die Hundert sind das schon noch. Aber die meisten von denen betreiben den Weinanbau nur noch im Nebenerwerb. Die bauen an und ernten, den Ertrag liefern sie dann an die Winzergenossenschaft, dort wird weiter verarbeitet. Selbständige Winzer, die auch noch selbst keltern, gibt es nur noch fünf.« Und nun schwang unverkennbar Stolz in ihrer Stimme. »Meine Schwester Lisa ist eine von diesen fünfen. Vom Rebanbau bis der Tropfen im Glas landet, macht die Lisa auf unserem Gut alles selbst.« Unser, sie sagte tatsächlich unser Gut. Winzertochter blieb man eben doch ein Leben lang.

»Schon ein Prachtweib, deine Schwester. Und immer noch Single?«, fügte er mit ironischem Ton in der Stimme hinzu.

»Sag mal, geht dich das irgendetwas an?«

»Ich mein ja bloß. Ist doch bestimmt eine gute Partie, die Lisa.« Er lächelte sein Zahnpastawerbelächeln und setzte seine makellosen Zähne in Szene.

Melanie versetzte ihm einen Stoß in die Rippen. »Halt dich bloß fern von der Lisa, sonst, du Superbulle …« Sie schwieg vielsagend.

»O je, dann bekäme ich dich als Schwägerin. Nein, ich überlege mir das noch. Sonst wären wir beide miteinander verwandt.«

»Blödmann!«

Vor einem stattlichen Sandsteingebäude hielt Melanie inne. Über der Hoftür stand die Zahl 1895 eingeritzt. Weinranken waren an der Hausfassade befestigt, vereinzelt hingen noch dicke Trauben daran. Die hatten sie wohl aus Dekorationszwecken trotz ihrer Überreife hängen lassen. Sie verströmten einen süßlichen Geruch, einige Wespen labten sich an ihnen. Unter dem Dach flogen Schwalben aus dem dort angeklebten Nest davon. Melanie drückte fest auf die Klingel. Vielleicht gab es noch andere Mitbewohner außer Grönert, der wächsern in der Heidelberger Gerichtsmedizin lag, und seiner Frau, die zur Beobachtung im Mannheimer Universitätsklinikum einbehalten worden war. Aber auch auf ihr zweites Schellen kam niemand an die Tür. Dafür klappte im Nachbarhaus gegenüber geräuschvoll ein Fenster auf, wie aus dem Panzer einer Schildkröte schob sich vorsichtig ein Kopf nach draußen. Silbergraue Sauerkrautlöckchen umrahmten ein spitzes Gesicht. »Was wollen Sie denn von denen? Da ist keiner da! Die sind beide weg! Außerdem war die Polizei bei denen heute, sehr früh schon, eigentlich noch in der Nacht!« Das zarte Persönchen verfügte über ein lautstarkes Organ, das das gesamte Viertel beschallte. Mit unverhohlener Neugier musterte sie die beiden.

Jörg und Melanie gingen zu dem offenen Fenster, dem ein leichter Kohlgeruch entströmte. »Können wir kurz zu Ihnen reinkommen?«

Wieselflink huschte die alte Frau an ihre Haustür und öffnete sie. Melanie streckte ihr den Polizeiausweis entgegen und stellte sich und Jörg vor. Beflissentlich wies Elfriede Mäkler ihnen den Weg zur Küche. Melanie glaubte, in einem Museum gelandet zu sein. Die Küche sah aus, als sei sie vor 70 Jahren eingerichtet und seither nicht verändert worden. So ein altmodisches Büfet fürs Geschirr mit gläsernen Schubern zum Rausziehen für Salz, Zucker und Kaffee hatte sie schon lange nicht mehr zu Gesicht bekommen. Im Eck stand ein altertümlicher Gasherd. Der Kohlgeruch vermischte sich mit dem Duft von Kernseife. Alles sah überreinlich aus, beinahe steril. Vorm Fenster lag ein Kissen mit Brokatbezug, da stützte sie wohl ihre Ellenbogen darauf, wenn sie hinausschaute.

»Das habe ich alles so, wie es ist, von meinen Eltern übernommen, ist alles noch wie damals«, Stolz klang in ihrer Stimme. Sie hatte Melanies Blick bemerkt.

Gute Beobachtungsgabe, registrierte Melanie. »Ist Ihnen in letzter Zeit etwas aufgefallen bei Grönerts?«

Elfriede Mäkler setzte sich. »Wissen Sie, ich schaue immer so gern aus dem Fenster. Und da sieht man so allerhand, das kann ich Ihnen schon sagen. Und bei Grönerts, da kann ich ganz genau hinschauen, weil die genau gegenüber sind. Und wenn die abends Licht machen und ihre Läden nicht schließen, dann kann ich sogar reinschauen, bei denen.« Sie strich mit der Hand das Wachstischtuch glatt. »Ich wohne schon lang allein, seit damals, als mein Bruder starb. Wir haben beide das Haus von unseren Eltern übernommen. Aber nun gibt es nur noch mich. Ich bin die einzige Mäkler in ganz Rehheim.« Stolz huschte über die unzähligen Falten ihres Gesichtes.

Jörgs rechter Oberschenkel begann zu zucken. Diese Geste kannte Melanie nur zu gut. Es war ein Zeichen äußerster Ungeduld. Sie versuchte, ihn mit ihrem Blick zu beschwichtigen. Er hatte wohl Angst, sie müssten sich nun die gesamte Lebensgeschichte von Elfriede Mäkler anhören. Beginnend bei ihrer Zeugung. Oder mit dem ersten Date ihrer Eltern.

Jörg hielt leidlich mühsam seine Ungeduld in Zaum und presste zwischen den Zähnen hervor: »Frau Mäkler, war in letzter Zeit etwas Ungewöhnliches bei Ihren Nachbarn zu sehen?« Rasch fügte er hinzu: »Bei Grönerts?« Womöglich käme sonst eine Auflistung der Gäste der letzten vier Wochen in allen Rehheimer Haushalten, vielleicht führte Elfriede sogar Buch über ihre Beobachtungen. Leuten dieses Schlages war vieles zuzutrauen.

Die Frau dachte nach. »Moment mal«, sie erhob sich und schlurfte an ihr Büffet. Dort öffnete sie eine Schublade und zog ein schwarzes Heft heraus. Damit kam sie wieder an den Tisch zurück. »Schauen Sie mal, Herr Kommissar«, sie schob Jörg das Heft hin, »da habe ich aufgeschrieben, wer wann und wie lange bei Grönerts war.« Nach einer kleinen Pause fügte sie hinzu: »Für die anderen habe ich eigene Hefte.«

Jörg starrte Elfriede Mäkler mit offenem Mund an. Sein Haar fiel ihm ins Gesicht. Den Schubser Melanies an seinem Knie fühlte er kaum.

Melanie griff nach dem Heft in dem wächsernen Einband. »Dürften wir uns das ausleihen und mitnehmen, Frau Mäkler?« Sie hoffte, ihr Lächeln würde honigsüß genug ausfallen. »Vielleicht hilft uns das.«

Elfriede Mäkler nickte eilfertig in Richtung Jörg. »Aber selbstverständlich, wenn es dem Herrn Kommissar hilft. Aber warum interessieren Sie sich eigentlich dafür?«

Melanie sagte so sachlich wie möglich: »Herr Grönert ist heute Nacht ermordet worden.«

Das Gesicht Elfriede Mäklers wurde aschgrau. »Ein Mord? Hier vor meiner Tür? Das kann nicht sein! Das hätte ich gesehen! Gestern Abend war doch gar keiner bei Grönerts!«

»Die Leiche wurde auf der Mannemer Mess gefunden.«

»Da komme ich natürlich nicht mehr hin«, meinte Elfriede Mäkler schnippisch. »Da passiert mal was richtig Aufregendes, und dann fahren die dazu nach Mannheim rein!«

Draußen schüttelte Jörg den Kopf. »Ich fasse es nicht. Ich habe noch gedacht, die ist doch eigentlich genau der Typ, den man sich vorstellt, der Buch führt über die Nachbarn. Natürlich hielt ich meinen Gedanken für einen schlechten Witz. Aber die führt tatsächlich Buch über die Besuche bei den Nachbarn!« Er starrte fassungslos auf das Heft in seiner Hand. »Und dann dieses Mitleid mit dem Opfer! Nicht zu toppen! Ich krieg mich nicht mehr ein.« Er tippte sich mit dem Zeigefinger an die Stirn.

»Erinnert ein bisschen an die gefühlskalten Blockwarte aus dem Geschichtsunterricht, nicht wahr? Scheint einfach in der Mentalität mancher Leute zu liegen, die anderen beobachten zu müssen.«

»Menschen, die kein eigenes Leben haben?«

»Vermutlich.«

»Aber warum schreibt sie das auch noch auf?«

»Soll sie etwa das tägliche Wetter aufschreiben, oder was? Für uns ist es doch ein Volltreffer, diese Aufzeichnungen zu kriegen. Vielleicht steckt da ein Hinweis drin, wer der Täter war. Oder auf das Motiv.« Melanie zuckte mit den Schultern. »Oder auf irgendetwas, das uns irgendwie weiterhilft.«

Jörg schüttelte sein halblanges schwarzes Haar und setzte wieder die Sonnenbrille auf. »Was denkst du denn, was da dahintersteckt?«

Melanie sagte unwirsch: »Keine Ahnung, woher soll ich das wissen.«

Jörg blieb stehen. »Hängt das vielleicht mit Wein zusammen? Der Grönert war doch auch Winzer.«

Melanie schüttelte den Kopf. »Der hat verkauft, der war kein Winzer mehr.«

»Der hat verkauft? Gibt man so etwas nicht immer weiter an die nächste Generation? So ein Gut bleibt doch immer in der Familie! Das verkauft man doch nicht einfach.«

»Wenn du einen Nachfolger hast, klar. Aber Grönerts Tochter wollte nicht übernehmen. Die wohnt gar nicht mehr hier. Die ist damals weggezogen.«

»Damals?« Jörg zog die Brauen hoch. »Was heißt das?«

»Das ist Jahre her, so genau weiß ich das jetzt nicht. Aber die war sogar Weinkönigin. Wenn du Weinkönigin wirst, dann kommst du aus einer richtig alten Familie.«

»Warst du auch mal …?« Jörg führte die angedeutete Frage nicht zu Ende und lächelte vielsagend.

»Vergiss es!«, giftete ihn Melanie an. »Ich im Dirndl auf Empfängen und Küsschen hier und dort? Das war nicht mein Ding.« Bei dem Wort Dirndl verzog sie das Gesicht zu einer angewiderten Grimasse.

Jörg grinste breit. »Und Lisa?«

»Lisas Welt ist das auch nicht. Sie schlägt immer mal wieder scherzhaft vor, Felix solle sich mal als Weinkönig bewerben. Aber da sind die Regeln eisenhart: Weinkönigin wird immer eine liebreizende Frau, eine Hoheit.« Nun lachte sie, »Felix als Weinkönig, das wäre echt ein Ding!« Unwillkürlich hatte sie ihre Schritte in Richtung ihres Elternhauses gelenkt, ein prächtiger Hof mitten im Ortskern, ebenfalls aus rotem Sandstein erbaut. »Die sind bestimmt nicht da, und ich bräuchte so dringend einen Kaffee«, meine sie illusionslos.

»Gibt es hier vielleicht ein Café? Da könnten wir uns doch auch umhören und dabei einen Kaffee trinken, oder?« Auch Jörg konnte einen Koffeinstoß vertragen.

»In der Hauptstraße, da ist ein Bistro. Da gibt's bestimmt Kaffee.«

»Lass uns da hingehen. Ich brauche dringend einen Koffeinschub.«

Es war dann wohl doch eher der Zwiebelkuchen, der Jörg in Ellis Bistro zog. Davor saßen einige wenige Gäste auf dicken Kissen. Eine mollige Frau hatte sich eine der roten Decken, die auslagen, um die Hüften geschlungen.

»Draußen oder drinnen?«, fragte Jörg.

»Drinnen! Draußen sitzen nur Touristen, die wissen sicher nichts. Aber drinnen sind vielleicht ein paar Stammgäste, die kann man vielleicht was fragen.«

Statt des Kaffees bestellte sich Jörg zum Zwiebelkuchen einen Federweißen dazu. »Einer schadet nicht.«

»Klar, bist ja in Übung.«

»Wein ist gesund, das müsstest du doch am besten wissen.«

Als die Mittfünfzigerin den jungen Wein brachte, der trübe im Glas perlte, lobte er den Zwiebelkuchen überschwänglich. Die Frau, die zum schwarzen Minirock eine weiße Bluse trug, die zu weit offen stand, war sehr empfänglich für seine Komplimente. »Der ist nach einem Rezept meiner Mutter. Das hat sie mir zum Glück verraten, als ich das Bistro übernahm.«

»Sie sind die Tochter von der Elli?«, fragte Melanie, der sie einen Latte Macchiatto gebracht hatte.

»Ja. Kennen Sie sie?«

»Ich bin hier aufgewachsen. Da kennt man Ellis Bistro.«

»Sie sind von hier? Dann müsste ich Sie doch kennen!« Die Frau musterte sie eingehend. »Ich bin die Wirtin, Susan.«

»Ich bin früh weggezogen, gleich nach dem Abi. Und jetzt bin ich kaum mehr da.«

»Wie heißen Sie denn, vielleicht kenne ich Ihre Familie.« Sie setzte sich.

»Härter, Melanie Härter.«

»Von Härters Weingut? Ist die Lisa Ihre Schwester?«

»Volltreffer.«

»Die Lisa beliefert mich, macht tolle Weine, die Frau. Und kennt sich echt gut aus.« Aus ihrer Hochsteckfrisur lösten sich einige fusselige Haare, die sie mit gekonnten Griffen wieder in die Frisur steckte. Im Ausschnitt ihrer Bluse, wo die Haut wie leicht plissiert wirkte, verschwand zwischen zwei von einem gepolsterten Büstenhalter hochgehievten Brüsten der Anhänger einer silbernen Kette. »Trotzdem komisch, dass wir beide uns nicht kennen.«

»Die Kollegin hat ihren Lebensmittelpunkt in Mannheim«, witzelte Jörg.

»Kollegin?« Die beiden waren also kein Paar, stellte Susan zufrieden fest. Der Mann sah für ihr Dafürhalten ganz lecker aus, groß, schwarzhaarig, markantes Gesicht und damit genau ihr Typ. Dass er einige Jahre jünger als sie war, störte sie in keiner Weise, fühlte sie sich doch selbst wesentlich jünger, als es ihr Personalausweis glauben machen wollte. Sie streckte ihren Rücken durch und brachte damit ihren üppigen Ausschnitt noch besser zur Geltung. Sie lächelte ihn an. »Wenn Sie das Rezept für den Zwiebelkuchen haben wollen, dann kann ich Sie ja mal anrufen.«

»Wählen Sie einfach die 110«, zischte Melanie.

Jörg trat ihr unter dem Tisch gegen den Fuß.

»Die 110?«, echote Susan verständnislos. »Warum soll ich die Polizei rufen? Können Sie nicht bezahlen, oder was?«

Melanie lächelte sie maliziös an. »Mein Kollege und ich, wir sind die Polizei. Besser gesagt, wir sind von der Kripo.«

Susan griff an ihren oberen Blusenknopf und fingerte daran herum. »Und ihr seid zum Ermitteln hier?«

»Genau so.« Melanie schnaufte zufrieden aus. Endlich hatte die Frau kapiert, warum sie hier waren und würde hoffentlich endlich damit aufhören, ihren vor Testosteron überschäumenden Kollegen anzubaggern.

»Dann seid ihr wegen dem Grönert da.«

»Richtig, wir ermitteln in einem Mordfall.« Jörg genoss seine Wirkung auf Susan durchaus. Reife Frauen waren für ihn wie reifer Wein, beides wurde mit den Jahren immer besser. Und schließlich naschte er so gern.

Melanie verdrehte genervt die Augen. »Ist Ihnen vielleicht irgendetwas aufgefallen, in letzter Zeit, hier im Ort? War Manfred Grönert als Gast hier, bei Ihnen?«

Susan lachte kurz auf. »Hier, bei mir? Nein, der konnte doch seinen Wein zu Hause trinken, der hatte selbst genug davon. Seinen Weinkeller hat er schließlich diesem Streicher nicht mitverkauft.«

»Er hat seinen Weinkeller behalten?«

»Ja, natürlich. Der Grönert hat alte Weine gesammelt. Der Streicher hat die auch unbedingt haben wollen. Aber der Grönert blieb eisern. Vielleicht wollte er die Sammlung seiner Tochter vermachen.«

»Der Sylvia.«

»Die kenne ich auch kaum.«

»Sylvia ist in etwa so alt wie ich.«

Susan musterte sie, studierte die Fältchen um ihre Augen. Wenn sie jetzt sagte, dass sie dann in einem Alter wären, würde Melanie sie töten. Sie versuchte, dies in ihren Blick zu legen.

»Tja, da liegen wohl einige Jährchen zwischen uns. Aber die Sylvia war mal Weinkönigin, deshalb kennt wohl jeder ihren Namen hier in Rehheim. Vielleicht wollte der Grönert seine Sammlung für sie aufheben, damit sie in der Familie bleibt.« Susan strich ihren Rock glatt. »Und auch sonst hat der Grönert nicht alles dem Streicher verkauft.«

»Und das wäre?«, fragte Melanie.

»Ja, also, es gibt da eine Klausel im Vertrag, dass der Streicher die Namensrechte des Weinguts nicht verkaufen darf. Nur Rehheimer Wein soll den Namen tragen. Wein, der hier angebaut ist. Dem Grönert sein Weingut gibt es schon seit vielen Generationen, da ist so ein Name wohl was wert.«

»Was bringt es denn, den Namen eines Weingutes zu kaufen, wenn der Wein von woanders herkommt?«, warf Jörg ein, während er sich wunderte, dass solche Vertragsdetails im Ort die Runde machten. Aber vielleicht war Grönert stolz darauf und hatte es selbst erzählt.

»Im Moment tun sich ganz neue Absatzmärkte auf. ›Badischer Wein erobert China‹, haben Sie das nicht in der Zeitung gelesen? Die Chinesen fangen an, Wein aus Europa zu trinken, bevorzugt aus traditionsreichen Lagen. Aber die Nachfrage kann gar nicht gedeckt werden. Überlegen Sie doch mal, wie viele Chinesen es gibt! Wenn von denen jeder an jedem Tag ein Glas Wein trinkt, das wäre gigantisch! Da sind Männer unterwegs, die kaufen die Namen auf und panschen dann den Wein irgendwo anders zusammen.«

»Ganz schöner Beschiss.«

»Glauben Sie denn, ein Chinese, der sich den Wein mit Cola mischt, schmeckt den Unterschied? Für den zählt nur, was auf dem Etikett steht.«

»Wer ist denn hier in Rehheim hauptberuflich Winzer, neben meiner Schwester?« Melanie zog ihren Notizblock aus der Handtasche.

»Da sind noch der Eberhard Wallner, Ulrich Neuner, Günter Lang und der Hans Wenzel.«

»Meinen Sie, bei denen haben die Chinesen auch versucht, Namensrechte zu kaufen?«

»Könnte ich mir schon vorstellen. Aber so was macht ein echter Rehheimer nicht.«

»Warum eigentlich nicht?«, fragte Jörg.

»Weil die Leute hier im Ort traditionsbewusst sind. Die machen nicht jede Mode mit, die vielleicht morgen schon wieder vorbei ist.«

Melanie wusste jetzt wieder, warum sie froh war, in der Stadt zu wohnen. ›Traditionsbewusst‹ war manchmal auch eine Art der Umschreibung für stures Festhalten an Althergebrachtem und der Weigerung, Neues überhaupt nur zur Kenntnis zu nehmen. ›Das haben wir schon immer so gemacht und es war immer recht‹, war einer der Sprüche, mit dem man sie wirklich nerven konnte.

»Sprechen Sie doch am besten selbst mit den Winzern. Die treffen sich immer beim Wenzel.«

»Wegen Grönert?«, fragte Melanie.

»Nein, es geht um die ›Rehheimer Cuveé‹. Jedes Jahr wird ausgelost, wer sich daran beteiligen darf. Und dieses Jahr ist was schiefgelaufen, es wird keine Cuveé ausgeschenkt. Aber fragen sie die am besten selbst danach.«

Melanie fiel die Bemerkung ihrer Mutter wieder ein. Die hatte doch auch etwas vom Ärger mit der Cuveé erzählt. »Wann treffen die sich?«, fragte sie.

»Übermorgen.«

Sie würden morgen Vormittag im Büro die schwarze Kladde von Frau Mäkler durchgehen. Vielleicht fand sich da ein Punkt, an dem sie ansetzen und weiter bohren konnten.

Melanies Beine fühlten sich an wie aus Gummi, als sie endlich die Haustür öffnete. Sie fürchtete, bei jedem Schritt einzuknicken, so müde war sie. Wieder mal würde sie heute Pizza kommen lassen, nach Kochen war ihr wirklich nicht zumute. Sie fühlte sich mit jeder Faser ihres Körpers hundemüde und hoffte, dass sie sich nach einem Gespräch mit Felix hinlegen und schlafen konnte, falls er jetzt zu Hause wäre. Vielleicht vorher noch ein Glas Chardonnay, zum Ausklang des Tages.

10

Lisa Härter hatte ihren Wecker für Samstag erst auf sieben Uhr gestellt, das gönnte sie sich nach dieser Horrornacht. Während der Erntezeit schrillte er täglich um fünf Uhr, das tat fast in den Knochen weh. Wenn überhaupt, könnte sie heute sowieso erst abends ihren Weinbrunnen auf der Mess öffnen, das hatten die Beamten ihr in der Nacht klipp und klar gesagt. Dass den Grönert ausgerechnet jemand an ihr Weinfass genagelt hatte! Was für eine grausige Tat. Lisa schüttelte sich. Hatte das etwas mit ihr zu tun? War das gegen sie gerichtet? Lange hatte sie sich in der Nacht hin und her gewälzt und nach einer möglichen Verbindung zwischen ihr und dem Opfer gesucht. Sie hatte keine Idee, weshalb dieser Perverse den Toten ausgerechnet bei ihr auf so brutale Art drapierte. Manfred Grönert bot ihr damals an, seinen Wingert zu kaufen, um ihren Betrieb zu vergrößern, was sie jedoch ablehnte. Ihre eigenen Flächen genügten ihr völlig. Außerdem hatte sie kurz zuvor in die neue Göranlage investiert, sie wollte keinen zusätzlichen Kredit aufnehmen. Wieso war das ausgerechnet an ihrem Mess-Ausschank passiert? Verdammt noch mal, dafür musste es doch einen Grund geben! Sollte ihr damit eins ausgewischt werden? Hatte sie in letzter Zeit irgendjemanden ganz schlimm geärgert, einen großen Auftrag vor der Nase weggeschnappt? Ihre Gedanken drehten sich im Kreis, sie fand keine Antwort.

Das Gesicht, das ihr im Badezimmer aus dem Spiegel

entgegen blickte, sah reichlich verknittert aus. Lisa trug eine dicke Schicht Creme auf und hoffte, dies würde das Ganze etwas mildern. Sie zog einen dünnen Morgenmantel über. Sie wohnte immer noch auf dem Winzerhof in der Ortsmitte von Rehheim, gemeinsam mit ihren Eltern. Oben im ersten Stock bewohnte sie ein geräumiges Zimmer mit eigenem Bad, ihr Büroraum und ein Zimmer für Felix trennten sie vom Schlafraum ihrer Eltern und deren Bad. Mit Selbstverständlichkeit war sie kurz nach seiner Geburt die Patin des Sohnes ihrer Schwester geworden. Als er klein war, wohnte er oft bei ihnen, vor allem wenn er krank war und seine Großmutter sich dann um ihn kümmerte. Auch Lisa genoss die Zeit sehr, wenn ihr kleiner Neffe bei ihnen war. Im Moment war er etwas verschlossen und erzählte nicht sehr viel, das würde sich mit Ende der Pubertät bestimmt legen. Aber dass ausgerechnet Felix die Leiche finden musste! Himmelherrgottsakramentjuchhee, das hätte nun wirklich nicht sein müssen.

Schon im geräumigen Flur des alten Sandsteinhauses roch es nach Kaffee. Lisa ging über die braunen Fliesen des Flurs im Untergeschoss, deren Oberfläche durch die Jahrzehnte hindurch von vielen Füßen samtig geschliffen worden waren. In der Küche hantierte Susanne Härter bereits am Schneidbrett. Zu dem Duft von frisch gebrühten Kaffee mischte sich der Geruch aufgeschnittener Zwiebeln. Neben einem Induktionskochfeld verfügte die großzügige Kochinsel in der Mitte des Raumes über einen neuen Gasherd. Hier kochten sie auch, wenn sie Gäste in ihrer Weinscheuer bewirteten. »Ich mache noch ein paar Bleche Zwiebelkuchen, für heute

Abend.« Auch der Backofen war für gastronomische Mengen ausgerichtet.

»Meinst du wirklich, wir können heute noch öffnen?«

»Ah jo, das glaube ich aber!« Energisch zerkleinerte Susanne Härter mit schwungvollem Schnitt die Zwiebeln. »Wir haben mit dem Toten überhaupt nichts zu tun, und außerdem war das *hinter* unserem Zelt!«

Lisa füllte eine große Tasse mit Kaffee und setzte sich auf die Bank am großen Kachelofen. »Wäre schon gut, wenn wir aufmachen könnten. Die Einnahmen würden uns nämlich sonst fehlen.«

Susanne ließ das Messer eine Spur schärfer auf die Zwiebeln niedersausen. »Wie schaut es denn mit den Anmeldungen für das Winzerfest aus, zum Ende des Monats?«

Lisa nahm die Beine hoch auf die Bank und zog den Morgenmantel darüber. »30 Anmeldungen, aber ich denke, da kommt noch was rein.« Sie nahm einen Schluck Kaffee aus ihrer Tasse. »Das Herbstleuchten im Weinberg wird der Hit, das ist zwei Wochen später. Das machen wir am Samstag vor Allerheiligen. Da haben sich schon über 40 Leute angemeldet. Bei 50 ist Schluss«, sie fuhr mit der Handkante durch die Luft und machte einen imaginären Schnitt, »mehr nehme ich nicht an, die trampeln sonst zu viel im Weinberg herum.«

Das Bimmeln des Telefons ließ beide Frauen aufhorchen. Susanne legte das Zwiebelmesser aus der Hand. »Härter«, und nach einer kurzen Pause, »das ist eine gute Nachricht. Haben Sie denn schon irgendetwas?« Sie blickte vielsagend zu Lisa. »Also gut, vielen Dank. Auf Wiederhören.«

Lisa stellte ihre Tasse ab. »Und, was gibt's?«

»Das war der Chef von der Melanie.« Susannes Blick triumphierte. »Wir können heute Abend wieder aufmachen. Ab 18 Uhr können wir öffnen.« Sie warf die Hände nach oben und drehte sich um die eigene Achse.

Die Tür zur Küche wurde geöffnet und Wolfgang Härter, bereits in Jeans und kariertem Hemd, setzte sich an den Tisch. »Guten Morgen, allerseits.«

Seine Frau stellte ihm einen Becher mit dampfendem Kaffee unter die Nase und legte ihm ein Butterhörnchen dazu. Wolfgang schaute zu ihr hoch. »Blöde Sache, das mit dem Manfred. Und dann noch ausgerechnet an unserem Weinfass!«

»Geh fort, das hat doch nichts mit uns zu tun!« Susanne vertrat resolut diese Ansicht. »Das ist purer Zufall. Da hat halt jemand eine Holzwand gebraucht und die bei uns gefunden. Zufall, absoluter Zufall!« Sie war ganz sicher.

»Als ob es nicht schon blöd genug wäre, dass wir dieses Jahr keine Rehheimer Cuveé haben, weil so ein Idiot einen unerlaubten Geschmacksstoff hineingemischt hat! Die Cuveé haben wir auf der Mess immer ganz gut ausgeschenkt.« Wolfgang überlegte. »Hoffentlich geben die bald Bescheid, wann wir unseren Ausschank wieder öffnen dürfen. Die Mess geht noch eine ganze Woche, es wäre verdammt ärgerlich, wenn wir dichtmachen müssten. Kostet ja auch Geld, so ein Platz auf der Mess. Wir haben im Voraus bezahlt, keine Ahnung, ob wir das wiederkriegen.«

»Nein, nein, nichts da! Wir machen nicht dicht. Der Chef von der Melanie hat grad eben angerufen, heute Abend um 18 Uhr können wir wieder öffnen.« Susanne strahlte.

»Was ist denn mit dem Bu, die Melanie schafft doch heut bestimmt. Die haben doch sicher eine Soko gebildet. Der Bu kann doch heute nicht allein sein!« Wolfgang strich mit der flachen Hand über seinen Kopf. »Wir hätten den in der Nacht mitnehmen und nicht in der Schwetzingerstadt aussteigen lassen sollen.« Er stand auf und ging ans Fenster. »Der soll zu uns kommen. Es geht nicht, dass wir ihn mit so einem Erlebnis allein lassen.«

Susanne nickte zustimmend. »Ich hätte ihn heute Nacht auch lieber mitgenommen. Aber er wollte partout nicht. Hat eben einen Dickkopf wie seine Mutter.«

Und wie seine Großmutter, dachte Lisa. Laut sagte sie: »Haben die sonst noch was gesagt? Wissen die schon irgendetwas?«

»Die haben nur gemeint, dass sie mit dem Spuren aufnehmen heute Mittag fertig werden. Die wollen sich bei Tageslicht nochmals alles genau anschauen. Und dann spricht nichts dagegen, dass wir wieder öffnen. Zumal der Tote«, sie seufzte, »wenigstens hinter unserem Zelt war und nicht auch noch dringelegen hat!«

»Steht denn schon was in der Zeitung?« Wolfgang zeigte auf den ›Mannheimer Anzeiger‹, der auf der Anrichte lag.

»Alla, das ist doch nach Redaktionsschluss passiert, da ist heute noch nichts drin.« Susanne wetzte das Messer, bevor sie an den Speck ging.

Lisa erhob sich und goss Kaffee in ihre Tasse nach. »Wieso überhaupt der Grönert und dann auch noch ausgerechnet unser Weinfass?«

Susanne fuhr auf: »Das habe ich mich auch die ganze Nacht gefragt. Wir haben doch nichts mit dem! Ist schon eine Unverschämtheit, den bei uns dranzunageln!« Sie hielt inne. »Wie es wohl seiner Frau geht? Die waren doch bestimmt schon bei ihr und haben es ihr gesagt.«

Lisa meinte: »Du kannst ja mal zu ihr gehen. Die hat doch niemanden hier.«

»Ihre Tochter ist weg.«

»Wie, weg?«, fragte Wolfgang.

»Die ist doch damals weggezogen«, sie zog ein vielsagendes Gesicht.

»Und warum?«, brummte Wolfgang. »Ach was, gleich kommt wieder Weibergewäsch. Das höre ich mir jetzt nicht an. Ruf du lieber den Bu an und sag ihm, dass er über Mittag zu uns kommt. Der soll mit der Straßenbahn fahren. Ich muss nämlich noch Gläser richten für heute Abend.«

Lisa musste noch was Dringendes erledigen, sie steuerte die Tür an: »Ich gehe nach oben und ruf den Felix an. Dann telefoniere ich mit den Aushilfen. Melanie fällt wohl aus heute Abend.« Sie öffnete die Tür und fügte in bestimmenden Ton hinzu: »Und der Felix fällt auch aus.« Mit dem erneut gefüllten Kaffeebecher ging sie nach oben.

In ihrem Büro ging Lisa die Liste der Aushilfen durch. Sie las die Namen der Studentinnen und Studenten, die auf Abruf bereitstanden. Manche konnten zwar in der Regel nicht kurzfristig einspringen, aber für die Mess hielten sich eigentlich alle frei, da es wegen des Trinkgeldes ein lukrativer Job war. Gleich bei der ersten Nummer hob aber niemand ab. Lisas Blick glitt zum nächsten Namen in der Excel-Datei. Sie ließ es weiter klingeln und trug das Datum in die Liste ein. Nach drei Minuten konnte sie den ersten Namen eintragen. Als sie noch jemand Zweites erreichte, schloss sie die Datei. Mit den bereits für heute vorgemerkten und ihr selbst waren das sechs Leute, das sollte reichen. Mutter würde hinterm Tresen stehen, Vater sich um den Nachschub der Gläser kümmern. Sie hoffte, der Mordfall würde bald geklärt werden und sich damit definitiv herausstellen, dass der Fundort der Leiche absoluter Zufall war. Was sollten sie und ihre Familie auch mit einem Mord zu tun haben? Da gab es ihrer Ansicht nach absolut keine Verbindung.

Lisa sah ihre E-Mails durch. Zwischen angeblichen Lottogewinnen aus Asien und einer Mail vom geknackten Account einer flüchtigen Bekannten, dass diese überraschend, ohne es ihr zu sagen, Urlaub in Italien mache und dort komplett ausgeraubt sei und ohne eine sofortige Überweisung von ihr nicht wieder nach Hause zurück könne, war eine E-Mail aus Freiburg. Lisa öffnete sie. Bingo! So fing der Tag doch noch gut an. Eine große Bio-Ladenkette mit Sitz in Freiburg bat um Probeflaschen ihres Weines! Lisa entfuhr ein Pfiff. Hoffentlich schaffte sie es, bei denen ins Sortiment zu kommen! Die unterhielten Zweigstellen in Baden und neuerdings eine in Berlin. Das wäre die Möglichkeit für sie, ihre Weine endlich auch in der Hauptstadt zu verkaufen. Dahin könnte sie vielleicht im nächsten Jahr ›Lisas Eiswein‹ liefern. Plötzlich blitzte es durch ihren Kopf. ›Lisas Frostiger‹! Das wars. Sie malte den Namen in roter Farbe auf einen DIN-A4-Zettel und heftete ihn an die Pinnwand neben dem Fenster. In ihrem Kopf lief ein Film ab: Bilder von teuer gekleideten Menschen in einem Berliner Atelier, die teure Bilder anschauten und in ihren Händen hochstielige Gläser mit ihrem Wein hielten.

Hoffentlich klappte der Versuch mit dem Eiswein. Wenig planbar dabei war das Wetter, von dem war Lisas Erfolg abhängig. Hoffentlich kam der Frost genau dann, wann sie ihn brauchte. Das Wetter schlug so gern Kapriolen. So wie im letzten Frühjahr, als sie zu den Eisheiligen im Mai nochmals mit Nachtfrost bedroht wurden, da konnten sie ihn nun wirklich nicht gebrauchen. Die jungen Triebe waren äußerst empfindlich. Waren sie stundenlangem Frost ausgesetzt, starben sie ab. Lisa nahm einen Schluck von dem mittlerweile nur noch lauwarmen Kaffee. Die badische Bergstraße war vom Nachtfrost verschont geblieben, nicht aber die Lagen in der nahen Pfalz. Dort legten die Winzer zusammen und mieteten Helikopter, die mit ihren drehenden Rotorenblättter dafür sorgten, dass die Luftmassen sich bewegten und die wärmere Luft nach unten gedrückt wurde, um die kalte Luft, die schwerer war und deshalb auf dem Boden lag, zu verdrängen. So blieb es nicht lange genug frostig und die jungen Triebe konnten gerettet werden. 4.000 Euro kostete so ein Einsatz pro Tag, aber ein Totalausfall wie im Jahr zuvor an einigen pfälzischen Lagen bedeutete einen Verlust, der ungleich höher zu Buche schlug.

Lisa war klar, sie war von der Natur abhängig, auf sie angewiesen. Nur im harmonischen Miteinander konnte sie der Natur etwas abgewinnen, das sie ernährte, nicht durch Ausbeutung. Das war genau der Grund, weshalb sie auf Nachhaltigkeit setzte. Mit ihrem biologischen Anbau setzte sie ein Zeichen, von dem sie hoffte, dass sich noch mehr Winzer ihrer Methode anschließen würden.

Zwischen ihrer Arbeit meldete sich ihr Tanten-Gewissen. Nach dem siebten Klingeln ging Felix ans Telefon. »Hi, Großer, na wie geht's?«

»Ey, du hast mich aufgeweckt.«

»Ist Melanie bei dir?«

»Die ist weg. Die hat Soko.«

»Magst du zu uns kommen? Setz dich in die OEG, der Opa könnt dich gebrauchen.«

»Alter, ausgerechnet heute? Ich wollte noch mal ins Bett.«

»Kommst du heute Abend auf die Mess? Oder soll ich einen Springer anrufen?«

»Was soll das jetzt? Meinst du, weil ich den gestern gefunden habe?«

»Geht es dir gut, Felix?«

»Klar, Mann, es geht mir gut.«

»Wir dürfen heute Abend unseren Ausschank wieder öffnen.«

»Krass.«

»Meinst du, du kommst heute Abend?«

»Nee, du, lass mal, heute Abend nicht.«

Lisa wäre es schon lieber gewesen, wenn Felix zu ihnen gekommen wäre. Aber war es nicht vorrangig Melanies Aufgabe, sich um ihren Sohn zu kümmern?

II

Als Melanie am Sonntagmorgen aufstand, schlief Felix noch. Immerhin war er zu Hause. Trotzdem zuckte ihr schlechtes Gewissen auf und zeigte ihr einen heftig erhobenen Zeigefinger. Gestern Abend war er wieder erst nach Hause gekommen, als sie bereits im Bett lag. Sie schrieb einen kurzen Zettel für ihn und legte ihn auf den Küchentisch. Bei einer ›Soko Mord‹ musste sie auch am Wochenende arbeiten, das war halt so. Außerdem war er immerhin schon 16 Jahre alt, auf der Schwelle zum Erwachsensein. Ob er eine Freundin hatte und bei der gestern Abend war? Sie grübelte. Hätte er es ihr nicht erzählt, wenn da jemand wäre? Sie überlegte, ob sie ein Herzchen auf den Brief neben ihrer Unterschrift kringeln sollte, ließ es dann aber bleiben. Sie versuchte, sich mit wenig Lärm fertigzumachen und leise aus der Wohnung zu gehen. Sie nahm sich ganz fest vor, heute Abend mit ihm zu sprechen.

Erich Klöppner erwartete seine Soko mit ernstem Gesicht. Seine Narbe über dem linken Auge leuchtete rot. Er steckte heute in einer beigefarbenen Hose und einem karierten Hemd. Ungeduldig klopfte er auf die Mappe, die vor ihm auf dem Tisch lag. »Wir haben den Obduktionsbericht, eine Kopie liegt auch bei Staatsanwalt Demsch.« Er setzte sich umständlich seine Lesebrille auf. »Es steht wohl eindeutig fest, dass der Fundort der Leiche auch der Tatort ist. Manfred Grönert wurde auf der Mannheimer Mess ermordet.« Er schaute über den Rand seiner Lesebrille hinweg in die Runde, musterte sie der Reihe nach, bevor er weitermachte.

Chantal Wagenrad huschte als Letzte zur Tür herein und auf ihren Platz, vom strengen Blick Klöppners begleitet. Er selbst hatte ein Wochenende mit seiner Frau in einem Schwarzwälder Wellnesshotel abgesagt, was eine bittere Diskussion mit ihr nach sich zog. Das Resultat war gewesen, dass seine Frau mit ihrer besten Freundin in das Fünf-Sterne-Hotel in den Schwarzwald abrauschte. Die Freundin reiste auf Kosten Klöppners. Das war ein schöner Batzen, denn Klöppner hatte auch sich selbst etwas Gutes tun wollen, das hatte er seiner Ansicht nach dringend nötig. Dieser Umstand ließ seinen Blick ziemlich sauertöpfisch ausfallen. »Wenn Sie morgen wieder pünktlich sein könnten, fände ich dies dem momentanen Ermittlungsstand gegenüber sehr angemessen«, schnauzte er in Chantals Richtung.

Chantal hatte nach einer wunderbaren Nacht mit ihrem neuen Freund noch etwas Zeit in ihre Restaurierung investiert. »Die paar Minute da hin oder her«, raunzte sie der neben ihr sitzenden Sabine Meyer zu. Chantal konnte einen Panzer um sich hochziehen, an dem beinahe jede Kritik abprallte. »Für die paar Kröte, für die ich da schaff', könne die ned erwarte, dass ich mein Leben riskiere«, war ihr geflügelter Spruch. Den sie wohlweislich nie vor Klöppners Ohren losließ.

»Wenn wir dann alle so weit sind, kann ich euch das Ergebnis der Obduktion mitteilen. Dr. Röntsch hat sie in Heidelberg vorgenommen.« Klöppner schaute in die Runde und dann wieder auf seine Unterlagen. »Das Opfer weist einen Einstich im Herzen auf. Sauber gesetzt, so dass kaum Blut austrat. Dr. Röntsch vermutet nach Untersuchung des Stichkanals, ein Rechtshänder habe diesen Stich ausgeführt. Und dieser Rechtshänder war größer als das Opfer.« Klöppner nahm seine Lesebrille von der Nase und drehte sie an einem der Bügel zwischen Zeige- und Ringfinger seiner linken Hand. »Und nun zu dem Umstand, dass das Opfer an die Wand genagelt war. Dr. Röntsch ist sicher, dass Manfred Grönert zu diesem Zeitpunkt noch lebte, da es zu Blutaustritt an den Handwunden kam. Allerdings«, er machte eine Pause und schaute vielsagend in die Runde, »war er vielleicht bewusstlos. Auf dem Hinterkopf des Opfers befindet sich ein Hämatom. Dieses entstand, als Manfred Grönert noch lebte. Das zeigen die Gewebseinblutungen deutlich.«

Jörg entfuhr ein kurzes Stöhnen. Lebendig an die Wand genagelt zu werden, so was hatte es noch nie gegeben in Mannheim. War da irgendein Perverser unterwegs? Irgendwie klang das Ganze nach Horrorfilm.

Chantal Wagenrad schaute irritiert auf ihre Fingernägel, die sie heute blau lackiert trug.

Melanie saß kerzengerade da. Der lebte also noch, als man ihn an die Wand nagelte? Während sie vor dem Zelt stand! Ein Mord passierte ein paar Meter hinter ihrem Rücken, und sie hatte nichts davon mitbekommen. Hätte sie den Mord verhindern können?

Jörg verfolgte gebannt die Fingergymnastik des Chefs. Ob die Brille, die er wieder abgenommen hatte und mit der er nun hingebungsvoll spielte, gleich davonsegelte und auf den Boden knallte? Heute war Sonntag. Keine Chance, dass die Lesehilfe an einem Tag wie diesem von einem Optiker repariert würde. Ob Klöppner über eine Reservebrille verfügte?

Niemand sagte etwas. Silke Bremer trug denselben verbissenen Gesichtsausdruck wie immer zur Schau. Chantal Wagenrad schluckte. Selbst dem hartgesottenen Günter Friedrich wich die Farbe aus dem Gesicht.

»Also, der hat noch gelebt, als er da drangenagelt wurde. Nun ist die Frage, weshalb wird der erst an die Wand genagelt und dann mit einem Stich durchs Herz getötet?« Klöppner erwartete Thesen von seinen Mitarbeitern.

Chantal seufzte angeekelt. Klöppner schenkte ihr einen strafenden Blick. Als Kommissarin musste man schon mal was aushalten, sonst war es der falsche Beruf.

Jörg griff die Frage auf. »Vielleicht waren es zwei Täter? Der eine nagelt ihn an die Wand und der zweite ersticht ihn?«

Melanie überlegte weiter: »Das müssen zwei gewesen sein. Der wird sich doch gewehrt haben, einer allein schafft es doch nicht, den da dranzunageln.«

Klöppner sah auf seine Ausdrucke und wiederholte sich. »Dr. Röntsch schreibt hier von einem Hämatom am Hinterkopf des Opfers. Es besteht also die Möglichkeit, dass er bereits bewusstlos war, als es zur ersten Tat kam.«

Melanie blieb hartnäckig: »Das können doch aber trotzdem zwei gewesen sein.«

Klöppner widersprach. »Wir gehen erst mal von einem einzigen Täter aus.«

»Wie viel Zeit lag denn zwischen den beiden Taten? Kann Dr. Röntsch dazu was sagen?« Die Frage kam von Silke Bremer.

»Das ist gut, dass das jemanden von euch einfällt, danach zu fragen«, kam es vorwurfsvoll von Klöppner. Sein Hemd spannte im Sitzen über seinem Bauch. »Also, Dr. Röntsch meint, da war wohl schon eine Zeitspanne von einigen Minuten dazwischen. So genau kann er das nicht sagen. Aber er ist sicher, dass beide Taten nicht unmittelbar hintereinander ausgeführt wurden. An den Handflächen trat Blut aus, dies wurde durch den Stich ins Herz gestoppt. Aufgrund der Spuren, die Dr.

Röntsch fand, kommt er zu dem Schluss, dass die Hände wenige Minuten geblutet haben mussten.«

Melanie wurde übel. Sie hatte schon einige Tötungsdelikte geklärt. Aber dieser Mord hier klang so nach mittelalterlichen Foltermethoden, so etwas war ihr in ihrer Laufbahn als Kommissarin noch nicht untergekommen. Sie hatte Mühe, sich vorzustellen, wie jemand einem Lebenden dicke Zimmerernägel durch die Hand trieb. Das musste jemand sein, der kein Mitleid mit seinem Opfer hatte. »Er sollte zur Schau gestellt werden«, sagte sie laut. »Mit diesen auseinandergebreiteten Armen. Wie jemand der besonders auf sich aufmerksam machen will. So nach dem Motto: Hier bin ich, seht mich an.«

»Seht mich an, was ich getan habe?«, spann Jörg den Faden weiter.

»Vielleicht sollte er für etwas bestraft werden. Irgendwie erinnert die Szenerie am Fundort ein wenig an einen Pranger, der Tote war so ausgestellt.« Melanie schauderte.

Klöppner sah unwirsch in die Runde. »Und was habt ihr gestern herausgefunden?«

Melanie berichtete zur allgemeinen Erheiterung von der schwarzen Kladde, die ihnen Grönerts Nachbarin anvertraut hatte. Ein strenger Blick Klöppners bereitete dem allgemeinen Heiterkeitsausbruch jedoch ein rasches Ende. Chantal Wagenrad hatte bei der Telefongesellschaft um die Herausgabe der Verbindungsdaten gebeten, das würde bis Montag dauern. Günter Friedrich und noch einige Kollegen mehr hatten sich auf der Mannheimer Mess umgehört. Aber weder bei den Standleuten noch bei den Besuchern, die sie befragten, ergab sich eine Spur. Niemandem war etwas aufgefallen.

»Wir sollten einen Aufruf starten«, alle schauten zu Silke Bremer, von der der Satz kam. »Die Gäste, die zur Tatzeit in der Nähe waren – vielleicht hat da doch irgendeiner was gesehen. Das gibt es doch eigentlich gar nicht, da waren einige Hunderte Menschen darum herum und keinem ist etwas aufgefallen? Irgendeiner muss doch etwas bemerkt haben!«

»Die haben alle in den Himmel gestarrt, wegen dem Feuerwerk. Und höllisch laut war es auch«, verteidigte Melanie sich. Sie selbst hatte auch nichts gesehen, obwohl sie sich in unmittelbarer Nähe befand.

»Trotzdem«, Silke gab nicht auf »irgendwer muss irgendwas bemerkt haben. Wahrscheinlich weiß er gar nicht, dass das wichtig ist. Am besten richten wir eine facebook-Seite ein, mit einem Aufruf.«

»Mit einem Foto des Opfers als Profilbild?« Jörg musste die Frage loswerden. »Wir haben doch bestimmt ein paar hübsche, wo man die Zimmerernägel richtig gut sieht.«

Silke Bremer zog ihre Mundwinkel ein Tick weiter nach unten. »Die Familie wird uns bestimmt ein Foto von ihm zur Verfügung stellen können, als er noch lebte.«

Nun schaltete sich Klöppner ein. »Ich finde die Idee gar nicht mal so schlecht. Wir müssen mit der Zeit gehen. Und so erreichen wir eine Menge Menschen. Viele schauen aus purer Neugierde darauf. Aber vielleicht fällt doch jemandem was ein, was er uns mitteilen möchte.« Er nickte Silke zu. »Kümmern Sie sich darum?«

Eigentlich war es den Beamten während ihrer Dienstzeit streng untersagt, sich in sozialen Netzwerken zu tummeln. Von ihrem eigenen Arbeitsplatz aus kamen sie auch gar nicht ins Internet. Das Risiko eines Netzangriffes auf die Polizei wäre viel zu groß, sie konnten lediglich im hauseigenen Intranet recherchieren. Wollten sie ins Internet, mussten sie in den speziell dafür vorgesehenen Raum, in dem Rechner standen, die ihrerseits keinen Zugang zum Intranet boten.

Klöppner wollte noch etwas loswerden. »Der Oberbürgermeister hat persönlich beim Staatsanwalt angerufen, er hat darauf gedrängt, den Fall rasch zu klären. Es würde kein gutes Licht auf die Stadt werfen, wenn wir den Mörder nicht kriegen.«

Chantal Wagenrad blies ihre Wangen auf. Sie wollte gerade die Luft hörbar ausstoßen, als Klöppners Blick strafend auf sie fiel.

»Thorsten Demsch ist, wie ihr wisst, der für den Fall zuständige Staatsanwalt. Er will über jedes unserer Ergebnisse sofort informiert werden.« Klöppner erhob sich. Damit war die Soko ins Tagesgeschäft entlassen.

12

Melanie nahm in ihrem Büro das Heft vom Stapel. Sie rieb mit den Fingern am Einband. Der fühlte sich merkwürdig an, ein bisschen wie das alte Wachstischtuch, das ihre Oma früher immer auf dem Küchentisch liegen hatte. Sie roch an ihren Fingern, der Geruch war nicht sonderlich angenehm.

Auf der linken Seite war mit graphitfarbenem dünnem Strich das Datum eingetragen. Neben der mit Lineal gezogenen Längslinie standen Ankunftszeit und Bleibedauer, in der nächsten Spalte der Name oder wenn der nicht bekannt war, eine genaue Beschreibung des Gastes. Melanie konnte es kaum fassen. Was Leute so alles trieben in ihrer Freizeit! Neben Grönerts waren auch noch Freisers und Meiers Besuche aufgelistet, offenbar auch Nachbarn, deren Hauseingänge in Elfriede Mäklers Blickfeld lagen. Grundgütiger, das war Überwachung pur. Melanie blätterte in dem Zeitraum von vier Wochen und las ab da die Eintragungen zum Ehepaar Grönert. Sie legte sich eine Strichliste an. Jonathan W. Streicher war zweimal bei ihnen gewesen, ihr Vater tauchte auch auf. Vor drei Wochen war er für eine Viertelstunde dort gewesen. Eine namenlose Frau, aber mit akribischer Beschreibung ihres Aussehens war einmal verzeichnet. Und ein junger Mann war einige Male an dem Haus gewesen, aber nur einmal hatte er geklingelt und war für zehn Minuten drinnen gewesen. ›Sehr jung, groß, schwarze Haare, tüchtig, in Arbeitskleidern.‹ Was Elfriede Mäkler wohl veranlasste, den jungen Mann als tüchtig zu beschreiben? Hatte er riesige Schaufellader als Hände? Womit musste man sich auszeichnen, um sich in ihren Augen dieses Prädikat zu verdienen?

Melanie überlegte, wie wohl ihre eigene Beschreibung in dem Heft aussehen würde. ›Frau, nicht mehr ganz jung, braune flüchtig gekämmte Haare, salopp gekleidet‹? Sicherlich würde sie ihr nicht das Prädikat ›tüchtig‹ verpassen. Dazu musste man vermutlich akkurat gekleidet sein und den Scheitel mit dem Lineal gezogen haben, die Kleidung frisch gebügelt und fleckenlos. Melanie schaute auf ihre Brust, wo mal wieder ein Obstfleck auf dem T-Shirt thronte. Selbst mit Fleckenmittel ging der nicht raus. Aber es war eines ihrer Lieblings-T-Shirts, sollte sie das wirklich wegen dieses kleinen Fleckchens in den Altkleidercontainer stopfen?

Auf welchen jungen Mann, der in Rehheim unterwegs war, passte in Elfriede Mäklers Augen der Ausdruck ›tüchtig‹? Melanie kaute auf ihrem Bleistift herum. Plötzlich kam ihr eine Idee. Das könnte doch einer der Erntehelfer sein? Einer von den jungen Polen, die in den Containern am Ortsrand untergebracht waren? Aber Grönert beschäftigte keine Helfer mehr, er hatte seinen Betrieb doch verkauft. Ging ihm der junge Mann mit kleinen Reparaturen im Haus zur Hand? Vielleicht war er handwerklich geschickt, oder er war sogar ein ausgebildeter Handwerker, der sich als Erntehelfer in Deutschland verdingte, weil ihm das mehr einbrachte, als in seiner Heimat in seinem erlernten Beruf zu arbeiten? Sie notierte auf ihrem Block ›Polen in Container‹. Sie nahm sich vor, mit Jörg dorthin zu fahren und sich umzuhören. Die bekamen sicher so einiges mit, was sich im Ort ereignete. Fremde sahen oft mehr als Einheimische, deren Blick durch jahrelange Kognition eingeschränkt war. Hoffentlich waren die Polen auch redselig.

Jörg schob seinen beinahe zwei Meter großen Körper in Melanies Büro. »Und, schon was entdeckt?«

»Ein junger Mann war bei Grönerts. Vielleicht sollten wir uns mal die Erntehelfer vornehmen. Ich denke, es könnte einer von denen gewesen sein. Es würde mich schon sehr interessieren, was der von Grönert wollte. Ob der bei dem im Haus was arbeitete oder sonst was.

Kommst du nachher mit? Ich möchte nicht gern allein hingehen.«

»Okay, sonst noch was Verwertbares da drin?«

»Streicher war zweimal bei ihm. Und mein Vater einmal. Aber hier«, sie klopfte mit dem Stift auf das aufgeschlagene Heft, »schau dir das mal an. Sie drehte das Heft zu ihm hin, sodass er selbst darin lesen konnte.

»Ein Mann im Anzug, um die 50 Jahre, herrisches Auftreten. Und ein Mann, der aussah wie ein Chinese, ebenfalls im Anzug.«

Melanie tippte auf das Datum. »Eine Woche vor Grönerts Tod. Ob es da einen Zusammenhang gibt?«

»Und wie kriegen wir jetzt raus, wer das war? Die Autokennzeichen stehen nicht auch noch dabei? Das wäre natürlich der Hammer. Aber leider auch zu schön, um wahr zu sein. Die Nummern hat sie nicht notiert, gell? Vielleicht hätten wir sie mal ausbilden sollen für ihren Beobachtungsjob!«

»In den schmalen Straßen sind doch keine Parkplätze. Der Parkplatz liegt auf dem Marktplatz, von dort aus muss man ein paar Schritte laufen. Du warst doch selbst mit dabei!«

»Schade«, griente Jörg, »sie hätte denen doch nachschleichen und das herausfinden können, das wäre wirklich sehr praktisch gewesen.«

Melanie schenkte ihm einen langen Blick. »Wir müssen abends zu den Containern, tagsüber sind die alle in den Weinbergen.«

»Ernten die mit Hand?«

»Klar, so kleine Hanglagen wie an der Bergstraße lohnen nicht, mit Maschinen abgefahren zu werden. Und die Handlese ist schonender für die Reben.«

»Wow, da spricht die Winzerstochter.«

»Kannste mal sehen, wozu das gut ist.«

»Und wie lange sind die noch da?«

»Lisa meinte, die Ernte wäre so in einer Woche durch. Wir sollten also auf jeden Fall heute Abend hinfahren und nicht länger warten. In einer Woche fahren die Arbeiter wieder nach Hause, dann sind die weg, bis zum nächsten Jahr.«

»Kommen da eigentlich jedes Jahr dieselben Leute?«

»Kommt drauf an. Etliche kommen jedes Jahr wieder und arbeiten dann auch beim selben Winzer. Bei manchen waren schon die Eltern zum Arbeiten hier, und jetzt kommen die Kinder von denen. Die haben das quasi geerbt. Ich erinnere mich, dass bei uns auch oft dieselben Leute wiederkamen. Damals haben wir die noch bei uns auf dem Hof einquartiert.«

Sie parkten auf dem Marktplatz, ignorierten den Parkscheinautomaten und gingen die paar Schritte zu Grönerts Haus zu Fuß. Elfriede Mäkler winkte ihnen von ihrem Posten aus zu. Die Gardine war zur Seite geschoben, ihre Arme ruhten auf dem Brokatkissen. Melanie hob die Hand und deutete ein Winken an, Jörg nickte zu der alten Frau hinüber. »Sollen wir sie jetzt als V-Frau führen?«, raunte er Melanie zu.

»Oh ja, gute Idee. Der scheint wirklich rein gar nichts zu entgehen.«

Sie gingen durch Rehheims Altstadt und waren bald an dem hellen Hof aus rosa Sandstein, in dem die Winzer Rehheims sich trafen. Der Hof gehörte Hans Wenzel, mit ihm hatte Melanie telefoniert und er lud sie zu dem Treffen ein.

Sie waren schon vollständig da und saßen um einen Tisch aus grobem Holz. An den Wänden hingen in schmalen Rahmen verschiedene Auszeichnungen und Preise, welche die Mitglieder für ihre Weine gewonnen hatten. Auf einem Regal standen Pokale. Ihre Gesichter verrieten große Sorge. Melanie und Jörg stellten sich vor und sahen in die Runde. Melanie lächelte ihrer Schwester Lisa zu.

Einer der Winzer, stämmig und mit glänzender Halbglatze, erhob sich und kam auf sie zu. »Hans Wenzel, wir haben miteinander telefoniert.« Er übernahm die Vorstellung der anderen. Er wies auf einen Mittdreißiger. »Eberhard Wallner, unser Schriftführer.«

Daneben saß ein drahtig wirkender Mann mit vollem braunen Haar und sonnengegerbter Haut, auch er noch keine 40 Jahre alt. »Das ist der Ulrich Neuner«, merkte Wenzel an, »und hier Günther Lang.« Der Einzige, der in der Runde bereits über 50 Jahre alt zu sein schien, nickte. Und die einzige Frau in der Runde war Lisa Härter.

Melanie und Jörg setzten sich. Jörg sagte: »Die Wirtin von Ellis Bistro erzählte uns, es gäbe Probleme mit der Cuveé.«

Wenzel, der so etwas wie der Wortführer der Gruppe zu sein schien, grunzte verächtlich. »Probleme, das ist aber gut umschrieben!«

Die anderen Männer schüttelten mit ihren Köpfen.

Wenzel fuhr fort: »Die Weinkontrolleure haben wie jedes Jahr unsere Rehheimer Cuveé geprüft. Und die unerlaubte Zuführung von Pfirsicharoma festgestellt.«

»Eine Sauerei ist das!«, ereiferte sich Ulrich Neuner. »Das bringt uns alle in Verruf, so was fällt doch auf uns alle!«

Eberhard Wallner kratzte sich in seinem Drei-Tage-Bart. »Die ganze badische Weinstraße gerät unter Generalverdacht zu panschen!«

»Und wer hat das unerlaubte Aroma hinzugefügt?«

Wenzel wirkte hilflos. »Das wissen wir nicht. Und wir verstehen es nicht. Der Rehheimer Boden verleiht dem Wein von Haus aus ein zartes Pfirsicharoma.«

Lisa sagte: »Vielleicht war da jemandem das Pfirsicharoma zu zart und er wollte es etwas kräftiger haben.«

Melanie fragte: »Kann man das denn nicht nachvollziehen, wer das war?«

Wenzel zuckte mit den Schultern. »Die Beteiligten liefern ihre Weine beim Kellermeister ab. Nach dem Mischen der Cuvée holen sie ihre Behältnisse wieder ab. Und das ist leider schon passiert.«

Jörg fragte »Und wer war in diesem Jahr beteiligt?«

Eberhard Wallner, der Schriftführer, brauchte nicht in seinen Unterlagen zu blättern. »Der Wenzel, der Neuner, ich, und dann haben wir noch den Schauspieler mit dazugenommen.« Er druckste herum. »Na ja, wir haben halt gedacht, wenn wir den Streicher dabei haben, dann wirbt der vielleicht für uns. Stellen Sie sich vor, der trinkt in seiner Fernsehsendung Rehheimer Cuvée.« Auf seinem Gesicht breiteten sich, vom Hals beginnend, rote Flecken aus.

Jörg fragte: »Und wie bekommen Sie jetzt heraus, wer für die Panscherei verantwortlich ist?«

Wenzel wirkte hilflos. »Keine Ahnung.«

Nun meldete sich Lisa zu Wort. »Wir müssen Anzeige erstatten. Dann können Ermittlungen eingeleitet werden. Zum Beispiel mit Hausdurchsuchungen. Vielleicht finden sich bei jemandem Rückstände von dem Stoff.

Das bleibt doch an uns allen hängen. Nächstes Jahr kauft niemand mehr unsere Cuveé! Wir müssen unbedingt wissen, wer das war.«

»Und an wen denkst du dabei im Besonderen?« Ulrich Neuer beugte sich angriffslustig nach vorn.

»Mensch, Ulrich«, Lisa wurde laut, »es ist doch in unser aller Interesse, wenn diese Sauerei aufgedeckt wird.«

Eberhard Wallner gab zu bedenken: »Aber eine Anzeige, schadet uns das nicht auch? Und stellt euch den Aufruhr vor, wenn es im Ort Hausdurchsuchungen gibt.«

Melanie bestätigte, was ihre Schwester bereits gesagt hatte. »Es muss eine Anzeige eingehen, vorher machen unsere Kollegen gar nichts.«

Wallner rückte etwas näher zu ihr hin. »Könnten Sie nicht schon Mal unter der Hand ein bisschen zu ermitteln anfangen?«

»Ohne Anzeige keine Ermittlungen. Und Frau Härter ermittelt nur bei Mord.« Jörg sagte es schärfer als beabsichtigt. Aber der Typ sollte gefälligst Abstand von Melanie halten!

»Tja, Herr Wallner, wie mein Kollege sagt. Wir sind nur für Mord und Totschlag zuständig.«

»So eine fesche Frau, und dann so ein grausiges Arbeitsfeld«, meinte Wallner kopfschüttelnd.

»Wir ermitteln im Mordfall Grönert. Hat von Ihnen jemand einen Verdacht, wer das getan haben könnte?«, Jörgs Frage war an alle Anwesenden gerichtet.

Eberhard Wallner ergriff das Wort. »Keine Ahnung, wer so etwas macht. Der Grönert hatte doch mit niemanden Ärger.«

Ulrich Neuer pflichtete bei. »Das war ein verträglicher Mensch. Im Gegenteil, der hat sich von allen zurückgezogen, seit er seinen Wingert verkauft hat. Ist ihm, glaube ich, ziemlich schwergefallen. Aber was soll man machen, wenn man nicht mehr so kann und die Jungen nicht übernehmen wollen.«

Jörg hakte nach. »Gab es denn da irgendwelchen Ärger, mit dem Verkauf?«

Ulrich Neuer verneinte. »Ich glaube nicht, dass es da Ärger gegeben hat. Der Grönert hat verkauft, hat sein Geld gekriegt und das wars dann.«

»Aber dass er ausgerechnet an diesen eingebildeten Lackaffen verkauft hat, das hätte es nicht gebraucht!«, giftete Hans Wenzel.

»Streicher ist der Käufer des Wingerts, nicht wahr?«, fragte Jörg überflüssigerweise nach.

»Jonathan W. Streicher! Haben Sie die Sendung im Fernsehen mit dem schon mal gesehen? Lachhaft ist das! Und wofür der Werbung macht! Und dafür stopfen die dem derart viel Geld in den Rachen, dass er hier einen der ältesten Betriebe aufkaufen kann!« Wenzel beugte sich weit über die Tischplatte und klopfte mit der Hand darauf.

Ulrich Neuer versuchte ihn zu beruhigen. »Jetzt hör schon auf. Der macht Werbung für Inkontinenzeinlagen, das würdest du doch gar nicht machen wollen!«

»Und für Wurst! Als ob der Hungerhaken die fette Dosenwurst, für die er sein Gesicht verkauft, selbst essen würde! Das stinkt doch!« So schnell wollte sich Wenzel nicht beruhigen. »Ich hätte den auch nicht mit dazugenommen, bei unserer Cuvée. Ich war von Anfang an dagegen!«

»Es gab also Ihrer Ansicht nach keinen Konflikt zwischen Grönert und Streicher?«, fragte Jörg.

»Uns ist nichts bekannt davon.« Wenzel dachte nach. »Aber die Chinesen waren bei dem Grönert. Der Grönert hat dem Streicher im Kaufvertrag nicht erlaubt, die Namensrechte weiter zu veräußern. Das hat sich der alte Fuchs ausdrücklich vorbehalten.«

Melanie schaltete sich ein. »Waren die Chinesen denn auch bei euch anderen?«

Wenzel schüttelte den Kopf. »Uns haben sie bislang in Ruhe gelassen. Ich vermute, die waren beim Streicher gewesen, weil der der schillernste sogenannte Winzer an der Bergstraße ist. Vielleicht haben die auch noch einen neuen Werbevertrag für den? Der Streicher wird sie zum Grönert geschickt haben.«

»Wenn einem von Ihnen noch irgendetwas einfällt, melden Sie sich bitte bei uns.« Melanie legte ihre Karte in die Mitte des Tisches. Manchmal brachte das was und es meldete sich tatsächlich einer.

Lisa folgte Melanie, als sie mit Jörg die Runde verließ. Jetzt erst fiel ihnen auf, dass ihnen nichts zu trinken angeboten worden war.

Melanie fasste ihre Schwester draußen mit einem Blick. »Hast du denn eine Ahnung, wer die Cuveé versaut haben könnte?«

»Nein, echt keine Ahnung. Aber es muss ein Riesenidiot sein, wenn er dachte, dass das nicht auffliegt.«

»Wieso fliegt das auf?«

»Meine Güte, Schwesterherz, hast du so wenig Ahnung von der Weinherstellung? Sag mal, du bist auf einem Winzerhof aufgewachsen!«

»Ich bin Polizistin. Der Wein, das war immer schon dein Lebensinhalt. Hätte es mich auch nur annähernd so gepackt wie dich, hättest du Vaters Hab und Gut wohl mit mir teilen müssen.«

»Du spielst darauf an, dass ich dich nicht ausbezahlt habe?« Lisa reckte sich. »Du weißt genau, dass ich dann eine Hypothek hätte aufnehmen müssen.«

»Keep cool, Lisa. Du steckst so viel Arbeit in das Unternehmen. Und unsere Eltern sehen noch ganz frisch aus. Kein Anlass, übers Erbe zu streiten.« Melanie grinste.

»Du kannst jederzeit einsteigen, wenn du willst.« Das klang trotzig.

»Nein, Lisa, lass mal. Bei der Polizei gefällt es mir deutlich besser.«

Jörg war genervt vom Disput der beiden. »Kann mich jetzt mal einer aufklären, weshalb eine nachträgliche Geschmacksverbesserung zwangsläufig auffliegt?«

Lisa erklärte es ihm. »Jeder Wein bekommt eine Prüfnummer. Und bevor er die erhält, wird er geprüft, wie der Name schon sagt.«

»Aber wieso pfuscht man dann, wenn man doch genau weiß, dass der Wein überprüft wird?« Jörg verstand das nicht.

»Sagen wir es mal so. Die Hoffnung stirbt zuletzt. Es gibt immer wieder so Bauernschlaue, die davon überzeugt sind, sie seien schlauer als die Prüfer und man könne ihnen nichts nachweisen.«

Melanie, die langsam vorausgegangen war, blieb plötzlich stehen. »Oder es wollte jemand ganz gezielt die anderen ärgern.«

»Aber das wäre doch dumm! Er schadet damit doch auch sich selbst.«

Melanie zuckte mit den Schultern. »Vielleicht hat sich da jemand derart über die anderen geärgert, dass er in seiner Wut gar nicht bedacht hat, dass er mit der Aktion auch sich selbst schädigen könnte. Was meinst du, Lisa, wer wäre dazu fähig?«

»Ich will jetzt wirklich niemanden anschwärzen. Aber der Wenzel geht immer gleich mächtig auf, wenn was ist. Der bläst sich bei jeder Gelegenheit auf wie ein Gockel. Keine Ahnung, wie die anderen den ertragen. Mich nervt er schon ziemlich. Aber weißt du was, Melanie? Es ist ja so, dass auch der Kellermeister gepanscht haben könnte. Nicht nur die Winzer, die ihren Wein bei ihm abgegeben haben. Damit gibt es noch einen Verdächtigen mehr.«

»Lisa, ihr solltet das anzeigen, wirklich. Dann können die Kollegen ermitteln.« Melanie sah ihre Schwester eindringlich an.

»Gut, dann gehe ich jetzt wieder da hinein und versuche mein Bestes.«

Jörg sah ihr wehmütig nach. »Tolle Frau, deine Schwester.«

13

Abends schob sie in der Schwetzingerstadt ihr Fahrrad durch den Hausgang des Mehrparteienhauses bis zum Innenhof und schloss es ab. Sie machte sich auf den Weg in die zweite Etage, zu ihrer Wohnung. Melanie hoffte, Felix wäre zu Hause, und sie konnte endlich mit ihm über das Erlebte vom Freitagabend reden. Als sie jedoch den ersten Stock erreichte, wurde dort eine Tür aufgerissen. Klein und zart, aber unsagbar zäh stand Oma Grete vor ihr. Die alte Frau war blass, Tränen liefen über ihr faltenreiches Gesicht. »Die Lilli ist weg!«

Melanie hielt inne und versuchte, die langjährige Nachbarin zu beruhigen. »Die kommt schon wieder, Oma Grete. Die kommt doch immer wieder.«

»Aber ned, wenn sie sich kurz zuvor vollgfresse hod! Die hod neighaud wie bled unn is dann abghaun! Mitm volle Ranze is die weg!«

»Wo könnt sie denn hin sein, die Lilli?« Melanie wollte eigentlich ganz schnell hoch in ihre Wohnung, die Beine hochlegen und dabei mit Felix reden. Es passte so überhaupt nicht in ihren Plan, jetzt aufgehalten zu werden.

»Alla, des weeß ich doch ned! Die is läufig, die sucht sich halt een Kerl, wer weiß, wo die hin ist! Kannst du ned nach ihr suche, du bist doch bei der Polizei.«

»Ich schau mal, ob Felix schon da ist. Der kann losziehen.«

»Aber gleich soll er nach ihr schaun, ich mach mir solche Sorge!«

»Ich sags ihm, Oma Grete.«

Melanie ging weiter nach oben, in der stillen Hoffnung, Felix sei bereits da. Irgendwie wollte sie Oma Grete schon helfen, andererseits war sie aber auch müde. Wäre toll, wenn Felix ihr das schlechte Gewissen abnehmen könnte und der alten Nachbarin den Hund zurückbrächte. Sie steckte den Schlüssel ins Schloss, nicht abgeschlossen. Aha, Glück für sie, dann war ihr Sohn Felix also daheim. Hoffentlich war er nicht so schlapp wie sie selbst im Moment.

»Hi, Felix!«, brüllte sie in den Flur ihrer Drei-Zimmer-Wohnung.

»Hi, Mellie«, dröhnte ein dunkler Bass aus der Küche zurück.

»Du, Felix, die Lilli ist ausgebüxt. Oma Grete ist mit den Nerven völlig am Ende. Kannst du die Lilli suchen?«

»Keinen Bock. Was gibt es denn heute zu essen?«

»Käse und Weißbrot. Kannst du jetzt gleich nach der Lilli suchen?«

»Alter, ich habe doch gesagt, ich habe grade keinen Bock drauf!« Felix verdrehte die Augen. Er mochte den kleinen Whiteterrier der Nachbarin eigentlich, aber nur, wenn ihm selbst danach war. Und im Moment war ihm nicht danach. Das eigenwillige Temperamentsbündel büxte ständig aus, wenn Oma Grete die Tür einen Schlitz weit öffnete. War unten die Haustür zu, so hatte Lilli Pech und trottete wieder nach oben in die Nähe zu ihrem geliebten Fressnapf. Stand die Haustür jedoch offen, nutzte sie diese Chance flugs für Erkundungsrundgänge auf eigene Faust.

»Felix, bitte! Du weißt doch, wie Oma Grete an Lilli hängt. Mensch, mach doch, du erwischst sie doch immer schnell. Bestimmt kriegst du auch was dafür. Oma Grete ist doch immer großzügig, wenn es um Lilli geht.«

Felix setzte sich für Melanies Dafürhalten quälend langsam in Bewegung, schnappte sichtbar übelgelaunt seine Jacke von der Garderobe und fegte nach unten, brummte etwas von »Babysitter für verzogene Hunde«. Flennend stand Oma Grete in ihrer Wohnungstür. Vorm

Haus überlegte er, wo Lilli, von der weit und breit nichts zu sehen war, wohl längs gestromert sein könnte. Er führte sie manchmal Gassi, wenn Oma Grete gesundheitlich dazu nicht in der Lage war, und besserte so sein Taschengeld auf. Früher machte das auch Spaß, als er selbst noch jünger war. Aber heute fand er es ziemlich uncool, womöglich von jemandem aus seiner Jahrgangsstufe beim Gassigehen mit dem kleinen Terrier gesehen zu werden. Die Mädels fanden es womöglich süß, das war vollpeinlich, und er wollte lieber nicht darüber nachdenken, wie es auf seine männlichen Mitschüler wirkte. Vielleicht war Lilli rechtsherum gelaufen? Er ging suchend die Seckenheimer Straße ab. Bis dahin, wo die Viehhof- und die Schlachthofstraße in sie mündeten. Das Hupen, das von dort zu hören war, gefiel ihm nicht und ließ eine böse Ahnung in ihm hochsteigen. Lilli mochte keine Autos, sie hasste sie regelrecht. Die letzten Meter rannte er und sah, was er befürchtet hatte. Mitten auf der breiten Straße stand die kleine Terrierin bellend und kläffend, wobei sie jedes Mal hochhüpfte. Sie schien einen Heidenspaß dabei zu haben, mitten auf der Straße die Autos zu verbellen, die mühsam versuchten, ihr auszuweichen oder stehen blieben. Felix wand sich zwischen zwei Autos hindurch und versuchte, Lilli einzufangen. Doch die wich geschickt aus. Das Hupen nahm zu. Ein weißer Opel bremste knapp vor Felix. Der Fahrer schüttelte grimmig den Kopf und drohte mit der Faust. Endlich bekam Felix Lilli am Halsband zu fassen. Er presste sie fest unter seinen Arm und hielt sie so fest, dass sie nach Luft schnappte. Das nahm ihr die Chance zur erneuten Flucht. Der Opel-Fahrer hatte mittlerweile seine Scheibe heruntergedreht: »He, das nächste Mal gibt es eine Anzeige, wenn du nicht besser auf deinen Köter aufpasst!«, schrie er wütend und mit rotem Gesicht. Felix zog den Kopf ein und schlich mit Lilli davon. Er packte sie bis hinter die Haustür ziemlich fest und hielt sie am Genick fest, damit sie sich ihm nicht entwand.

Oma Grete nahm sie liebevoll auf. »Alla Felix, wenn ich dich nicht hätt!« Tränen glänzten in ihren Augen, während sie einen fetten Schmatzer auf die Hundenase drückte. Lilli sah sie mit dunklen Knopfaugen an, hielt den Kopf schief und die Ohren gespitzt. Oma Grete schob die Hand in die Schürzentasche und streckte Felix einen 20-Euro-Schein entgegen. Felix schob ihn in die Hosentasche und ging nach oben.

Er schleuderte seine Schuhe in den Flur. »Na, wie viel hats dir gebracht?«, rief Melanie aus der Küche.

Felix ging zu ihr. »Einen Beinahe-Verkehrsunfall und zehn Euro.«

Melanie lächelte nachsichtig. »Hab ich dir doch gesagt, dass Oma Grete dir was gibt, für deinen Einsatz. Obwohl zehn Euro schon fast ein bisschen zuviel sind für die paar Minuten.«

Felix griff nach dem Brot, das Melanie mittlerweile auf den Tisch gelegt hatte, und belegte es mit Käse. »Finde ich nicht, dass das viel ist, echt. Ist ja auch ein Ding, den Köter wieder einzufangen. Ganz schön wendig der kleine Kläffer. Sieht man ihr gar nicht an.«

»Früher hast du anders von Lilli geredet.«

Felix biss großzügig vom Brot ab. »Fällt dir was auf? Früher! Aber jetzt ist jetzt.« Es nervte echt, dass seine Mutter nicht kapierte, dass er mit 16 vieles anders sah als noch bis vor Kurzem. Er lümmelte seine 190 Zentimeter bequemer auf den Küchenstuhl und griff nach der Limo. Für sie war er immer noch das kleine Kind, obwohl er längst auf sie herunterschaute. Echt nervig!

Melanie setzte sich ihm gegenüber auf einen der Küchenstühle. »Du, Felix, wegen vorgestern.«

Felix rollte mit den Augen.

»Also, Felix, wenn du mit jemand reden willst, weil du den Toten gefunden hast, dann sag das bitte.«

»Wer ist jemand?«

»Ich könnte für dich einen Termin bei unserer Psychologin vereinbaren.«

»Quatsch, ich will nicht zu einer Seelenklempnerin. Der Mann war doch auch schon alt, oder? An irgendetwas muss man schließlich sterben.«

»Immer cool, was?«

»Klar! So kommt man gut durchs Leben.«

»Felix, ich meine es ernst. Ich fände es schon gut, wenn du da mit jemandem drüber reden würdest. Was hast du denn empfunden, als du den gesehen hast?«

»Alter! Können wir nicht einfach in Ruhe essen? Ich habe keinen Bock, da drüber zu quatschen. Ist schon okay, mir geht es gut, kein Ding.« Er nahm einen besonders großen Bissen von seinem Brot und kaute demonstrativ darauf herum.

»Wenn noch irgendwas ist, sag es, ja? Vielleicht willst du in ein paar Tagen doch mit jemandem reden. Sag es mir dann einfach, ja?«

»Ich gebe Bescheid, okay? Können wir jetzt wirklich von was anderem reden?«

14

Am Montagmorgen sorgte Melanie dafür, dass ihr Knöllchen zurückgenommen wurde. Gern machte das der Kollege vom Ordnungsamt nicht. »Woher sollen die Frauen erkennen, dass da ein Auto von der Kripo im Einsatz ist?«, schnauzte er gereizt ins Telefon.

»Wir hatten es eilig, es ging um Minuten. Da konnten wir wirklich keinen Parkschein ziehen. Sonst wäre uns jemand durch die Lappen gegangen.«

»Das ist jetzt schon Ihr vierter Anruf bei mir in diesem Jahr.«

Grundgütiger, dachte Melanie, der Typ pflegte womöglich ihre Daten in eine Excel-Datei ein. Neben dem müsste sie nicht wohnen. Vermutlich kontrollierte er, dass seine Nachbarn ihre Mülltonnen keinen Tag zu früh an den Gehsteigrand stellten und machte sie dann mit strengem Gesichtsausdruck darauf aufmerksam, so nach dem Motto: ›Die ist heute aber noch gar nicht dran.‹ Oder der Mülltonnendeckel ging bis auf drei Millimeter nicht zu. Dann war man in seinen Augen bestimmt ein Müllsünder, der zu geizig war, die nächstgrößere Tonne zu nehmen, die mehr Müllgebühr kostete. Ihm entging so was bestimmt nicht. Sie atmete zwei Mal ruhig durch, bevor sie sagte: »Sie können uns bei Ermittlungen entscheidend weiterhelfen. Es geht um den Mord auf der Mannheimer Mess.« Sie spürte förmlich, wie der Mann am anderen Ende der Leitung strammstand.

»Wenn ich helfen kann, gern.« Seine Stimme überschlug sich plötzlich beinahe vor Wichtigkeit.

»Es geht um den Montag vor drei Wochen. Es wäre für unsere Ermittlungen sehr wichtig zu wissen, ob an dem Tag Mandate für Falschparker in Rehheim ausgestellt wurden.«

»Selbstverständlich, gern, sofort. Soll ich Ihnen die Daten gleich faxen?«

Melanie gab ihm ihre Faxnummer. Zwei Minuten später surrte der Apparat. Acht Fahrzeuge wurden an dem Tag notiert. Melanie legte die Liste ins Zimmer der neuen Praktikantin.

Lena schaute sie erwartungsvoll an. Sie war ausgehungert nach Arbeit, und nun wurde sie aus Datenschutzgründen an kaum was drangelassen. Sie langweilte sich. Gierig griff sie nach der Liste.

»Machst du mir Halterabfragen zu den Kennzeichen? Leg es bitte auf meinen Schreibtisch.« Melanie lächelte sie an. Genauso war sie in Lenas Alter auch gewesen. Rattenscharf auf ihre ersten richtigen Fälle.

Danach holte sie sich ein Auto aus der Fahrbereitschaft und machte sich auf den Weg zu dem Schauspieler Jonathan W. Streicher. Sie wählte nicht die Straße, über die man sich von hinten dem Haus auf der Höhe näherte, sondern parkte am Ortsrand von Rehheim. Sie schaute hinüber zu Schriesheims Strahlenburg und machte sich dann an den Aufstieg zu Streichers Villa. Wie ein Adlerhorst klebte diese waghalsig da oben am Hang. Und passte so überhaupt nicht in das Panorama der Umgebung. Die alten Häuser unten im Ort waren Fachwerkbauten, die neueren reihten sich dezent darum. Aber das da oben, das war schon beinahe ein Affront. Da bringt einer sein Anderssein zum Ausdruck, dachte Melanie. Der letzte Depp sollte kapieren, das da jemand ganz Besonderes wohnte, jemand, der über allen anderen stand. Auch auf anderen Hängen klebten an der Spitze Häuser, der Ortsteil am Hang über Schriesheim hieß Banisch. Diese fügten sich aber besser in das Landschaftsbild ein, meist waren es alte Villen. Zu Beginn des 20. Jahrhunderts bauten reiche Mannheimer und Heidelberger da oben ihre Sommerresidenzen. Als dann Mannheim im Zweiten Weltkrieg zu 50 Prozent zerbombt wurde, funktionierten etliche ihre Sommerhäuser zu Dauerwohnsitzen um. Nun, da viele Bewohner hochbetagt waren, flohen sie wieder aus den Häusern, zu beschwerlich war ihnen der steile Weg mit den vielen Treppen. Etliche der Häuser standen zum Verkauf. Aber Jonathan W. Streicher hatte keine der herrschaftlichen Villen aus Banisch übernommen, er entwarf seine eigene über Rehheim. Melanie nahm gefühlt eintausend Treppenstufen wahr, bis sie endlich oben anlangte.

Jonathan W. Streicher öffnete persönlich die Tür. Er trug einen blau-schwarz gestreiften dünnen Seidenmantel. Die Kleidung darunter war entweder nicht vorhanden oder verborgen, Melanie wollte das gar nicht so genau wissen. Sein Haar war sorgfältig nach hinten gekämmt, das Gesicht zeigte deutlich mehr Falten als sonst im Fernsehen bei den Auftritten in seiner regelmäßigen Sendung. Sie überlegte, ob fürs Fernsehen irgendetwas auf seinem Gesicht aufgetragen wurde, das es jünger erscheinen ließ, so etwas wie flüssiges Silikon? Er war größer, als Melanie vermutet hatte und ziemlich dünn, beinahe hager. Seine Hände waren auffallend groß und sehnig, richtige Klavierspielerhände, er hätte auch gut

Pianist sein können. Das Auffallendste an ihm waren seine dunkelgrünen Augen. Sie bildeten einen markanten Kontrast zu den lackschwarzen Haaren. Melanie schob den Gedanken beiseite, ob der Schauspieler farbige Kontaktlinsen trug. »Wir hatten telefoniert, Melanie Härter, Kriminalhauptkommissarin. Ich hätte ein paar Fragen an Sie. Darf ich reinkommen?«

Jonathan W. Streicher trat zur Seite und deutete eine leichte Verbeugung an. »Bitte sehr. Gehen wir in die Küche.«

Melanie folgte ihm durch einen riesengroßen Flur und nahm an dem Massivholztisch in der großzügigen Küche Platz. Allein der Tisch hatte bestimmt einige Tausend Euro gekostet. Aber selbst die Holzmaserung des Möbels vermochte keine Wärme in diesen sterilen Raum zu bringen. Chrom und weiße Lackoberflächen dominierten die Küche und verbreiteten die Kühle eines Eisschrankes. Melanie überlegte, ob hier wirklich gekocht wurde. Ob hier je laut gelacht wurde? Auf der blitzsauber polierten Anrichte stand ein chromblitzendes Monstrum von Kaffeeautomat, der sicher mehr gekostet hatte als eine komplette Küche aus dem Baumarkt.

»Espresso?« Jonathan W. Streicher schaute sie fragend an.

»Ja, gern auch einen doppelten.« Melanie setzte sich auf einen der Barhocker. Ihre Koffeinskala war eindeutig im negativen Bereich. Am besten begann sie mit einer Offensive: »Streicher ist Ihr Künstlername, nicht wahr?«

»Ich führe diesen Namen schon so lange! Für mich ist es mein Name.«

»Ihr richtiger Name ist Dransch. Sie heißen eigentlich Jochen Willibald Dransch.«

»Pah, Namen!« Jonathan W. Streicher verdrehte die Augen bei dem Gedanken, auf einer Besetzungsliste Jochen Willibald Dransch zu lesen.

Melanie hob ihr Gesicht und fixierte ihn. »Streicher hieß Schillers bester Freund, während seiner Mannheimer Zeit.«

Jonathan W. Streicher schien zwei Zentimeter kleiner zu werden. »Seit wann interessieren sich Kriminalbeamte für Literatur?«

Melanie zuckte mit den Schultern. »Leistungskurs Deutsch. War sogar eine Weile mein Lieblingsfach. Schillers Räuber wurden in Mannheim uraufgeführt, deshalb heißt das Nationaltheater auch Schillertheater. Unter dem Intendanten von Dalberg. Und Schiller war Hausdichter am Nationaltheater.« Sie lehnte sich zurück, ließ Streicher dabei nicht aus den Augen. »August Wilhelm Iffland spielte den Franz Moor in der Uraufführung von Schillers Räubern. Der Iffland-Ring wird seit dem Tod des Schauspielers immer an den bedeutendsten Schauspieler deutscher Sprache weitergegeben. Seit 1996 trägt ihn Bruno Ganz.«

Streicher starrte sie ungläubig mit leicht geöffnetem Mund an. So viel Wissen hatte er offenbar nicht bei ihr vermutet, und nun war er völlig baff.

Melanie hakte nach: »Sie wären auch gern ein richtig großer Schauspieler, nicht wahr? Aber Sie haben sich für den Kommerz entschieden.« Sie machte eine ausladende Geste mit ihrem Arm. »All das hier, dieser Rahmen, den Sie sich gegeben haben, das kostet doch Unsummen. Das konnten Sie an einem Theater nicht verdienen. Sie hätten Ihr Auskommen haben können, mehr aber auch nicht. Und das genügte Ihnen nicht. Sie wollten mehr. Reichtum und Ansehen.«

An Jonathan W. Streichers Hals schwoll eine Ader sichtbar an. Er verlor die Contenance, was er in der Regel zu vermeiden versuchte, da er peinlich darauf achtete, vor anderen keine Schwäche zu zeigen. Verärgert fauchte er sie an: »Frau Kommissarin, überschreiten Sie mit Ihren Anmerkungen nicht Ihre Kompetenzen? Sie werfen hier Dinge in den Raum«, seine Stimme wurde schrill, »die Sie nichts angehen. Weshalb sind Sie der irrigen Meinung, Sie müssten Menschen verletzen, indem Sie Ihnen etwas unterstellen, was Ihrem eigenen Kleingeist entspringt? Ich bin Künstler, ich glaube schwerlich, dass Sie in der Lage sind, sich da hineinzufühlen.«

Melanies Augen wurden kühl. »Herr Dransch oder Herr Streicher, wie immer Sie sich auch nennen, ich bin Kriminalhauptkommissarin. In meiner Welt sind Befindlichkeiten nicht so wichtig, wie vielleicht in Ihrer.«

Beleidigt fügte er hinzu: »Meine Welt! Was verstehen Sie schon davon!«

Melanie setzte noch eins drauf. »Und dann hatten Sie auch noch die Idee mit dem Wein. Wenn Sie sich nun als herausragender Winzer hervortun und einen Namen machen könnten! Aus so einer renommierten Hausmarke, da müsste man doch richtig was herausholen können, wenn die richtig vermarktet wird. Auch damit kann man Aufsehen erregen und Preise gewinnen. Aber der Hang liefert nicht den Ertrag, in der Menge, wie Sie ihn gern hätten. Und Sie mussten Qualitätseinbußen hinnehmen.«

Streichers Wangenmuskeln traten hart hervor. »Pah!« Nun war er richtig sauer. »Beim Wein sind Sie also auch noch selbsternannte Expertin, oder wie?« Obwohl Melanies Espresso fertig an der Maschine stand, unternahm er keinerlei Versuche, ihn ihr zu reichen.

Melanie erhob sich und griff nach der zierlichen Tasse. »Darf ich?«, dies war eher eine rhetorische Frage. Sie brauchte jetzt ganz dringend Koffein, sollte sie diesen Pfau noch länger ertragen müssen. »Herr Streicher, fühlen Sie sich wohl hier, an der Bergstraße?«

»Ob ich was? Ob ich mich hier wohlfühle? Ich habe mir hier mein Traumhaus bauen lassen, ich habe meine Wurzeln in dieser Gegend. Ich habe hier Fans. Es gibt Menschen«, er wuchs wieder zu seiner ursprünglichen Größe, »die es zu schätzen wissen, mich in ihrer Nähe zu haben. Ich bin ein geachtetes Mitglied unserer Gesellschaft.«

Melanie verkniff sich ein Grinsen. Wenn der wüsste, wie die anderen Winzer von ihm sprachen, würde er sich hier nicht so Rad schlagend wie ein Pfau aufplustern. »Haben Sie Feinde?«

Jonathan W. Streicher stellte seine Kaffeetasse so abrupt ab, dass etwas überschwappte. Die Haare fielen ihm in die Stirn. »Feinde? Mein Gott, in welcher Welt leben Sie? Jeder erfolgreiche Künstler hat mit Neidern zu leben! Aber Feinde?« Er wedelte theatralisch mit beiden Händen, »ich kann mir nicht vorstellen, einen Feind zu haben. Weiß Gott nicht. Ich werde beneidet, ja sicherlich, aber Feinde? Nein, das kann ich guten Gewissens verneinen.« Plötzlich hielt er inne und musterte sie, als ob er sie eben überhaupt erst wahrnehmen würde. »Aber weshalb sind Sie eigentlich hier?

Doch nicht wegen dieser albernen Fragerei. Was führt sie wirklich hierher zu mir auf den Hügel?«

Bei dem Wort ›Hügel‹ hätte Melanie beinahe laut losgelacht. Wollte Streicher mit diesem Topos allen Ernstes auf den Hügel in Bayreuth anspielen? Der Typ hatte ja wirklich einen Hang zum Größenwahn. Irgendwie schon fast wieder lustig. »Sie haben recht, Herr Streicher. Es gibt einen Grund, weshalb ich hier bin. Sie haben den Weinberg von Manfred Grönert gekauft.«

Streicher unterbrach sie ungeduldig. »Nicht nur den Weinberg, ich habe ihm alles abgekauft, was irgend damit zusammenhing.«

»Verlief alles reibungslos?«

»Aber selbstverständlich! Wie denn auch sonst? Ich habe einen guten Preis für den sauren Hügel bezahlt, das können Sie mir glauben. Alles beim Notar beglaubigt und beurkundet, alles in Ordnung.« Er fuhr mit der Hand durch sein Haar. »Aber warum fragen Sie das? Behauptet er jetzt, da stimmte etwas nicht mit unserem Vertrag? Sind Sie deshalb hier? Hat er mich angezeigt?«

Melanie beobachtete genau seinen Gesichtsausdruck, während sie langsam formulierte, »Manfred Grönert ist tot.« Wie würde er auf die Nachricht reagieren? Immerhin war der Typ Schauspieler, aber gerade eben hatte sie es auch geschafft, ihn aus der Reserve zu locken.

Streichers Gesichtszüge wirkten entspannt. »Tot? Nun gut, er war alt. Woran ist er denn gestorben? Herzinfarkt?«

Melanie fixierte ihn lauernd. »Fremdeinwirkung.«

»Fremdeinwirkung? Was meinen Sie damit? Hatte Grönert einen Unfall? Ist er von einer Leiter gefallen?«

Melanie knallte ihm das Wort entgegen: »Mord.« Und

nach einer kurzen Pause: »Manfred Grönert ist ermordet worden.«

Streicher hob beide Hände nach oben und wedelte damit vor ihrem Gesicht herum. »Mord? Wie schrecklich! Und ich habe ihn gekannt! Deshalb sind Sie wohl hier!«

»Sie haben sein Geschäft gekauft.«

Er legte beide Hände auf den Tisch, die Handflächen nach oben gerichtet. Die Geste der Unschuld. »Ist das ein Motiv, Frau Kommissarin?«

Vielleicht war er doch ein guter Schauspieler. Womöglich war sein Erfolg in seinem Fall doch eher an seinem Bankkonto zu messen als an anderen Dingen wie Preisen für Schauspielkunst. Melanie lehnte sich zurück und schaute auf seine Hände. Bestimmt war er geübt darin, seine Körpersprache zu kontrollieren. Worte konnten lügen, der Körper nicht. Aber so ein Profi wie Streicher? Hatte der es nicht in langen Jahren trainiert, seinen Körper absolut unter Kontrolle zu halten und die Signale, die er damit aussandte, bewusst zu gestalten? Wie dem auch sei, im Moment war ihm wohl nichts zu entlocken. Er hatte kein Motiv, und was schwerer wog: Sie hatte keinen Verdacht gegen ihn.

»Sie wollen doch nun bestimmt wissen, wo ich zur Tatzeit war.« Streicher grinste und beugte sich zu ihr. Beinahe zu nah, er unterschritt knapp den Mindestabstand, der nicht als persönliche Grenzverletzung anzusehen war.

Sie nahm rostfarbene, minimal kleine Einsprengsel in seinen grünen Augen wahr. Also trug er vermutlich doch keine farbigen Kontaktlinsen. Oder verdammt gute und teure. »Verraten Sie es mir?«

»Dazu müssen Sie mir sagen, wann die schaurige Tat passierte.«

»Schaurig?«, fragte Melanie gedehnt.

Streicher musterte sie amüsiert. »Frau Kommissarin, Mord ist immer eine schaurige Angelegenheit, nicht wahr? Oder wollen Sie mir jetzt Täterwissen unterstellen? Was denken Sie, wie oft ich schon gemordet habe? Auf der Bühne natürlich! Mord weckt höchste Emotionen in allen Menschen, niemand kann sich dagegen wehren. Bei den meisten ruft er Abscheu hervor«, nun kam er noch näher und sah sie verschwörerisch an, »bei einigen wenigen jedoch Lust.«

Melanie gelang es gerade noch, den Impuls des Zurückweichens zu unterbinden. Sie hatte den Eindruck, Streicher spielte ein Spiel mit ihr. Sie nahm ein Stück Würfelzucker und brach es entzwei. Sie steckte die eine Hälfte in den Mund und schob es in die Wangentasche, wo es anfing zu schmelzen. »Freitag, 22 Uhr. Wo waren Sie da?«

»Freitag, ahhh! Da ist das Feuerwerk auf der Mannheimer Mess, nun, da sitze ich, wenn ich hier bin natürlich, wenn ich keine anderweitigen Verpflichtungen habe, also, da sitze ich hier in meinem Salon und betrachte das Feuerwerk. Ich habe sozusagen einen Logenplatz. Dafür habe ich allerdings keine Zeugen. Ich lebe ein Singleleben. Ach ja, und der Fernseher lief. Ich könnte Ihnen sagen, was ich mir angesehen habe.« Der leichte Seidenmantel klaffte auseinander. War das Absicht von ihm? Nun konnte Melanie wahrnehmen, dass der Schauspieler nichts darunter trug. Das war jedoch mehr, als sie von ihm wissen wollte.

»Gut, Herr Streicher, das wars dann. Das Fernseh-

programm steht in jeder Tageszeitung und im Internet, so was wäre kein Alibi, wenn man eines bräuchte.«
Melanie sprang rasch auf. »Und danke für den Kaffee.«
Sie zögerte, obwohl Streicher darauf wartete, dass sie ging. »Eines wäre da noch. Bei Ihnen waren vor Kurzem zwei Geschäftsleute. Ein Chinese, begleitet von einem Deutschen.«

»Ah, ich erinnere mich, ja. Ein Herr aus altem preußischen Adel. Hatte wirklich vortreffliche Umgangsformen.«

»Und wie hießen die beiden?« Melanie schaute ihn erwartungsvoll an.

»Tut mir leid. Das ist mir entfallen. Ich glaube, irgendetwas mit Witz am Ende. Und den chinesischen Namen konnte ich mir gar nicht merken.«

»Mit Witz am Ende?«

»Ja, so was wie von Zitzewitz oder so ähnlich. Aber eben nicht Zitzewitz.«

Draußen atmete sie tief durch. Sie musste den Geruch von Streichers Haargel, seinem Aftershave und seinem Herrenparfum loswerden und auch den Blick, den der leicht auseinanderklaffende Morgenmantel bot. Wollte der sie etwa anmachen? Er war bestimmt 20 Jahre älter als sie. Nach dem, was sie gesehen hatte, schien sein Körper jedoch schon ziemlich verbraucht zu sein, ein merkwürdiger Gegensatz zu seinem straffen Gesicht. Ob das die Folge von jahrelangen Drogenexzessen war? Sie schüttelte sich. Nein, diesen Menschen, der sich so geschniegelt gab, mochte sie nicht. Sie rätselte, was ihn ausgerechnet dazu bewog, an der badischen Bergstraße zu wohnen. Ihr Vater hatte Recht damit, wenn er behauptete, der passe überhaupt nicht hierher. Da hatten sie nun in der Stadt drin Mannheimer Türken und Mannheimer Griechen, aber für Bergsträsser Pfauen war in der bodenständigen Region wenig Platz. Sie machte sich an den Abstieg.

15

Ohne vorher nochmals ins Büro zu fahren, steuerte sie das Städtische Klinikum Mannheim an. Grönerts Frau hatte sich hoffentlich so weit beruhigt, dass sie befragt werden konnte. Melanie würde erst mit dem Arzt sprechen, ob ihr eine Befragung bereits zuzutrauen war. Je eher sie zu ihr vorgelassen wurde, desto besser. Das Klinikgelände war riesig. Bei früheren Besuchen war es Melanie aber bereits gelungen, sich eine gewisse Ortskenntnis anzueignen, sodass sie den Trakt rasch fand. Bereits beim Betreten des Portals verlangsamte sich Melanies Schritt, ihr wurde klamm. Mit geblähten Nüstern sog sie die Luft ein, die in jedem Krankenhaus gleich roch. Ihre Nackenhärchen stellten sich auf, Krankenhäuser jagten ihr Schauer über den Rücken. Es waren für sie Orte des Siechtums. Wer da rein musste, hatte etwas Ernstes. Zuletzt war sie hier vor etwas über einem Jahr gewesen, auf der Krebsstation. Melanie wischte die Gedanken daran weg und versuchte, sich auf das Gespräch zu konzentrieren, das sie gleich führen musste. Sie entnahm einem der zahlreich an der

Wand montierten Spender Desinfektionsflüssigkeit und verrieb diese, während sie sich dem Aufzug zuwandte, hingebungsvoll auf ihren Händen, auch zwischen den Fingern.

Frau Grönert lag im vierten Geschoss, das hatte sie bereits vorher telefonisch erfragt. Die diensthabende Ärztin, Dr. Asli Ceylan, hatte keine Einwände gegen eine Befragung. Die energische Frau zeigte ihr persönlich den Weg zu Frau Grönerts Zimmer und ging mit federnden Schritten darauf zu. Sie schien etwas jünger als Melanie zu sein. Wenige Schritte vor der Tür stoppte sie. »Frau Grönert liegt einzeln. Wir lassen das zweite Bett in ihrem Zimmer frei. Sie können sich also ganz ungestört mit ihr unterhalten«, meinte sie.

»Hat sie bereits jemand besucht oder nach ihr gefragt?«

Dr. Ceylan schüttelte den Kopf und steckte ihre Hände in die Taschen ihres reinweißen Kittels, den sie über ihrer ebenfalls makellos weißen Hose und dem Poloshirt trug. »Es war keiner da. Wir haben ihre Tochter informiert, die wohnt auswärts. Im Allgäu. Und die kann nicht so leicht weg, weil sie mit ihrem Mann eine Käserei betreibt. Sie versucht, es für morgen einzurichten.« Sie fixierte Melanie mit ihren dunklen Augen. »Sie sind der erste Besuch für Frau Grönert.« Mit leichtem Lächeln und ironischem Unterton setzte sie nach: »Auch wenn die Bezeichnung Besuch vielleicht nicht so ganz passend ist.«

»Ist ihr Zustand stabil?«, wollte Melanie von der Ärztin wissen.

Dr. Ceylan dachte nach. »Bis gestern Abend stand sie unter Beruhigungsmitteln. Inzwischen müsste sie soweit stabilisiert sein, dass Sie mit ihr sprechen können. Unser Psychologischer Dienst war bei ihr, aber sie wollte lieber mit einem Seelsorger reden, sie verlangte nach einem Pfarrer.«

Melanie überlegte, dass der Aufwand für die Krankenhäuser, für jeden Patienten den passenden Seelsorger zu finden, in einer Stadt mit über 160 verschiedenen Nationalitäten sicher manchmal beschwerlich war.

»Gut, dann werde ich mich nun mit Frau Grönert unterhalten. Vielen Dank, Frau Doktor.« Melanie drückte mit Schwung auf den Türgriff und öffnete die Tür.

Dr. Ceylan berührte mit ihrer Hand flüchtig Melanies Oberarm. »Und sollte irgend etwas sein, betätigen Sie bitte den Notruf. Zögern Sie nicht!«

Frau Grönert lag im Bett. Als Melanie eintrat, richtete sie langsam ihren Oberkörper auf und saß.

Melanie griff nach einem Stuhl und stellte ihn neben Frau Grönerts Bett. »Frau Grönert, ich bin von der Kriminalpolizei Mannheim. Melanie Härter ist mein Name, Kriminalhauptkommissarin. Erst mal mein Beileid, Frau Grönert, zum Tod Ihres Mannes.«

Sie ergriff die Hand der Frau, die ihre Beine aus dem Bett hatte gleiten lassen und nun mit den Füßen nach ihren Schlappen fischte. Melanie ließ die Hand, die ihren Druck nur schwach erwidert hatte, los und setzte sich auf den Stuhl. Die kurzen Stoffarme des T-Shirts ließen Blicke auf die Unterarme zu. Die waren hager und sehnig, wie bei jemandem, der sein Leben lang fleißig mit den Händen zugegriffen hatte. Auf dem Handrücken traten die Adern überdeutlich hervor.

Frau Grönert sah Melanie mit verschleierten Augen an. »Wissen Sie, Frau Kommissarin, ich bin aus allen

Wolken gefallen, als Ihre Kollegen zu uns ins Haus kamen und mir sagten, der Manfred sei tot. Ich war so richtig wie vor den Kopf geschlagen. Es war so«, sie schien nach den richtigen Worten zu suchen und wischte mit der Hand über die zurückgeschlagene weiße Bettdecke, »so ein Schnitt war das. Es gab kein Vorher und kein Nachher. So als ob die Zeit für mich stehen bleiben würde. Irgendwie hat dieser Schnitt alles verändert. Ich bin ganz plötzlich allein. Der Manfred hat sich immer um alles gekümmert, der hat alles gemacht. Auch den Verkauf von unserem Weingut. Ich weiß noch nicht mal so ganz genau, wie viel dieser Streicher dafür bezahlt hat. Der Manfred wird das schon alles richtig machen, habe ich mir gedacht. Und nun ist der einfach weg, der Manfred.«

»Frau Grönert, hatte Ihr Mann in letzter Zeit Streit?«

»Streit, mein Mann?« Frau Grönert fuhr mit ihrer Hand durch die Luft. »Mein Mann hatte mit niemandem Streit!«

Melanie fasste sacht nach. »Oder vielleicht Ärger? Das ist wichtig für uns.«

Frau Grönert schüttelte den Kopf.

»Hat sich vielleicht in Rehheim jemand geärgert über den Verkauf? Wollte einer von den Ansässigen ebenfalls kaufen?«

Frau Grönert hob das Gesicht und musterte Melanie plötzlich genau, gerade so, als würde sie sie jetzt erst richtig sehen können. »Härter, sagten Sie? Sie heißen Härter? Sind Sie mit dem Wolfgang und der Susanne verwandt?«

Melanie hatte mit dieser Frage gerechnet. »Ja, Frau Grönert, das sind meine Eltern.« Melanie war zu Beginn ihrer Ausbildung aus Rehheim weggezogen, und während ihrer seltenen Besuche dort gehörte sie nicht zum Gesichtskreis von Frau Grönert. Die Frau versuchte, sich an Melanie zu erinnern.

»Waren Sie nicht in derselben Klasse damals wie unsere Sylvia?«

»Nein, Frau Grönert. Die Sylvia ist zwei Jahre jünger als ich. Aber meine Schwester Lisa, die war, glaube ich, mit ihr in einer Klasse. Vielleicht wurden die sogar miteinander konfirmiert, ich müsste die Lisa mal danach fragen.«

Frau Grönerts Gesicht wurde weich. Bei manchen Menschen wirkte es Wunder, wenn sie auf jemanden trafen, zu dem es in irgendeiner Art und Weise eine Verbindung gab. »Ja, also, weil Sie doch gefragt haben, ob sich jemand geärgert hat, über meinen Mann. Geärgert haben sich schon welche, als wir verkauft haben. Vor allem, dass wir an den Herrn Streicher verkauft haben, das hat vielen Leuten in Rehheim nicht gepasst. Das ist kein Hiesiger, so haben sie gesagt. Aber wir mussten verkaufen, wir können einfach nicht mehr so wie früher. Man wird nicht jünger, nicht wahr?« Sie strich mit der Hand ihre grauen Haare, die von weißen Strähnen durchwoben waren, hinters Ohr. Die Locken waren jedoch widerspenstig und sprangen sogleich wieder hervor. »Und unsere Sylvia, die hat in Kempten in eine Käserei eingeheiratet. Die kann ja schlecht zwei Betriebe führen, die 300 Kilometer auseinander liegen. Winzer muss man mit Leib und Seele sein, und aus Überzeugung, das wissen Sie selbst auch. Und der Sepp, ihr Mann, das ist halt kein Winzer, gell, der macht halt einfach lieber Käse. Und dann haben wir beschlossen, dass wir das Weingut verkaufen. Den Wingert, die Kellerei, bis auf den Gutshof. Das Wohnhaus gehört uns, solange wir leben, erst danach fällt das Eigentum an den Herrn Streicher.« Sie hielt inne. »Einer von uns ist jetzt tot. Nun muss der Herr Streicher nur noch einen von uns beiden überleben.« Erschrocken hielt sie inne. »Meinen Sie, der Herr Streicher war das, und der bringt mich jetzt auch noch um, damit er unser Haus schneller kriegt?« Ihr Mund stand leicht offen, ihre Augen weiteten sich kugelrund.

Melanie wollte den Redefluss Frau Grönerts nur ungern unterbrechen und hoffte, sie mit der Bemerkung »Ganz sicher nicht« am Weiterreden zu halten.

»Na, hoffentlich haben Sie damit recht. Also, dieser Herr Streicher, der hat zwar das Weingut von meinem Mann gekauft, aber die Namensrechte an unseren Weinen kann er selbst nicht verkaufen, da hat mein Mann im Vertrag dafür gesorgt.« Stolz mischte sich nun in ihre Stimme. »Ist ein altes Gut, und ein wertvoller Name. Nie gab es irgendwelche Skandale um unsere Weine, unser Name hat einen außerordentlich guten Ruf, und meinem Mann war es wichtig, dass der erhalten bleibt!«

»Und weiter, Frau Grönert, wer hat sich im Einzelnen darüber geärgert, dass Sie an Herrn Streicher verkauften?«

»Also, die anderen Winzer zum Beispiel. Denen war das gar nicht recht, dass da ein Neigeplackter kommt und beim Rehheimer Wein plötzlich mitmischt. Es ginge schließlich um den gesamten Ruf der Badischen Wein-Bergstraße, da könne man sich keinerlei Fehlgriffe erlauben.« Frau Grönert dachte nach. »Die sind sogar an einem Abend zu uns nach Hause gekommen und haben bis zum Schluss versucht, meinen Manfred davon abzuhalten.« Sie schloss die Augen und dachte nach. »Der Wallner, der Wenzel, die waren das, genau. Die anderen haben die beiden vorgeschickt.« Sie schlug die Augen wieder auf und fuhr fort. »Sogar den Notar haben sie überredet, uns nochmals ins Gewissen zu reden. Aber da hat sich der Manfred nichts dreinreden lassen. Das sei seine Sache, hat er entschieden gesagt und ist dabei geblieben. Der Wenzel hat sogar herumgeschrien bei uns, in unserem Haus!« Sie griff nach einem Päckchen Papiertaschentücher, das auf dem Nachttisch lag, zog eines heraus und wischte die Tränen ab, die sich über ihr Gesicht stahlen. »Und der Wenzel, der ist dann sogar noch einmal gekommen, in letzter Sekunde vor dem Notartermin hat er gemeint, er könne den Manfred überreden, den Verkauf aufzuschieben, bis sich ein anderer Käufer findet.«

Melanie unterbrach sie nicht und war froh, dass Frau Grönert redete. Sie hatte ihren kleinen Notizblock aus der Jackentasche gezogen und machte sich Notizen.

»Aber einer hat sich ganz besonders geärgert. Der war fuchsteufelswild. Der hat partout gemeint, er kann den Manfred umstimmen. Sogar mir hat er aufgelauert und mich beschwatzt. Ich solle doch dem Manfred ins Gewissen reden, dass er an ihn verkauft. Tja«, sie zuckte mit den Schultern, »aber er hat halt einfach das Geld nicht gehabt, um den Kaufpreis zu bezahlen. Eine Leibrente wollte er uns dann sogar aufdrängen.« Sie wischte erneut eine Träne von der Wange. »Das wäre jetzt billig geworden, die Hälfte fiele ja nun weg.« Sie nahm ein neues Taschentuch.

Melanie zückte ihren Stift und hakte nach: »Wer war das denn, der Ihnen die Leibrente vorgeschlagen hatte?«

Verächtlich stieß Frau Grönert den Namen aus: »Kurt Laubenholz.« Sie schwieg vielsagend.

Melanie verzog das Gesicht. »*Der* Kurt Laubenholz«, fragte sie zur Vorsicht nach.

Frau Grönert nickte. »Ja, genau der. Gell, manche Leute sind schon zu einer solch gnadenlosen Unverschämtheit fähig, dass einem die Luft wegbleiben könnte. Kommt der einfach daher und will unser Weingut aufkaufen, und das mit Leibrente!« Sie nestelte an ihrem T-Shirt herum. »Dieses Angebot hat uns ganz schön die Sprache verschlagen. Aber, auch wenn der das Geld bar gehabt hätte, der Manfred hätte trotzdem an so einen wie den Laubenholz nie und nimmer verkauft.« Ihre Augen verdunkelten sich. »Dass der es dann geschafft hat, dass dieser Streicher ihn als Verwalter einstellt und er nun quasi unseren Wingert bewirtschaftet, hat uns sehr geärgert. Aber wer denkt denn auch so was? Wenn wir das nur irgendwie geahnt hätten, dann hätte doch der Manfred in den Vertrag reingeschrieben, dass der den Laubenholz nicht einstellen darf.« Sie machte eine Pause.

Melanie schaute auf ihre Notizen. Sie wusste aus langjähriger Erfahrung, dass sie Menschen in ihrem Redefluss nicht unterbrechen durfte. Deshalb floss sie nur ein verständnisvolles »Mhmh« ein und nickte.

Die Rechnung ging auf, Frau Grönert sprach weiter. »Der Manfred ist extra die vielen Treppen raufgestiegen zu diesem Streicher und hat ihm das gesagt, dass wir nicht wollen, dass er diesen Laubenholz einstellt. Aber dieser Streicher hat meinen Mann ausgelacht und gesagt, verkauft ist verkauft, und dass er jetzt das Sagen habe im Grönertschen Weinberg.« Sie seufzte, »womit er leider eindeutig recht hatte.«

Melanie besah ihre Notizen. »Da war ein junger Mann bei Ihnen gewesen, groß und kräftig, in Arbeitskleidung.«

»Den Krysztof meinen Sie bestimmt. Dem seine Mutter war schon bei uns gewesen, zur Lese, und jetzt kommt der Sohn. Der wollte mit meinem Mann reden. Ich weiß nicht, worum es da ging.«

»Und die zwei Geschäftsleute, die Sie kürzlich aufsuchten? Einer davon ein Asiate?«

»Woher wissen Sie überhaupt, wer zu uns kommt?« Plötzlich huschte der Anflug eines Lächelns über ihr Gesicht. »Unsere Nachbarin, gelt? Der entgeht nichts. Aber über die Geschäftsleute kann ich Ihnen gar nichts sagen. So was hat alles mein Mann gemacht. Ich weiß noch nicht mal, wie die heißen.«

»Und warum war Ihr Mann eigentlich auf der Mess?«

»Auf die Mess geht man halt, da geht jeder hin. Aber ich hatte Kopfschmerzen und bin deshalb zuhause geblieben.«

Melanie klappte den Block zu. Sie würde schon noch herausfinden, was Krysztof vom Grönert wollte. Und über die Halterabfragen vermutlich auch die Namen der Geschäftsmänner. Es war ein Berliner Kennzeichen dabei gewesen, das könnten sie gewesen sein. Frau Grönert nach gab es also Ärger im Ort wegen des Verkaufs. Nun gut, irgendjemand hatte sich wohl zu sehr geärgert und dem dann auch noch einen hässlichen Ausdruck gegeben.

Sie fühlte Frau Grönerts Hand auf ihrem Arm. »Aber wie ist denn der Manfred nun genau gestorben? Das haben mir Ihre Kollegen nicht gesagt.«

Melanie zögerte. Die Kollegen hatten ihr nicht mitgeteilt, wie Manfred Grönert vorgefunden worden war? Wie unangenehm! Sie überlegte rasch, wie viel Wahrheit sie seiner Witwe zumuten konnte. War sie stark genug für die grausigen Details? »Frau Grönert, wir ermitteln noch. Wenn wir mit unserer Arbeit fertig sind, bekommen Sie Bescheid.«

Frau Grönerts Augen schauten ins Leere. »Mord, mein Manfred wurde ermordet. Wer macht denn so was?« Ziellos strichen ihre Hände über ihre Oberschenkel.

Melanie war froh, nicht erwähnt zu haben, dass ihr Mann an die Wand genagelt worden war. Ihr war nämlich vor dem Gespräch nicht klar gewesen, dass Frau Grönert dieses Detail nicht bekannt war. Sie musste gleich noch mit der Ärztin sprechen, wann und wie man ihr das beibringen würde. Und vor allem, wem diese Ausgabe zuteil würde. Sie wollte jedenfalls nicht die Überbringerin dieses hässlichen Details sein. Sie erhob sich. »Die Sylvia kommt bald zu Ihnen, Frau Grönert.«

»Wann können wir ihn denn beerdigen, meinen Mann?« Hilflos suchte Frau Grönert Melanies Blick.

»Bald, Frau Grönert. Darum soll sich Ihre Tochter kümmern, nicht wahr? Ich telefoniere noch heute mit ihr.«

»Die Sylvia, ja, die soll kommen, die Sylvia.«

Melanie drückte sachte die Türklinke herunter. Im Stationszimmer suchte sie nach Dr. Ceylan. Die käme gleich, sagte ihr ein Pfleger. Melanie blieb auf dem Flur. Sie schaute aus dem Fenster. Schräg gegenüber der riesigen Anlage des Klinikums befand sich der Hauptfriedhof von Mannheim. Sein Eingangsportal ragte kühn in die Höhe. Gerade so, als ob der letzte Gang einen besonders großartigen Rahmen bräuchte.

Unbemerkt von ihr war Dr. Asli Ceylan zu ihr

gekommen. Sie stellte sich neben Melanie ans Fenster und schaute ebenfalls zum Friedhof hinüber. Ihre Stimme klang kühl. »Wollen Sie noch etwas mit mir besprechen, Frau Kommissarin?«

»Frau Grönert weiß nichts über die genauen Umstände, wie ihr Mann zu Tode gekommen ist. Die sind etwas pikant. Ich weiß nicht, wie wir ihr das kommunizieren sollen.«

Dr. Ceylan dachte nach. »Was meinen Sie mit pikant?«

»Das Opfer wurde an eine Holzwand genagelt. Mit den Händen, wie der gekreuzigte Jesus.« Melanie überlegte, ob der Ärztin dieses Bild aus der christlichen Lehre bekannt war.

»Christus am Kreuz. Als Symbol für eine Buße?«

»Wir wissen es noch nicht. Aber ich weiß nicht, wie Frau Grönert diese Nachricht aufnehmen wird. Immerhin ist es eine sehr brutale Art, mit jemandem umzugehen.«

»Was kommt davon in die Presse?«

»Hat Frau Grönert einen Fernseher im Zimmer?«

»Frau Kommissarin, haben Sie keinen im Krankenzimmer bemerkt?« Dr. Asli Ceylan zog leicht die Augenbrauen hoch. Es wirkte spöttisch und wollte nicht so recht zu der bislang sachlichen Haltung der Ärztin passen.

Eine leichte Röte überzog Melanies Gesicht. »Es wäre bestimmt nicht gut, wenn Frau Grönert dieses Detail aus den Medien erfährt.«

»Ich kann Sie beruhigen. In dem Zustand, in dem sich Frau Grönert bei ihrer Einlieferung befand, kümmert sich niemand um die Freischaltung des Fernsehapparates. Aber vielleicht wird sie bald danach verlangen. Ich werde dafür sorgen, dass man ihr sagt, der Anschluss in ihrem Zimmer sei defekt.« Sie wandte ihr Gesicht wieder dem Blick aus dem Fenster zu. »Trotzdem muss es ihr jemand sagen. An eine Holzwand genagelt, sagten Sie?«

»Ja, große Zimmerernägel durch beide Hände. Und in seinem Herz steckte ein Messer.«

Dr. Asli Ceylan straffte die Schultern und sagte in ruhigem Ton. »Ich werde es Frau Grönert so schonend wie es geht beibringen.« Sie wandte sich Melanie zu: »Und nun entschuldigen Sie mich, ich habe noch weitere Patienten.« Mit energischen Schritten verschwand sie um eine Ecke des Flures. Eine Tür klappte und das Tacktack ihrer Schritte verlor sich.

Melanie mied wie üblich den Aufzug und nahm die Treppe nach unten. Im Eingangsfoyer wurden ihre Schritte, je mehr sie sich dem Ausgang zu bewegte, wieder forscher. Draußen drehte sie sich um und schaute an dem Gebäude hoch. Was für ein Glück, dass sie hier wieder wegkonnte! Krankenhäuser sah sie am liebsten von außen, aber am allerliebsten gar nicht. Der typische Geruch hing noch eine Weile in ihrer Nase.

Ihr Auto parkte am Neckar, am Theodor-Kutzer-Ufer. Direkt über ihrem Auto zankten sich einige grün gefiederte Halsbandsittiche im Geäst einer großen Platane. Die lautstarken wilden Bewohner der Innenstadt breiteten sich immer mehr aus, dem sich hartnäckig haltenden Gerücht nach war einem Züchter in Neckarhausen vor vielen Jahren ein Exemplar der widerstandsfähigen Vögel entkommen. Damit der nicht so einsam sei, ließ der Gute einen zweiten Sittich frei. Eine schöne Bescherung hatten sie auf dem Auto hinterlassen. Direkt mittig auf die Windschutzscheibe hatten sie den wässrigen Inhalt ihres Darms entleert. Melanie sah sich um. Womit könnte sie den Fleck bloß entfernen? Mit der Scheibenwischanlage brauchte sie das gar nicht erst zu versuchen. Kurz entschlossen riss sie ein großes Büschel Gras aus und rieb damit beherzt den Fleck weg. Die minimalen Reste würde die Scheibenwischanlage dann hoffentlich schaffen.

16

Felix saß am Ufer des Rheins im Lindenhof, er war mit dem Fahrrad dorthin gefahren. Er hatte bei einem Freund übernachtet, er wollte sich ablenken. Den Toten zu finden hatte ihn schon mächtig aufgewühlt. Aber er hatte keine Lust, mit jemandem darüber zu reden und schon gar nicht mit seiner Mutter. Die würde doch nur wieder die Überlegene rauskehren und einen auf Superverständnis machen. Was sollte er schon sagen? Dass es schrecklich war, zum ersten Mal im Leben einen Toten zu sehen? Noch dazu jemanden, der ermordet war? Klar, das war es für ihn. Aber würde es etwas ändern, wenn er mit jemandem darüber sprach? Mellie hatte schon oft Tote gesehen, das brachte ihr Beruf mit sich. Ihr schien es nichts auszumachen. Er hatte den Eindruck, der Tote war für sie ein Objekt und nun galt es, den Mörder zu finden. Wie sollte sie seine Empfindungen verstehen, abgebrüht, wie sie in seinen Augen war?

Sie hatte einen neuen Fall. Und wie immer, wenn sie einer Soko angehörte, war sie kaum zu Hause. Bis er aufs Gymnasium kam, hatte sie sich nicht in Sokos einteilen lassen. Denn das hieß viele Überstunden, Wochenenddienst, abends länger und so weiter. Bis vor Kurzem fand er Mellie auch in Ordnung. Dass sie Bulle war, war eigentlich voll cool. Aber neuerdings konnte er nicht mehr so viel mit ihr anfangen. Sie behandelte ihn in seinen Augen immer noch wie ein kleines Kind, dabei fühlte er sich schon längst wie ein Mann. Irgendwann würde auch Mellie einsehen, dass er nun erwachsen war. Felix nahm einen flachen Stein vom Boden und warf ihn flach auf die Wasseroberfläche. Der Stein hüpfte über das Wasser, dort wo er es berührte, bildeten sich konzentrische Kreise.

Da drüben auf der anderen Rheinseite lag Ludwigshafen mit seiner großen Industrieanlage. Einige seiner Lehrer wohnten auf der anderen Rheinseite. Das Beste an Ludwigshafen sei die Brücke nach Mannheim, wurde immer gewitzelt.

In letzter Zeit dachte er öfter an Erwin. Wie es wohl gewesen wäre, bei Erwin aufzuwachsen? Eigentlich kannte er seinen Vater gar nicht. Gut, er wusste, wie er hieß und wie er aussah. In den letzten Wochen hatte er ihm hin und wieder eine E-Mail gesandt. Nach all den Jahren, in denen er keinen Kontakt zu seinem Sohn hatte, schien ihn nun das schlechte Gewissen zu packen. Felix nahm einen Stein und pfefferte ihn auf das Wasser. Der Stein plumpste ins Wasser und ging sofort unter. Ein fetter Fisch schnappte mit seinem Maul an der Oberfläche nach Luft. Vielleicht war es ganz einfach so, dass seine Eltern partout nicht zusammenpassten. Aber das musste doch nicht gleichzeitig heißen, dass Erwin ein schlechter Mensch war. Melanie war auch nicht ganz einfach. Nun, da er selbst groß war, sah er sie nicht mehr mit verklärten Kinderaugen. Ja, damals, als er klein war, da war sie echt in Ordnung. Aber im Moment nervte sie ziemlich. Allein schon dieses ständige Gefühl, von ihr wie ein Baby betrachtet zu werden, ödete ihn an. Wenn er mit der Schule fertig war, würde er auf jeden Fall weggehen. Er hatte sowieso keinen Bock, in Mannheim oder Heidelberg zu studieren. Weiter weg wäre ihm schon ganz recht.

Felix zog die Beine an und schaute auf die Türme der BASF. Ein Schleppverband zog auf dem Rhein vorbei. Auf dem Schiff, das den Verband anführte, parkte ein PKW. An den Kajütenfenstern hingen gehäkelte Vorhänge. Ein mobiles trautes Heim. Hatte wenig mit Romantik zu tun. In Felix' Klasse ging ein Junge, der wohnte seit vielen Jahren während der Schulzeit im Mannheimer Schifferkinderheim, wie so viele andere Kinder und Jugendliche auch, deren Eltern auf Kähnen fuhren. Der hätte seine Eltern gern öfter gesehen. Felix zog eine Grimasse. Ihm selbst käme es im Moment ganz gelegen, Melanie seltener zu sehen. Vielleicht sollte er für eine Weile ins Ausland gehen.

17

Als Melanie den weiten Bogen um das Klinikgelände herum gefahren war und sich auf der Brücke in ihre Spur einfädelte, piepste es auf dem Armaturenbrett und ein rotes Licht ging an. Verärgert stellte sie fest, dass der Sprit im Auto sich dem Ende zuneigte. Sie drückte auf einen Knopf, ›50 km‹ erschien auf dem Display hinter dem Lenkrad. Naja, dachte Melanie, das ist ja noch ganz ordentlich. Sie hatte keine Lust, tanken zu fahren. Außerdem, so fiel ihr ein, hatte sie ihre Tankkarte gar nicht einstecken. Sie stellte den Wagen auf dem Polizeihof ab und ging aufrecht ins Gebäude.

Melanie tippte Sylvias Nummer in die Tastatur ihres Telefons. »Ebertz«, kam es nach dreimaligen Klingeln aus dem Lautsprecher.

»Sylvia, bist du das?«

»Wer spricht denn bitte?«

»Sylvia, hier ist die Melanie Härter. Erinnerst du dich an mich? Wir waren in Rehheim zusammen in derselben Schule.«

»Mhm. Ja, ich erinnere mich.«

»Sylvia, ich rufe dich dienstlich an. Ich arbeite bei der Kripo in Mannheim.«

»Ich kann euch gar nichts sagen zu dem Mord am Vater, wenn du deshalb anrufst. Ich habe keine Ahnung, warum das passiert ist.«

»Sylvia, ich möchte mich trotzdem ganz gern mit dir unterhalten. Wann kommst du denn zu deiner Mutter?« Wobei Melanie sich darüber wunderte, dass Sylvia nicht schon längst nach Mannheim ins Klinikum gekommen war.

»Weißt du, es ist ganz schlecht, eine Aushilfe zu kriegen. Und wir müssen die Milch täglich verarbeiten, ich kann nicht einfach einen Tag in der Käserei alles liegen und stehen lassen.«

»Lieber Himmel, Sylvia, also wirklich, du wirst doch mal einen Tag wegkönnen! Ich muss mit dir sprechen!«

»Melanie, ich werde dir nichts sagen können. Wirklich. Ich habe meine Eltern schon länger nicht mehr gesehen. Sie haben mir nochmals zugesetzt, dass ich das Weingut übernehmen soll. Ich lebe hier mein Leben in Kempten, das müssen sie einfach akzeptieren. Und der Sepp, also mein Mann, der geht auf keinen Fall von Kempten weg.«

Aber du aus Rehheim, das ist doch dasselbe in grün, ging es Melanie durch den Kopf. »Sylvia, es ist doch auch gar nicht weit. In gut zweieinhalb Stunden bist du hier. Du musst also noch nicht mal hier übernachten, kannst an einem Tag herkommen und gleich wieder zurückfahren.« Zu deinen Allgäukühen und zu deinem Sepp, fügte sie in Gedanken hinzu.

»Ich muss das mit dem Sepp besprechen, ich kann hier nicht einfach so weg.«

»Morgen um elf Uhr, in meinem Büro in den L-Quadraten.« Bevor Sylvia etwas erwidern konnte, setzte Melanie noch nach: »Also, bis morgen, Sylvia, ich erwarte dich.« Sie war voller Neugierde darauf, ob sie Sylvia wiedererkennen würde.

18

Am nächsten Morgen lasteten die Nebelschwaden wie schimmeliges Graubrot auf den Kuppeln der Bergstraße. Das passende Wetter zu Jonathan W. Streichers Vorhaben. Er hatte heute um halb elf Uhr einen Termin bei Balthasar Hirte. Früh schon war er aufgestanden und hatte sich der Würde des Anlasses entsprechend zurechtgemacht. Er trug einen anthrazitfarbenen Cut mit englischem Hemd. Beides wurde für ihn während seines letzten Londonbesuches angefertigt. Er maß sich vorm Spiegel. Doch, ganz ordentlich! Er spannte mit den Fingern der rechten Hand die Haut über den Wangenknochen. Da musste mal wieder was gemacht werden, aber noch nicht sofort, da war noch Luft. Er spitzte den Mund und zog ihn anschließend in die Breite. Er eilte zu seinem Terminkalender. Nächste Woche war der Termin für die nächste Botox-Therapie, sehr gut, dann konnte er dieser aufsässigen Kommissarin – wie hieß sie noch gleich? – wieder mit Verve entgegentreten. Er kehrte zum Spiegel zurück und kam zu dem zufriedenstellenden Resultat, dass sein Körper ihm die Drogenexzesse seiner Jugend nicht übermäßig übel genommen hatte. Zumindest warf ihm sein Spiegelbild nicht das Abbild einer wandelnden Ruine entgegen. Er dachte an einige Altrockstars, die immer noch auf diversen Bühnen herumstolperten, längst Geister ihrer selbst. Das würde ihm keinesfalls passieren, er achtete auf sich. Er kämmte nochmals sein Haar und verließ das Haus. Hinter dem Haus führte eine Straße zur Talstraße hinunter, es war ein mehrere Kilometer weiter Umweg bis Rehheim. Den direkten Zugang zu Rehheim schaffte die steile Treppe vorm Haus, die benutzte er ganz selten.

Der dichte Nebel drang bis zum Autofenster, Jonathan W. Streicher schaltete einen Gang runter, um die nächste Kurve zu nehmen. Es war doch nicht übertrieben gewesen, sich einen Rover mit Allradantrieb zu kaufen, auch wenn manch einer im Dorf ihn dafür belächelte. Aber was scherten ihn schon die Leute im Dorf unter ihm! Sollten die doch denken, was sie wollten. Diese Kleingeister hatten keinerlei Einfluss auf ihn; die Sphären, in denen er sich bewegte, blieben denen für immer verschlossen. Die würden noch ganz schön staunen, wenn sie von seinem letzten großen Coup erführen, das war ein ganz tolles Ding. Man brauchte eben manchmal auch Mut und die Kraft für Visionen! Dieser Vertrag sanierte ihn nun wirklich endgültig und finanzierte auch das Projekt, das er an diesem Vormittag anzugehen vorhatte.

Er lenkte sein Auto Richtung Ladenburg, wo der Nebel endlich aufriss, und hielt sich von dort aus längs des Neckars Richtung Ilvesheim. In Feudenheim hielt er kurz und gab bei seinem italienischen Lieblingshändler eine Bestellung auf. Er wollte den Pecorino direkt aus Italien beziehen und kein Nachahmerprodukt von einer deutschen Milchkuh. Guido Minetti wechselte rasch aus seinem Mannemer Slang, den er – in dritter Generation in Mannheim lebend – perfekt beherrschte, in ein gebrochenes Hochdeutsch mit dem leichten italienischen Akzent, den die betuchte Kundschaft so liebte. Jonathan W. Streicher stattete seinen gesamten Bekanntenkreis regelmäßig mit Autogrammkarten aus, einmal nahm er sogar den Ältesten Guidos mit zum Set. Für so einen Kunden konnte man sich schon mal ein wenig ins Zeug legen! Wie immer würde er dem Maestro, wie er ihn nannte, die Bestellung persönlich ins Haus liefern. Streichers Trinkgelder waren legendär.

Zufrieden fuhr Jonathan weiter. Zu seiner Überraschung fand er mühelos einen Parkplatz, was am Mannheimer Hauptfriedhof einer kleinen Sensation gleichkam. 1842 weihte man ihn ein, nachdem man den Friedhof aus den Quadraten der Innenstadt ins Wohlgelegen verlegte. Entgegen einiger Meinungen, die nicht auszurotten waren, hieß der Ort bereits vor Entstehung des Friedhofes so. Er war aufgrund seiner leicht erhöhten Lage wohl gelegen und deshalb nicht von den Hochwassern des Neckars betroffen. Möglich machte die Verlegung des Friedhofs aus der Stadt heraus der Bau einer steinernen Brücke über den Neckar.

Balthasar Hirte erwartete ihn am Haupteingang. Der Mann mit der birnenförmigen Figur steckte in einer braunen Cargohose und einem karierten Holzfällerhemd, über dem er eine grob gestrickte Jacke trug. Eilfertig kam er mit kleinen Trippelschritten herangeeilt. »Herr Streicher, nicht wahr?«

»Ja, ich bin es. Guten Tag. Können wir beginnen?«

»Natürlich, selbstverständlich, aber sogleich.« Balthasar Hirte deutete eine Verbeugung an. Auf seinem Schädel waren kunstvoll verbliebene Haarsträhnen drapiert. Er eilte voraus und Jonathan folgte ihm. »Wenn Sie hier schauen, das ist das Mausoleum von Herrn Lanz, dem Gründer der Traktorenwerke und sein Sohn, der baute dann die Lanz-Villa, die haben Sie bestimmt schon gesehen, in der Oststadt.« Er schloss die kleine metallene Tür mit der lateinischen Aufschrift ›Das Leben ist ein kurzer Traum‹ auf und ließ Jonathan den Vortritt.

Der sich vor ihm auftuende Raum war erheblich größer, als er von außen wirkte. Balthasar wies zu der nach unten führenden Treppe. Ihrem gebogenen Lauf folgend erreichte Jonathan die untere Etage, in deren Mitte ein steinerner Sarkophag ruhte. Es roch leicht muffig und er wollte plötzlich schnell wieder raus. Diese Luft war Gift für seinen Teint. Wieder draußen fasste er seine Bedenken zusammen: »So ein Mausoleum ist schon sehr groß, ich frage mich, ob es heutzutage noch zeitgemäß ist. Besser, Sie zeigen mir noch etwas anderes.«

Balthasar Hirte trippelte voraus, in eine Art Allee, gesäumt von Grabstätten mit monumentalen Gedenksteinen. »Dies hier ist sozusagen unsere VIP-Straße, hier liegt alles, was Rang und Namen hatte in Mannheim.« Im Vorbeigehen las er einige der Namen vor. »Bassermann«, hier stutzte Jonathan. Auf etlichen der Gedenksteine stand der Name Bassermann, einer von ihnen war früher Bürgermeister von Mannheim. Und der Schauspieler Albert Bassermann war Träger des Iffland-Ringes gewesen. Balthasar erklärte: »Unsere Bürgermeister haben natürlich alle Ehrengräber, um die kümmert sich die Stadt. Das ist auch eine Erleichterung für die Angehörigen.«

»Für wie lange kann ich mich denn hier einkaufen?« Jonathan war nicht sicher, ob er ein Ehrengrab erhalten würde, wenn er nicht in den Besitz des Iffland-Ringes käme. Wenn er doch wenigstens einmal den Eysoldt-Ring bekäme! Eine Falte zeichnete sich deutlich zwischen seinen Brauen ab.

»Erst kürzlich hatten wir einen Fall, da hat sich jemand die Stätte für 200 Jahre gekauft. Die normale Totenruhe beträgt in Baden-Württemberg 15 Jahre.«

Den zweiten Satz hörte Jonathan gar nicht, der erste imponierte ihm weitaus besser. »200 Jahre?« Das war ganz nach seinem Geschmack. Mit stolzer Haltung folgte er seinem Führer. Der zeigte ihm nun etwas, was so ganz und gar nach seinem Gusto war. An dem roten Sandstein-Obelisken vorbei, der an den Mörder Karl Ludwig Sand erinnerte, führte sie ihr Weg nach weiteren 200 Metern zu der Gedenkstätte für dessen Opfer, August von Kotzebue. Ein steinerner Würfel, in dessen eine Seite ein Gesicht geschnitten war, erinnerte an den Theaterdichter, dessen kurze Mannheimer Zeit so jäh endete. Das eigentliche Ziel jedoch war, wenig von Kotzebues Gedenkstätte entfernt, die Erinnerungsstätte an Wolfgang Heribert von Dalberg. Hier hielt Jonathan W. Streicher ergriffen inne. Von Dalberg war es gewesen, der Iffland, den Stifter des legendären Ringes, dem Inbegriff von Jonathans Verlangen, an das Mannheimer Nationaltheater verpflichtete. Ergriffen hielt er inne, zwei Tränen suchten ihren Weg auf seinen gestrafften Wangen.

Balthasar Hirte wartete abseits. Er hatte ganz viel Zeit. Denn er wusste aus seiner langjährigen Erfahrung, dass er seine Klienten nicht drängen durfte. Und hatte er doch mal wieder den richtigen Riecher gehabt, den Schauspieler genau an dieses Grab zu führen. Das würde ihn letztendlich dazu bewegen, sich auf diesem Friedhof einzukaufen. Wenn er seine Gedenkstätte gleich für 200 Jahre erwarb, würden sie im laufenden Geschäftsjahr ein sattes Plus machen und er bekäme vielleicht endlich mal wieder seine Weihnachtszulage. Balthasar lächelte genüsslich. Er fühlte sich ganz nah an seinem Vertragsziel. Er ließ Jonathan die Zeit, die dieser brauchte, um sich wieder zu sammeln. Für solche Kunden wie diesen nahm sich Balthasar sogar sehr viel Zeit. Solche Kunden könnten sie wahrlich mehr gebrauchen. Balthasar seufzte. Die Zeit der prächtigen, teuren Grabanlagen war wohl vorbei, selten genug bekam er einen Fisch wie Jonathan W. Streicher an seine Angel.

»Für heute habe ich genug gesehen. Ich komme nächste Woche in Ihr Büro, da machen wir den Vertrag.« Gemessenen Schrittes verließ Jonathan den Friedhof. Plötzlich schien ihm der Tag weitaus weniger grau zu sein. Etwas Großes tat sich vor ihm auf. Eine würdevolle Gedenkstätte, imponierend genug, um seine Bedeutung der Nachwelt zu überliefern. Damit würde er sich in nächster Zeit beschäftigen. Was für eine wundervolle Aufgabe! Er lächelte in dem starken Empfinden, dass das Leben durchaus auch schöne Seiten besaß.

19

Melanie wartete in ihrem Büro auf den Anruf von der Pforte. Endlich kam er. »Eine Frau Sylvia Ebertz ist hier für Sie.«

»Gut, danke. Ich hole sie ab. Bis gleich.«

Melanie schwang sich von ihrem Schreibtischstuhl hoch und begab sich über die Treppe nach unten. Die Frau, die da an der Pforte stand, das musste sie sein.

Sylvia hatte sich in den vielen Jahren sehr verändert. Sie war schmäler geworden. Das Haar trug sie kurz geschnitten, an einigen Stellen schimmerte es bereits grau. »Hallo, Sylvia.« Sie gaben sich beinahe förmlich die Hand. Sylvias Händedruck war fest, sie zog jedoch die Hand rasch wieder zurück.

Melanie versuchte ein Lächeln. »Wie schön, dass du es einrichten konntest zu kommen.«

»Einrichten können ist gut. Hast mich ja herbestellt. Dem Sepp hat das gar nicht gepasst, dass ich wegfahre. Aber er hat gesagt, dann kann ich mich auch gleich um die Beerdigung kümmern und das mit der Mutter besprechen. Was sein muss, muss halt sein.« Sylvias Gesichtszüge waren herb und jetzt, mit knapp über Mitte 30, schon durchfurcht. Sie schien kein fröhlicher Mensch zu sein. Melanie hatte sie ganz anders in Erinnerung. Als lustiges Ding, das für jeden Spaß zu haben war. Aber ihre letzte Begegnung lag viele Jahre zurück. Was hatte sie so sehr verändert?

Melanie wies mit der Hand zur Treppe: »Wir gehen nach oben in mein Büro.«

»Hoffentlich dauert das nicht lange. Ich kümmere mich dann heute auch noch gleich um die Beerdigung. Heute Abend fahre ich wieder zurück. Früh um sechs Uhr kommt die Milch, ich kann sie nicht zwei Tage hintereinander stehen lassen.« Das klang wie ein Vorwurf, persönlich an Melanie gerichtet.

Melanie versuchte, ihren Ärger im Zaum zu halten. Sylvia tat gerade so, als ob sie für dieses Unangenehme in ihrem Leben verantwortlich sei. Sie musste versuchen, sich im Griff zu haben. Wenn sie sie anpflaumte, war womöglich nichts aus ihr herauszuholen. Vielleicht

gelang es ihr mit ein paar Höflichkeiten, Sylvia aufzu-
lockern. »Magst du einen Kaffee, Sylvia?« Sie legte eine
Bäckertüte auf den Tisch. »Und eine Brezel? Die Fahrt
war doch sicher anstrengend, gell?«

»Ein Kaffee wäre schon nicht schlecht. Zu Essen
brauche ich nichts.«

Melanie holte rasch zwei Becher Kaffee. »So, jetzt
erzähl mal, Sylvia, was macht du so? Wir haben uns eine
ganze Weile nicht gesehen. Hast du Kinder?«

Sylvias Gesicht versteinerte rasch. »Wir haben keine
Kinder. Und zum Adoptieren sind wir zu alt, haben die
uns gesagt.« Sie machte eine abwertende Bewegung mit
der Hand. »Wir können uns schlecht Kinder in Russ-
land kaufen wie die Promis.« Sie nahm den Becher und
trank einen kleinen Schluck Kaffee. »Es liegt weder am
Sepp noch an mir. Wir könnten beide Kinder kriegen,
aber halt nicht miteinander. Da passt irgendwas nicht
zusammen.« Eine Träne kroch ihr übers Gesicht.

Melanie versuchte, das Gespräch auf ein Terrain zu
bringen, das etwas erbaulicher war. »Die Arbeit in der
Käserei? Macht doch bestimmt Spaß, gell?«

Sylvia winkte ab. »Das ist ganz schön harte Arbeit.
Die Milch, die morgens gebracht wird, muss ich immer
sofort verarbeiten. Und dann muss ich mich um die
Laibe im Keller kümmern, einreiben, umdrehen und
so weiter. Die liegen da herum und fragen nicht nach
Sonn- oder Feiertag. Weißt du, wann ich zum letzten
Mal im Urlaub war?«

Lieber Himmel, es musste doch auch irgendetwas
Positives in Sylvias Leben geben! Melanie wagte einen
neuerlichen Versuch. »Dein Mann hilft doch sicher viel
mit.«

»Der Sepp! Natürlich arbeitet der auch mit. Und seine Mutter. Die zeigt mir jeden Tag, wie man alles richtig zu machen hat. Der entgeht nichts. Und dass der Sepp und ich keine Kinder haben, dafür gibt sie mir ganz allein die Schuld. Weil ihr Sohn doch perfekt ist, das gibt's doch nicht, dass der kein Kind zuwege bringt. Das kann nur an der eingeheirateten Schwiegertochter liegen.«

Mist, es schien also überhaupt nichts Positives im Leben ihrer ehemaligen Schulkameradin zu geben. »Hast du nie daran gedacht, doch die Winzerei deiner Eltern zu übernehmen? Einfach wieder wegzugehen, aus Kempten?«

Sylvia zog hörbar den Inhalt ihrer Nase hoch. »Darauf warten sie doch nur alle, dass ich aufgebe und alles liegen lasse. Aber den Gefallen tue ich niemandem. Ich halte durch! Was meinst du, wie sich die alle das Maul zerreißen täten, dass ich das ja doch nicht geschafft habe und sie hätten das von Anfang an gewusst. Und der Sepp, der heiratet dann einfach eine andere und kriegt dann womöglich doch noch ein Kind mit der? Nein, nicht mit mir! Da mache ich nicht mit. Das da in der Käserei, das ist mein Platz, den gebe ich nicht auf. Ich bin da seit Jahren, und da bleibe ich.«

In Melanie stieg Mitleid für Sylvia auf. Wie konnte sie an diesem nach ihren eigenen Worten freudlosen Dasein nur derart festkleben? Um irgendjemandem irgendetwas zu beweisen? Das konnte doch nicht wahr sein, dass es so etwas im Jahre 2012 in Deutschland noch gab. Aber das war nun wirklich nicht Melanies Problem. Sie wollte etwas über Sylvias Vater erfahren, also wechselte sie das Thema. »Hast du einen Verdacht, wer sich so über deinen Vater geärgert hat, dass er ihn tötete?«

Sylvia senkte den Blick. »Ich weiß es nicht. Und es ist einfach furchtbar. Nun bin ich die Tochter von jemandem, der ermordet wurde. Weißt du, was das alles an Gerede bedeutet? Hoffentlich bleibt uns die Kundschaft nicht weg.«

Melanie ignorierte den letzten Einwand. Sie fand die Tatsache entsetzlich, sich von Gerede abhängig zu machen, von der wohlwollenden Meinung anderer, denen man es ohnehin nicht recht machen konnte, egal was man tat. Da konnte man doch besser gleich das tun, wozu man selbst Lust hatte. Sie lehnte sich zurück und nahm sich ein Stück von der Brezel, die Sylvia unberührt liegen ließ. »Warum bist du damals eigentlich weggegangen, aus Rehheim? Ich war da schon in der Polizeischule und habe es nicht mitbekommen, was passiert ist.« Sie lehnte sich zurück. Sie hatte Zeit, viel Zeit. Sylvia würde ihr Büro nicht eher verlassen, bevor sie ihr nicht lückenlos alles erzählt hatte.

Sylvia schloss die Augen. Die Falten um ihren Mund schienen noch tiefer zu werden, wirkten beinahe wie Schnitte im Gesicht. Wie in Trance versunken schwieg sie.

Melanie wartete ab. Aus ihrer langjährigen Erfahrung wusste sie, dass manche Menschen ein bisschen Zeit brauchten, bis sie sich öffneten. Und als leicht zugänglich oder geschwätzig konnte man Sylvia nun wirklich nicht bezeichnen. Sie nahm sich noch ein Stück von der Brezel und schob es in ihren Mund.

Plötzlich sog Sylvia laut die Luft ein und stieß sie wieder aus. Sie öffnete die Augen. »Ich wollte da eigentlich nie mehr drüber reden. Die Eltern haben damals alles aus mir rausgequetscht, wollten ihn anzeigen. Aber ich wollte das nicht. Da wäre ich doch nur die Blamierte gewesen und die Schande wäre an mir hängen geblieben.«

»Anzeigen, Schande?« Melanie war hellwach.

»Also, es war da ein Vorfall.« Sylvia starrte auf das Bild, das hinter Melanie an der Wand hing. Es war ein Foto von dem Rehheimer Wingert von Melanies Eltern. »Weißt du, Melanie, das war so furchtbar hässlich. Ich habe mich so sehr geschämt.«

Melanie überlegte flink, ob sie noch ihren üblichen Vorrat an Taschentüchern in ihrer Schublade hatte. Sie zog sie wie beiläufig auf. Neben zwei angebrochenen Packungen mit Papiertaschentüchern gammelte eine Gummibärentüte vor sich hin. Melanie schob die Lade wieder zu.

»Ich will den Kerl aber nicht anzeigen. Ich will an den alten Geschichten nicht rühren.« Sylvia fasste sich an die Brust. »Das habe ich da drinnen vergraben, das geht keinen etwas an. Und wenn ich in Rehheim geblieben wäre, dann hätte ich das nie vergessen können. Alles hätte mich daran erinnert, Tag für Tag. Und ich wäre dem weiter über den Weg gelaufen.« Eine Träne zwang sich aus ihrem Auge, Sylvia wischte sie sofort mit dem Handrücken weg. »Und mein Mann, der weiß nichts von alldem. Und das darf der auch nie wissen, verstehst du das?«

Melanie nickte. Es war nicht nötig, Sylvias Ehemann mit alten Geschichten zu behelligen. Das sollten die Eheleute unter sich ausmachen. Sie widmete Sylvia ihre ganze Konzentration.

»Ich war doch damals Weinkönigin, meine Eltern waren so stolz. Und da hat mich einer bedrängt, war immer in meiner Nähe. Am Anfang hat er sich immer darum gerissen, mich zu meinen Auftritten zu fahren, wenn woanders ein Weinfest war oder ich zu einer Messe gefahren bin, um dort den Rehheimer Wein zu präsentieren. Dabei ist er immer zudringlicher geworden und ich habe seine Fahrdienste abgewiesen. Er war einfach nicht mein Typ. Das hat ihn so gekränkt, er hat gedacht, ich nehme ihn nicht, weil er nicht genug mitbringen würde in die Ehe. Und irgendwie war da was mit seiner Mutter gewesen, das hat er wohl als Makel empfunden.« Sylvia machte eine Pause. »Ich habe so lange nicht darüber geredet, weißt du, es fällt mir so verdammt schwer.«

»Hast du denn damals mit deinen Eltern gesprochen?«

»Ja, ich musste ihnen doch erklären, warum ich wegwollte, schnell weit weg. Warum ich da nicht mehr leben kann. Ich habe sie auch kaum besucht, die Eltern, es hat mich einfach alles daran erinnert. Und nun ist der Vater tot.« Sie nahm beide Hände vors Gesicht.

»Deine Mutter lebt. Und die braucht dich«, sagte Melanie vorsichtig. Es gab Taten, die betrafen nicht nur das Leben der Opfer, sondern auch das ihrer Familie. »Was ist denn damals genau passiert?«

»Auf dem Heimweg vom Mathaisemarkt im Nachbarort hat er mir aufgelauert. Ganz schmierig gegrinst hat er, als er sagte, wenn ich dir ein Kind mache, dann musst du mich nehmen. Ein uneheliches Kind würden meine Eltern nicht für mich aufziehen.« Sylvia war bleich und nach all den Jahren noch immer voller Scham.

Melanie streckte ihre Hand aus und ließ sie kurz vor Sylvia auf dem Schreibtisch liegen. »Was war damals genau?«

»Vergewaltigt hat er mich«, stieß Sylvia hasserfüllt zwischen den Zähnen hervor. »Es war so verdammt widerlich. Ein Kind hat er mir dabei angehängt. Das habe ich natürlich wegmachen lassen.«

Melanie ahnte den Zusammenhang zwischen dem Eingriff und der späteren Kinderlosigkeit Sylvias, hütete sich aber davor, das auszusprechen. Wenn Sylvia nicht mit ihrem Mann darüber gesprochen hatte, hatte sie das vermutlich auch nicht mit ihrem Gynäkologen getan. Dem blieb dann nichts anderes mehr übrig, als darauf zu tippen, dass die beiden wohl miteinander keine Kinder bekommen könnten. »Sylvia, wenn du willst, kannst du den Kerl, der dir das angetan hat, immer noch anzeigen dafür. Vielleicht hilft dir das, das Ganze doch noch zu verarbeiten.«

Sylvia schüttelte heftig ihren Kopf. »Da gibt es nichts zu verarbeiten. Vergessen ist das Einzige, was man mit so etwas macht.« Plötzlich weiteten sich ihre Augen. »Womöglich kommt der zur Beerdigung? Ich halte das nicht aus, wenn der kommt.« Sie schluckte hart. »Und mein Mann und die Schwiegermutter werden auch mitkommen. Wir machen die Käserei für zwei Tage zu, die Milch wird kühl eingelagert.« Beschwörend blickte sie Melanie an. »Wenn der da was Blödes zu meinem Mann sagt, das halte ich nicht aus.«

Melanie streckte ihre Hand noch ein klein wenig weiter aus und legte sie auf Sylvias. »Wenn du magst, bleibe ich in deiner Nähe und passe auf, dass dir niemand zu nahe kommt.« Sie machte eine Pause. »Der Kerl wohnt noch immer in Rehheim?«

Sylvia nickte, Tränen liefen über ihr Gesicht.

»Willst du mir sagen, wer es ist?«

Sylvia schüttelte ganz langsam, aber bestimmt ihren Kopf. Sie nahm ein Taschentuch und putzte ihre Nase. »Weißt du, Melanie, ich will meine Ruhe haben, einfach nur meine Ruhe.«

Melanie spürte, dass es wenig Sinn machte, Sylvia zu drängen, ihr den Namen des Vergewaltigers zu nennen, auch wenn sie ihn nur zu gern gewusst hätte. Das Schwein wohnte immer noch in Rehheim, die Vermutung lag nahe, dass auch sie ihn kannte. Womöglich war er damals auch in ihrer Nähe gewesen? Hatte er noch mehr Frauen vergewaltigt und die schwiegen ebenfalls seit Jahren, aus Scham? Es machte sie wütend und sie versuchte es nicht zu zeigen. Das Opfer hatte sein Leben aufgegeben und weit weg ein neues begonnen, der Täter war geblieben und vor allem eines: Er blieb völlig unbehelligt und lebte sein Leben vermutlich weiter, als ob nichts vorgefallen wäre. Sie sog tief Luft ein. Am liebsten hätte sie jetzt vor lauter Wut ihr Büro gern ein klein wenig demoliert, aber Sylvia saß wie ein Häufchen Elend vor ihr, deshalb riss sie sich zusammen. Melanie formte unter der Schreibtischplatte ihre Hände zu Fäusten und bohrte die Fingernägel in die Handballen.

Kaum hatte sie das Gespräch beendet und Sylvia verabschiedet, klingelte das Telefon. Melanie nahm den grauen Hörer ab. Das schwarze Kabel, das den Hörer mit einem altertümlichen Apparat verband, war wie üblich verwurstelt. Sie hatte von Anfang an nie versucht, es zu entwirren. Immerhin hatte der Apparat keine Wählscheibe mehr. An der Fensterscheibe krabbelte eine Fliege hoch. »Härter!«, das klang schroffer als beabsichtigt.

»Demsch hier, Thorsten Demsch.«

»Hallo, Herr Staatsanwalt. Womit kann ich dienen?«
Melanie war prompt die Formulierung rausgerutscht,
die sich im flapsigen Umgang mit seiner Vorgängerin
Marthe eingeschlichen hatte.

»Dienen?« Aus dem Hörer klang ein Lachen. Ein
warmes, angenehmes Lachen, das sich ehrlich und in
keiner Weise gekünstelt anhörte. »Haben Sie etwas
Neues im Fall Grönert?«

»Naja, also, Jörg Kenner und ich haben die schwarze
Kladde der Nachbarin durchgekämmt.« Der Staatsanwalt war über die Existenz dieses Heftes von ihrem Chef
informiert worden. »Da gibt es zwei Leute, die wir uns
näher anschauen werden. Wir hoffen, dass sich da was
ergibt. Und eben war die Tochter des Opfers bei mir,
ich muss das Gespräch noch auswerten.«

»Wieso haben Sie die Frau nicht schon früher befragt?«

»Die wohnt im Allgäu und konnte sich nicht so Hals
über Kopf freischaufeln.« Melanie spürte, dass am anderen Ende der Leitung überlegt wurde, es entstand eine
kurze Pause.

»Ja, ähem, wie wäre es sozusagen mit dem kleinen
Dienstweg, also wenn Sie mir das alles heute Abend
erzählen? Haben Sie Lust, auf der Mess etwas mit mir zu
trinken? Bis dahin haben Sie vielleicht eine neue Spur.«
Diese Frage traf sie völlig überraschend. Sie zögerte.
Was wollte er von ihr? Wollte er überhaupt etwas von
ihr? Zum Glück konnte er nicht sehen, dass eine flie-
gende Röte dabei war, ihren Hals und ihr Gesicht zu
überziehen. Aber warum eigentlich nicht? Sie gingen
nur etwas trinken miteinander, das war doch etwas absolut Unverfängliches. Und er wollte die neuen Ergeb-

nisse, die sie heute Abend hoffentlich hatte, wissen. Ein Diensttreffen, könnte man sagen. Je mehr sie überlegte, desto mehr fand sie, dass man eine dienstliche Besprechung durchaus auf der Mess durchführen konnte. Warum eigentlich nicht?

»Ich kenne mich noch nicht aus in Mannheim, das wäre gleichzeitig eine gute Gelegenheit, etwas von der Gegend zu sehen.«

»Um sechs an der Uhr am Paradeplatz?«, schlug Melanie vor.

»Wo steht die Uhr da?«

»Ach, die werden Sie dann schon finden. Gleich gegenüber vom C & A.«

»Bis um sechs also. Ich freue mich.«

Gut, dass Jörg nichts von dem Anruf mitbekommen hatte, der würde sich sonst gleich wieder aufgockeln.

20

»Ach, das mit den Quadraten anstelle der Straßennamen hat man bald drauf. Das kommt einem nur anfangs kompliziert vor. Wenn man das mal verstanden hat, ist es ganz einfach.« Eine Straßenbahn kam vom Schloss her auf den Paradeplatz gefahren. Melanie deutete zu ihr hin: »Mit der können wir bis zum Neuen Messplatz fahren.«

Die Bahn war voll und sie mussten stehen. »Äh, haben Sie Ihr Ticket abgestempelt?«, fiel ihr ein. Wäre doch peinlich, wenn der Staatsanwalt schwarzführe.

»Job-Ticket«, grinste er sie an.

»Haben Sie auch kein Auto?«

Thorsten musterte sie amüsiert. »Auto? Nein. Wozu? Ich fahre mit der Bahn.«

Diese Bemerkung gefiel Melanie ganz außerordentlich. Die Bahn hielt neben der Abendakademie, die Frau, die hinter ihr stand, kam ins Wanken und schubste sie versehentlich. Melanie streifte mit ihrem Oberkörper Thorstens Arm, ein warmes Gefühl durchwob sie, als sie sein Aftershave roch, eine Spur Zitrone mit einem erdigen Aroma. Sie schnupperte ein bisschen nach. Ihrer Meinung nach waren sie viel zu schnell am Alten Messplatz angekommen und sie bedauerte es, schon wieder aussteigen zu müssen.

Es war heute nicht so voll wie es immer freitags und am Wochenende auf der Mannheimer Mess war.

»Wollen wir ein Glas Wein trinken?«

»Gern, aber nicht unbedingt im ›Weinbrunnen‹. Meine Schwester hat so einen Hang zur Neugierde. Sie tarnt das mit übergroßer Freundlichkeit, man kann sich schlecht dagegen wehren.«

Thorsten wies auf ein kleines Zelt. »Wie wäre es damit? Und gegessen habe ich heute auch noch nicht viel. Es sieht so aus, als gäbe es bei denen auch was zu essen.«

Melanie willigte ein. Ihre Essensbilanz war heute auch noch im negativen Bereich.

Nachdem sie ihre Weinbestellung aufgegeben hatten, ging Melanie dazu über, einen Bericht ihres Tages zu geben. »Sylvia Grönert war heute bei mir, die Tochter des Opfers. Sie hatte in den letzten Jahren wenig Kontakt zu ihren Eltern.«

»Was ist denn der Grund dafür?«

»Sie hat das nie angezeigt, aber sie wurde damals vergewaltigt. Sie ist quasi aus Rehheim geflohen, in ein neues Leben, in eine Käserei im Allgäu.«

»In eine Käserei im Allgäu«, echote Thorsten und sah sie staunend an. »Das klingt irgendwie, wie soll ich sagen, so folkloristisch.«

»Ach, die Sylvia hat sich da ganz viel Arbeit eingehandelt. Ich glaube nicht, dass es ein glückliches Leben ist, das sie da führt. Aber wann ist man schon glücklich?« Sie seufzte. »Und dann war ich noch bei dem Schauspieler, der Grönerts Winzerhof gekauft hat.« Sie breitete ihre Hände mit theatralischer Geste aus. »Das ist vielleicht ein Typ, der strengt mich total an. Derart überkandidelt und von sich eingenommen, nein, also wirklich, der ist so gar nicht mein Fall. Der Typ geht mir ziemlich auf den Senkel. Er hält sich für den Nabel der Welt und meint, alles dreht sich immerzu nur um ihn. Seine Umwelt ist dem völlig egal. Der Mord an Grönert geht an dem vorbei. Der Typ ist völlig hypersensibel bezüglich sich selbst, das ist alles. Was mit dem Grönert passiert ist, kümmert den nicht wirklich. Dieser Mensch ist absolut egozentrisch.«

Sie nahm einen Schluck von ihrem Weißwein und ließ ihn kurz im Mund, bevor sie ihn mit Bedacht schluckte. »Was haben die denn hier auf der Karte stehen?« Dann entschied sie sich für eine Käseplatte, Thorsten wollte unbedingt Pfälzer Saumagen mit Kastanien versuchen.

Als der in Scheiben geschnittene Braten gebracht wurde, schaute er etwas skeptisch. Doch als er den ersten Bissen vorsichtig in seinem Mund platziert hatte, war er angenehm überrascht. »Hätte ich nicht gedacht, dass das schmeckt.«

Nach einer Fahrt mit dem Autoscooter steuerte Thorsten eine Bude an. »Wusstest du, dass auch Staatsanwälte hervorragend schießen können? Ich schieße jetzt was für dich!«

Er war einfach zum Du übergegangen und zog Melanie mit sich, angelte sich am Schießstand das Gewehr und schoss auf die Marke unter einem Stofftier. Beim vierten Mal traf er endlich den anvisierten Punkt. Er kramte nach seiner Börse, bezahlte und der Mann gab ihm das Stofftier in die Hand. Thorsten hielt es mit Abstand vor sich hin und betrachtete es: ein rosa Schwein, das im grinsenden Maul einen Glücksklee aus Filz hielt. Er drehte sich zu Melanie hin und wollte es ihr in die Hand drücken. Melanie starrte mit weit aufgerissenen Augen auf das rosa Filzschwein, als eine Horde angetrunkener Männer vorbeikam. Zwei Männer hakten sich bei ihr unter und zogen sie mit sich mit, einige der anderen drängten Thorsten ab.

Thorsten schmiss das Schwein auf die Theke des Schießstandes und versuchte, Melanie nachzueilen. Er stieß versehentlich einen Mann an. Der packte ihn am Ärmel. »Ey, warum schubst du mich?«

Es klang aggressiv. Thorsten sah aus den Augenwinkeln den Pulk mit Melanie in der Menge verschwinden und wollte ihr nach. Er versuchte, sich aus dem Griff des Mannes zu wenden, er musste jetzt wirklich weiter, wenn er sie noch erreichen wollte. Doch der Kerl baute sich nun zur vollen Größe auf. »Ich rede mit dir! Antworte gefälligst oder red ich Chinesisch, oder was!

Bass uff!« Seine Kumpels, die ebenfalls stehen geblieben waren, lachten.

Thorsten versuchte, die Hand des Mannes abzustreifen.

Das kam bei dem aber gar nicht gut an. Seine linke Faust landete einen Treffer in Thorstens Gesicht.

Der wusste gar nicht, wie ihm geschah. Er taumelte und schaute ungläubig auf das Blut, das von seiner aufgerissenen Lippe auf sein T-Shirt tropfte.

Der Typ haute ihm noch einmal kräftig in den Magen, während seine Kumpels feixten, und machte sich mit denen davon.

Thorsten ging in die Knie vor Schmerz und krümmte sich. Er begriff gar nicht, was da eben passierte. Wieso hatte der Abend, auf den er sich so freute, plötzlich eine derart hässliche Wendung genommen? Plötzlich fand er das Volksfest nicht mehr fröhlich heiter, sondern laut und bedrohlich. Er wollte doch nur ein bisschen mit der Schießerei angeben, da war doch nichts dabei! Er fuhr mit einem Taschentuch über seine Lippe. Diese Reiberei mit dem Vorstadtrambo war echt unangenehm gewesen. Er hatte sich mit Gegenaggression zurückgehalten, um den Kerl nicht noch mehr zu provozieren. Die waren eindeutig in der Überzahl gewesen, da war einfach nur Defensive angesagt. Alles andere wäre einfach nur dumm gewesen. Vorsichtig befühlte er mit der Zunge seine Zahnreihen. Wenigstens hatte der Kerl ihm eben keinen seiner Zähne ausgeschlagen. Ob er das nähen lassen musste? Er schlich durch die Gassen der Mess zur Toilettenanlage, darauf bedacht, bloß niemanden mehr anzurempeln. Ein Zusammenstoß am Abend genügte völlig. Wo Melanie wohl war? Sie war Polizistin, vielleicht hatte sie sich aus dem Griff der Männer befreien können. Oder die hatten sie von sich aus wieder losgelassen, was er innig hoffte.

Was er im Spiegel sah, beruhigte ihn nicht besonders. In seiner Oberlippe klaffte ein kleiner Riss, es war besser, ein Arzt würde sich das anschauen.

Als er die Toilette verließ, entdeckte er den Sanitätsdienst. Er kam sich elendig blöd vor. Ein Staatsanwalt, der eine aufs Maul gekriegt hatte. Zum Glück war gerade ein Arzt da, der sich die Wunde anschaute. »Ich desinfiziere das erst mal. Wird ein bisschen wehtun.«

Thorsten wurde noch länger, als er ohnehin schon war. Der Arzt hatte aber auch wirklich eine eigenartige Vorstellung von ›ein bisschen Schmerz‹. Für Thorstens Gefühl tat es sehr weh. Aber das versuchte er mannhaft zu verbergen, was ihm nicht so ganz gelang.

»Ich klebe das mit einem speziellen Pflaster zusammen. Eine Naht würde zusätzliche Narben verursachen. Kommen Sie morgen zu mir in die Praxis, da mache ich die Nachversorgung. Ich müsste noch zehn Euro von Ihnen kassieren.«

Ach ja, die Praxisgebühr. Die zahlten Kassenpatienten sogar, wenn sie zum Notdienst mussten, fiel Thorsten ein. »Ich bin privat versichert.« Er kramte in seiner Brieftasche nach der entsprechenden Plastikkarte. Täuschte er sich oder wurde der Arzt nun noch eine Spur freundlicher?

Jedenfalls überreichte der Mediziner ihm seine Karte und fügte noch hinzu: »Am besten gehen Sie jetzt nach Hause, bevor Sie womöglich noch einen Bierkrug auf den Kopf bekommen.« Er dachte kurz nach: »Wie ist das überhaupt passiert? Möchten Sie eine Anzeige erstatten? Über uns, im ersten Stock, ist für die Dauer der Mannheimer Mess eine Polizeiwache eingerichtet. Sehen Sie da die Außentreppe? Über die hoch und dann sind Sie schon dort.«

Thorsten wehrte ab. »Nein, nein, ich möchte keine Anzeige erstatten.« Das hätte ihm gerade noch gefehlt, er sah im Geist die feixenden Gesichter seiner Kollegen. »Ich bin gegen ein Schild gelaufen.«

Wozu der Arzt sich jegliche Bemerkung verkniff. »Gut, wir sehen uns morgen. Ich will mir das noch in meiner Praxis anschauen. Fürs Erste ist die Wunde gut versorgt und wenn Sie Glück haben, sieht man nach einer Weile gar nichts mehr außer einem haarfeinen weißen Strich. Aber damit können wir Kerle leben, nicht wahr?«

Ein Sanitäter holte ihn weg, zwei Männer brachten einen dritten herein, den sie stützten, den galt es nun zu versorgen.

Thorsten ging ins Freie. Es war dunkel, die Mess wurde von unzähligen Lichtern an den Ständen und Fahrgeschäften beleuchtet. Er suchte einen Weg herunter vom Gelände und gelangte zur Straße, die zur Haltestelle der Straßenbahn führte. Nach Hause, er wollte jetzt einfach nur nach Hause. Er hätte nicht vermutet, heute allein in seine Wohnung zu fahren. Er dachte traurig an den Champagner, der in seinem Kühlschrank lag.

Melanie hatte sich nach einer Weile aus dem Griff der grölenden Männer gelöst. Dieses grinsende rosa Stoffschwein, das Thorsten freudestrahlend so nah vor ihr Gesicht gehalten hatte, hatte irgendetwas in ihr ausgelöst. Was genau, das wusste sie selbst nicht. Nur so viel, dass sie dieses Ding ganz gewiss nicht anfassen wollte und dass sie sich auch ganz bestimmt nicht darüber freuen konnte. Und genau in diesem blöden Moment hatten diese Kerle sie von Thorsten weggerissen. Sie schlug mit der Faust gegen ihre Stirn. Ihr war zum Heulen zumute. Mannomann, Melanie Härter! Du könntest jetzt auch in Thorstens Bett liegen! Stattdessen flennst du hier allein durch die Nacht!

Am neuen Messplatz ging sie in eine der Kneipen und bestellte sich ein Bier und einen Schnaps. Irgendwas musste sie jetzt in sich hineinkippen, irgendwas. Sie fühlte sich so verdammt leer.

Ein Typ stellte sich neben sie an den Tresen. »Darf ich Sie einladen?«

Melanie trank den Schnaps ex und ignorierte den Kerl. Sie knallte einen Zehn-Euro-Schein auf den Tresen und ging mit dem Glas Bier in der Hand hinaus. Die Luft war jetzt kalt. Warm war es im Oktober höchstens tagsüber, aber nicht mehr, sobald die Sonne weg war. Sie lehnte sich an die Hausmauer und nahm einen großen Schluck von dem Bier.

Die Kneipentür ging auf, der Typ kam ihr nach. »Wenn du schon selbst bezahlen willst, heißt das noch lange nicht, dass das Glas im Preis inbegriffen ist.« Er roch nach Alkohol und Zigaretten, seine Haare sahen fettig aus. Sein Hemd war fleckig. Er kam ganz nahe an Melanie heran. Seine Hand hob sich, er hielt sie vor ihre Brüste, die von der Lederjacke bedeckt waren, und machte Anstalten, den Reißverschluss zu öffnen. »Die Verpackung ist immer das Beste.«

Melanie kippte ihm das Bier ins Gesicht. Der Mann kniff die Augen zusammen und packte mit beiden Händen nach ihren Brüsten. »Ey, du Scheißfotze, was fällt dir ein?«

Melanie rammte ihm voller Wucht ein Knie zwischen die Beine, rutschte zur Seite und zerbrach das Glas an der Hausmauer. Sie nahm eine kampfbereite Pose ein und hielt eine große Scherbe, die von dem Glas in ihrer Hand übrig geblieben war, hoch. »Noch einen Schritt näher und du kriegst ein Muster ins Gesicht!«, spie sie ihm wild entschlossen entgegen.

»Mann, du hast sie ja nicht alle!« Vor sich hin fluchend verschwand der Mann zurück in die Kneipe.

Melanie behielt die Scherbe noch bei sich, für alle Fälle, falls der Kerl es sich doch noch anders überlegte und seine Richtung wieder änderte. Sie ging in Richtung Alte Feuerwache und dann zur Brücke über den Neckar. Auf der Mitte der Brücke, als sie sicher war, dass der Kerl ihr nicht nachkam, lehnte sie sich ans Geländer. Schwarz schlich der Fluss unter ihr träge dahin. Zwei breite Tränenspuren benetzten ihr Gesicht. Sie fühlte sich klein und elend. Sie lehnte sich über das Geländer und brach den Schnaps wieder aus.

21

Sylvia war direkt vom Präsidium zur Klinik gefahren. Sie musste ein wenig suchen, bis sie zum Zimmer ihrer Mutter fand. Sie wusste nicht, wie sie anfangen sollte, als sie neben ihr am Bett saß. Schweigend saß sie eine Weile da.

»Hättest vielleicht damals doch übernehmen sollen, dann wäre das jetzt nicht passiert.«

»Soll ich jetzt schuld am Tod vom Papa sein?«

»Nein, Kind. Du kannst nichts dafür.« Frau Grönert schluchzte. »Wenn das bloß damals nicht passiert wäre. Aber wir haben uns nichts dabei gedacht, als er dich immer zu deinen Auftritten fahren wollte.«

»Ja, Mutter, du hast dir nie was gedacht. Weil ein Rehheimer dem anderen Rehheimer nichts tut, gell? Wer in Rehheim geboren ist, das ist einer von den Guten!« Sylvia war erregt. »Ihr habt doch alle gewusst, dass der Typ nicht ganz sauber ist. Der hat doch immer schon Tiere gequält. So einer, der hat doch was am Kopf!« Erregt schlug sie sich selbst an die Stirn.

Ihre Mutter fuhr mit ihrer Hand suchend über die Bettdecke. »Wenn du wüsstest, wie leid mir das alles tut. Vielleicht hättest du ihn doch anzeigen sollen.«

Sylvias Gesicht wurde zur Grimasse. »Ihn anzeigen? Und dann alles haarklein erzählen, ja? Das Ganze nochmals erleben? Und dann ein Gerichtsprozess, bei dem mich alle sehen und alle kommen, um ihre Sensationsgier zu befriedigen? Nein, danke. Das hätte alles nur noch schlimmer gemacht. Und die ganzen Neider, die es mir nicht gegönnt haben, dass ich die Weinkönigin war, was meinst du, was das für ein Fest für die gewesen wäre. Für die stand doch längst fest, dass ich eingebildet sei und mich für was Besseres halte. Die wären doch vor Schadenfreude geplatzt. Und meinst du wirklich, mich hätte nach so einem Vorfall, wenn das jemand gewusst hätte, noch jemand geheiratet?« Sie hatte sich hitzig geredet, ihr Gesicht war von roten Flecken überzogen. Feiner Schweiß perlte über ihren Rücken. »Mama, es ist blöd, dass das damals passierte. Furchtbar blöd. Mein ganzes Leben wäre anders verlaufen, ohne das.«

»Bist du nicht zufrieden mit deinem Leben, Kind?«

Sylvia schaute an ihrer Mutter vorbei aus dem Fenster. Draußen wiegten sich die Platanen im Wind. Die welken Blätter stoben davon. »Zufrieden?«, stieß sie hervor. »Jeden Tag zeigt mir die Schwiegermutter allein schon durch ihre Haltung, was sie von mir hält. Ich arbeite und arbeite, aber ich bin nichts wert. Ich kriege keine Kinder. Dabei wollten sie doch einen Erben, der die Käserei mal weiterführt. Und dass ich keine Kinder kriegen kann, daran ist auch er schuld. Aber mein Mann weiß nichts davon. Er denkt, wir können einfach miteinander keine bekommen. Mein Leben besteht nur aus Arbeit. Arbeit und nochmals Arbeit.«

»Was ist mit deinem Mann?«

»Der nickt alles ab, was seine Mutter sagt. Ich wollte damals einfach nur weg aus Rehheim und habe ihn halt geheiratet. Ich habe damals einfach nicht gemerkt, dass er am Rockzipfel seiner Mutter hängt und die das Sagen hat.«

»Warum hast du denn nie was gesagt?«

»Was denn, bitte sehr? Dass ich die Zeit zurückdrehen möchte bis vor den Tag, an dem mir das passiert ist?«

»Und jetzt ist der Vater tot.«

»Was meinst du denn, Mama, wer das war?«

»Dein Vater hat doch niemandem etwas getan. Ich weiß es nicht.«

»Hängt es mit dem Verkauf zusammen?«

»Wenn ich das nur wüsste! Der Laubenholz war bei ihm, ich weiß nicht, was der von ihm wollte. Er hat es mir nicht gesagt.«

Sylvia wurde ganz Ohr. »Wann war der bei ihm?«

»Einen Tag vor seinem Tod.«

»Und du hast nicht mitgekriegt, worum es da ging?«

»Laut sind sie geworden, aber ich konnte trotzdem nichts verstehen. Der Laubenholz ist angestellt bei dem Streicher, der unseren Wingert gekauft hat. Der Streicher kann das nämlich gar nicht, Wein anbauen. Außerdem ist der oft weg, er ist eigentlich ein Schauspieler. Und da hat er sich für die Arbeit im Wingert den Laubenholz eingestellt.«

Sylvia erhob sich.

»Kind, was wird denn jetzt?«

»Ich kümmere mich heute noch um die Beerdigung vom Vater.«

»Und ich?«

»Wie, Mama, und du?«

»Wo soll ich jetzt hin?«

»Was hast du damals zu mir gesagt: Man muss auch mal was aushalten im Leben. Die sorgen doch hier im Krankenhaus für dich. Und danach gehst du wieder heim.«

»Heim? Allein, ohne den Vater?«

»Mama, der Vater ist tot. Jemand hat ihn umgebracht. Und ich habe auch einen Verdacht, wer das gewesen sein könnte.«

»Du meinst, der Laubenholz?«

»Denkst du das nicht? Der ist jetzt Angestellter bei dem Streicher. Vielleicht denkt er in seinem kranken Hirn, ihm könnte eigentlich auch alles gehören, wenn er mich damals geheiratet hätte.«

»Aber was hat der dann wollen, vom Vater?«

»Genau das werde ich herausfinden.«

22

Am nächsten Morgen trank Melanie zwei große Tassen schwarzen Kaffees, bevor sie sich auf den Weg zu ihrer Dienststelle machte. Was war das bloß für ein blöder Abend gewesen! Dabei begann er doch so vielversprechend. Ihre Nietenstiefel hallten auf den Flur, irgendwie war ihr heute danach zumute, laut zu sein.

Klöppner steckte seinen Kopf aus seiner Bürotür und bat sie zu sich. Er sah sie ernst an. »Frau Härter, wir haben immer noch keinen Täter im Fall Grönert. Da muss endlich was vorangehen. Der Oberbürgermeister persönlich hat nochmals beim Staatsanwalt angefragt, ob wir endlich ein Ergebnis haben. Ihr Sohn soll noch mal befragt werden. Er hat den Grönert gefunden.«

Melanie schluckte. »Mein Sohn? Nochmals befragt? Wozu?«

Klöppner wippte auf seinen Füßen. »Ja, es ist halt so, dass er ihn gefunden hat. Und er will so gar nichts gesehen haben. Da wird man doch nochmals genauer nachfragen dürfen, nicht wahr? Das kennen Sie doch. Ganz normale Ermittlungsarbeit.«

Später machte sich Melanie mit Jörg auf den Weg, um den polnischen Erntehelfern einen Besuch abzustatten. Die Container, in denen sie untergebracht waren, befanden sich am Rande von Rehheim. Sie waren in zwei Reihen angeordnet, mit weißen Fensterläden. Die beiden Reihen bildeten eine Gasse, in der Wäscheleinen gespannt waren und Leute auf Campingstühlen saßen.

Jemand hatte einen Grill angeworfen und brutzelte ein paar Steaks. Aus einem der Container kam Musik. Ein junger Mann stand vor einem Eimer Wasser und wusch seinen nackten Oberkörper. Er wirkte durchtrainiert, wie Melanie mit einem begehrlichen Blick feststellte. Doch, der sah richtig gut aus. Sie schenkte ihm ein Lächeln.

Jörg, der ihren Blicken gefolgt war, riss sie aus ihren Gedanken. »Wo fangen wir an?«

In diesem Moment kam ein Mann in Jeans und einem karierten Hemd auf sie zu. Jörg schätzte ihn auf Mitte 30.

»Kann ich helfen?«

Jörg zog seinen Dienstausweis und zeigte ihn vor, Melanie tat es ihm nach.

»Hier ist alles in Ordnung. Alle angemeldet, alle krankenversichert.« Der Mann sprach mit Akzent, er verlieh seiner Stimme einen harten Klang, den sie vielleicht in einer anderen Sprache nicht so extrem hatte.

»Das glaube ich Ihnen gern. Deswegen sind wir auch gar nicht hier.« Jörg setzte ein gewinnendes Lächeln auf. Vertrauen aufbauen und Sympathie gewinnen.

»Wir wollten uns nur etwas umsehen.«

»Umsehen? Wonach suchen Sie denn hier bei uns?« Der Mann wich einen Schritt zurück und musterte ihn misstrauisch. Offenbar hatte er bereits unangenehme Erfahrungen mit deutschen Ordnungshütern gemacht.

Melanie sprang ein. »Wir suchen gar nichts. Aber könnten Sie uns vielleicht sagen, ob Sie auch ganz junge Männer in Ihrer Truppe haben?«

»Krysztof ist unser jüngster. Er ist zum ersten Mal mitgekommen nach Deutschland.«

»Können Sie uns zeigen, wo er wohnt?« Melanie schmiss ihren ganzen Charme auf die Waage.

»Kommen Sie mit, ich führe Sie.«

Vor dem letzten Container hielt er an. »Hier wohnt Krysztof, mit zwei anderen zusammen.« Er klopfte energisch an die Tür. Es tat sich nichts. Er öffnete die Tür und steckte seinen Kopf hinein. »Da ist keiner. Kann ich Krysztof was von Ihnen ausrichten?«

»Nein, nicht nötig. Wir werden gern hier warten.«

»Was hat er denn getan?« Er musterte die beiden Beamten mit glasklaren Augen. Vermutlich konnte er mit diesem Blick Beton durchsägen.

»Gar nichts, machen Sie sich keine Sorgen.«

»Was wollen Sie dann von ihm?«

Melanie druckste herum. Sie schaute auf ihre Stiefelspitzen. »Wir wollen ihn lediglich als Zeugen befragen.«

»Als Zeuge, wofür?«

»Das wollen wir gern mit ihm persönlich besprechen.«

Nach einer halben Stunde des Wartens vor dem Container, wobei sie misstrauisch von den anderen Bewohnern beäugt wurden, meinte Jörg: »Meinst du, das bringt echt was, hier herumzustehen? Wer weiß, wann der auftaucht. Kann doch bis Mitternacht dauern. Womöglich sind die in Heidelberg, gehen später noch in einen Club und wir stehen uns hier die Beine in den Bauch.«

»Ach komm, lass uns noch ein bisschen warten. Wenn der Kapo den vorwarnt, haut der vermutlich ab.«

»Weshalb sollte der den vorwarnen? Der war bei Grönert, deswegen ist der doch noch lange nicht verdächtig. Kann doch ganz harmlos gewesen sein. Außerdem kann der Kapo den doch auch anrufen, dann warten wir hier, bis wir schwarz werden.«

»Da könnte was dran sein. Lass uns zu Lisa gehen, und dann schauen wir hier nochmals vorbei, vielleicht ist er bis dann wieder zurück. Oder er ist schon über alle Berge, das kann natürlich auch sein.«

Lisa freute sich, ihre Schwester zu sehen. Sie umarmte sie und küsste sie auf beide Wangen, auch Jörg wurde dieselbe Prozedur zuteil. »Kann ich euch was anbieten? ›Lisas Fruchtigen‹ vielleicht?« Sie deutete die Mienen der beiden richtig. »Verstehe, ihr seid im Dienst. Einen Gespritzten vielleicht? Der hat doch nur mal am Alkohol vorbeigeschaut, den dürft ihr trinken, nicht wahr?«

Sie setzten sich an dem warmen Oktoberabend auf die Hausbank im Innenhof des Winzerhofes. Für drei Leute war es ein bisschen eng. Jörg setzte sich in die Mitte zwischen die beiden Frauen, was er sichtlich genoss.

»Und, habt ihr schon was, wegen dem Mord an dem Grönert?« Lisa war schon immer neugierig gewesen und hatte sich noch nie mit Fragen zurückgehalten.

Melanie schüttelte mit dem Kopf.

»Wenn ich jetzt an unserer Fasshütte vorbeigehe, sehe ich vor meinem geistigen Auge immerzu den Grönert, wie er da drangetackert war. Das ist ein gruseliges Bild, das kannst du mir glauben.«

»Ach Lisa, magst du dir nicht eine neue Hütte kaufen?«, Melanie zog die Brauen hoch. »Das fände ich wirklich angemessen.«

Lisa fuhr auf. »Meinst du, ich drucke mein Geld im Keller, oder wie? Was denkst du denn, was so eine Hütte kostet! Und die ist auch noch gar nicht alt! Nein, aber ich denke darüber nach, den Balken, in dem jetzt die zwei Löcher von den Zimmerernägeln sind, austauschen zu lassen. Das ist doch eine gute Idee!«

Melanie nahm einen Schluck von dem Gespritzten. Sie hielt das kalte Glas an ihre Schläfe. »Lisa, du bist echt stark! Aber ehrlich, das Brett würde ich wenigstens austauschen.«

Lisa hatte genug von den Vorschlägen ihrer Schwester und wählte ein neues Thema. »Ich habe die facebook-Seite gesehen. Die Kriminalpolizei bittet Zeugen, die am Freitagabend etwas beobachtet haben, sich zu melden. Meint ihr denn, da meldet sich jemand mit einem brauchbaren Hinweis? So schnell, wie da alle abgehauen sind? Denen konnte es gar nicht schnell genug gehen davonzurennen.«

»Einen Versuch ist es wert.« Melanie war auch nicht sicher, ob sich jemand von den Leuten melden würde, die sie vergeblich am Weggehen zu hindern versucht hatte. Außerdem hatten die doch alle wie sie vor dem Zelt gestanden. »Es ist gut möglich, dass jemand, der nicht vor dem Zelt war, etwas gesehen hat. Vielleicht meldet der sich oder die. Wir müssen einfach alles versuchen.«

»Warum seid ihr denn überhaupt hier in Rehheim? Seid ihr gerade am Ermitteln?«

»Wir wollten bei den Containern einen der jungen Polen befragen, der ist aber nicht da.« Jörg fühlte sich verpflichtet, seinerseits etwas zur Unterhaltung beizusteuern.

»Da müsst ihr euch beeilen, die sind höchstens noch eine Woche hier. Vielleicht kriegt ihr den besser während der Arbeitszeit, im Wingert. Abends sind die Burschen in Heidelberg oder Mannheim, schauen, was geht.

Mädels aufreißen ist doch international, gell? Dazu muss man noch nicht mal Deutsch können.« Sie warf ihre Mähne in den Nacken. »Obwohl, unsere sprechen alle richtig gut Deutsch.«

»Sind deine Arbeiter aus Polen auch noch da?« Melanie fragte die Schwester, während sie überlegte, ob Lisa mit ihren Arbeitern anbandeln würde. Vielleicht mit dem durchtrainierten Sixpack von vorhin. Neid stichelte sie. Lisa konnte in ihrem persönlichen Umfeld viel einfacher eine Affäre haben als sie selbst. Sie konnte schlecht mit Zeugen ins Bett gehen, mit Verdächtigen schon gar nicht. Deshalb war ihre Schwester also viel ausgeglichener als sie selbst, nicht etwa weil sie mehr Erfüllung im Beruf fand, nein, ihre Schwester hatte mit Sicherheit öfter mal was Knackiges im Bett liegen. Sozusagen frisch vom Feld. Melanie nippte an ihrem Glas.

»Nein, ich mache dieses Jahr zum ersten Mal Eiswein, deshalb sind meine Helfer schon wieder weg, an meinen Weinstöcken hängt noch einiges. Ich ernte nach dem ersten Frost. Es ist ein Experiment, der Vater traut mir nicht so recht zu, Eiswein zu machen.«

»Ist halt schon ein Risiko, Schwesterherz. Die Trauben können dir dabei komplett abfrieren. Oder wenn es nur feucht wird anstatt zu frieren, faulen dir die Früchte an den Reben ab. Dann hast du gar nichts. Doch, du hast schon was: Einen Verlust hast du dann. Einen ganz gewaltigen noch dazu.«

»Lieber Himmel, du redest schon daher wie unser Vater. Der liegt mir auch mit diesem Sermon ständig in den Ohren!«

»Der Apfel und der Stamm, du weißt doch, das liegt alles nicht so weit auseinander. Er hat doch recht damit!«

»Ach was!« Lisas Stimme klang nun trotzig. »›Lisas Frostiger‹ wird ein voller Erfolg, du wirst schon sehen! Den werden mir die Leute aus der Hand reißen.«

»Ich wünsche es dir, Lisa.« Melanie lächelte. Ihre Schwester hatte denselben Dickkopf wie sie selbst. Der Vater meinte immer, den hätten die beiden von der Mutter geerbt. »Kommen deine Helfer dann noch mal aus Polen?«

Melanie meinte, ein Leuchten auf Lisas Gesicht zu erkennen.

»Der Johan kommt mit seinem Auto und bringt noch drei Männer mit. Ich rufe ihn an, wenn es so weit ist. Dann kommt er sofort.«

Bevor Melanie, die den Stachel des Neides nun ganz tief in sich drinnen verspürte, auch nur den Mund öffnen konnte, um nach diesem Johan zu fragen, meldete sich Jörg.

»Also, ich melde dann schon mal eine Bestellung an, für den Eiswein! Zwei Kartons, bitte.« Jörg streckte seinen Zeigefinger in die Höhe. »Und so ein Glas Gspritztn tät ich auch noch nehmen, jetzt gleich.« Und zu Melanie gewandt: »Waren da eigentlich keine Burschen im Dorf, die euch heiraten wollten? Zwei attraktive Winzerstöchter, mit ordentlicher Mitgift?«

Melanie schubste ihm ihren Ellenbogen in die Seite. »Mitgift? In welchem Jahrhundert lebst du denn?«

Lisa prustete los. »Einheiraten hätte schon einer wollen! Da war doch dieser eine, mein Gott, ich komme jetzt nicht auf seinen Namen, wie hieß der gleich noch?« Sie wedelte mit ihren Händen herum. »Puh, ich werde so vergesslich, wie unsere Oma in ihren letzten Monaten war. Pfui Spinne! Sag doch, Melanie, wie hieß der denn? Der hatte keinen Winzerhof, weil er unehelich war, und der wollte unbedingt Winzer sein. Alle hat er angebaggert, echt alle. Ich hatte damals sogar den Eindruck, dem Grönert seine Sylvia ist wegen dem aus Rehheim abgehauen. Der hat er ganz besonders nachgestellt.« Sie legte ihre Hand vertraulich auf Melanies Oberschenkel. »Wie hieß der denn nochmals? Du weißt es doch bestimmt! Ich komme einfach nicht drauf!«

»Keine Ahnung, wen du meinst, echt nicht.« Melanies Stimme klang kühl, als sie die Hand ihrer Schwester wegwischte. »Ich glaube, wir sollten uns auf den Weg machen, Jörg.«

»Die Tochter vom Grönert ist damals wegen einer Männergeschichte weggezogen?«, meinte dieser. Dieses Thema wollte er gern noch vertiefen. Vielleicht war das eine Spur.

Lisa kam nun in Fahrt. »Die Sylvia hat sich damals so richtig darum gerissen, Weinkönigin zu werden. Wir beide, die Mellie und ich, wir wollten das nie. In so einem Dirndl herumrennen, das war echt nicht unser Ding. Und dann noch mit einer Krone auf dem Kopf!« Sie prustete los. »Jörg, stell dir die Mellie mit einer Krone vor! Zu Jeans und Nietenstiefeln, die hat sie nämlich schon immer geliebt!«

Jörg fand die Vorstellung etwas albern und wollte Lisa wieder zum Thema zurückführen. »Und was war damals?«

»Ja, also, die Sylvia ist dann Weinkönigin geworden, ihre Eltern haben das auch ziemlich unterstützt, die wollten das unbedingt. Ist ja auch immer Werbung für den Hof, von dem die Weinkönigin kommt.« Sie griente. »Wenn man schon was ehrenamtlich macht, schadet es doch nicht, wenn es wenigstens Kontakte bringt.«

Jörg wurde ungeduldig. Die Frau kam einfach nicht auf den Punkt. »Lisa! Du wolltest doch was anderes erzählen.«

»Da ist einer ganz besonders um die Sylvia herumscharwenzelt, ich weiß es, weil sie es einer ihrer Prinzessinnen erzählt hat.«

Bevor sie nun anfing, ausführlich über die Bedeutung der Weinprinzessinnen im Zuge der Marketingkampagnen der Winzervereinigungen zu dozieren, sagte Jörg schnell: »Und was genau hat sie zu der gesagt?«

Melanie sprang auf und machte zwei Schritte von den beiden weg.

Lisa meinte: »Sie hat sich da fürchterlich aufgeregt über einen aus unserem Ort. Der sei ihr viel zu alt, meinte sie. Naja, der war so fast zehn Jahre älter als sie, glaube ich. Das kommt einem natürlich mega-alt vor, wenn man jung ist. Also jetzt, jetzt in meinem Alter, meine ich, da wären zehn Jahre Altersunterschied kaum merkbar.« Sie lächelte Jörg mit dem Auge zwinkernd an und prostete ihm zu.

Melanie drehte sich zu ihrer Schwester um. Jetzt baggerte ihre sexuell nicht gerade ausgehungerte Schwester auch noch ganz offen ihren Kollegen an! »Lisa, nun sag doch endlich, was die Sylvia damals gesagt hat!«, herrschte sie sie patzig an.

Die machte runde Augen. »Ich bin doch dabei! Also, die hat damals gesagt, also wörtlich erinnere ich mich nicht mehr, aber so sinngemäß, dass ihr der ziemlich nachsteigt, sie zu ihren Auftritten fährt und so weiter. Und dass er sie immer einlädt und dass sie schon gar keine Ausrede mehr hat, was sie noch alles sagen soll, damit der sie in Ruhe lässt. Penetrant sei der, genau, penetrant hat sie gesagt. Klingt irgendwie nach Penetration, gell?« Lisa gluckste.

»Lisa, und wer war das? Von wem sprach Sylvia?« Melanie war kurz davor, dass ihr der Geduldsfaden riss.

»Tja, komme ich jetzt nicht drauf. Der Name ist irgendwie weg. Fällt mir bestimmt wieder ein.«

»Dann rufst du mich sofort an, ja?« Jörg gab ihr seine Karte mit seiner Mobilrufnummer.

»Versprochen.« Lisa lächelte vielsagend. Als sie die Karte nahm, berührte sie mit ihren Fingerkuppen seine Handinnenfläche. Sie sah ihm dabei in die Augen.

Jörg erhob sich zögerlich. »Ich glaube, wir müssen dann wieder.«

Als sie genügend weit weggegangen waren, fauchte Melanie Jörg an: »Sag mal, was war das denn eben für eine Nummer mit deiner Karte?«

Wenn Jörg jetzt verlegen oder wenigstens rot angelaufen wäre, hätte sie sich vielleicht wieder beruhigt. Aber es war in keiner Weise so, dass ihm irgendetwas daran peinlich gewesen wäre, Lisa seine Telefonnummer gegeben zu haben.

Melanie baute sich vor ihm auf. »Kannst du wenigstens meine Schwester außen vor lassen, aus deiner Sammlung?«

»Sammlung? Wie meinst du das denn?«

»Mister Womanizer! Meine Schwester führt sich manchmal auf, dass man denkt, sie hätte es gerade ganz doll nötig.«

»Nötig?«, echote Jörg.

Melanie hämmerte mit der Faust auf seine Brust. »Du weißt genau, was ich meine! Stell dich nicht so dämlich! Und ich sage dir eines: Du wirst nicht zu ihr in die Kiste steigen!«

Sylvia stellte ihren Wagen auf dem großen Parkplatz in Rehheim ab. Sie lenkte ihren Weg zum Haus ihrer Eltern. Ihre Mutter hatte ihr zwar den Hausschlüssel mitgegeben, aber sie wollte nicht hineingehen. Sie registrierte aus dem Augenwinkel heraus das offene Fenster am Haus gegenüber. Ein Kissen lag im Rahmen, so, als ob da gleich jemand kommen würde, um mit darauf abgestützten Armen aus dem Fenster zu schauen.

Vielleicht sollte sie als Erstes zu ihrem Wingert gehen. Den Wingert, den der Vater verkauft hatte und der nun von dem miesen Typen Laubenholz bewirtschaftet wurde. Der sie damals vergewaltigt hatte, der Schuld daran trug, dass sie keine Kinder bekommen konnte. Und deshalb auch daran, dass bei ihr zu Hause der Haussegen schiefhing, weil sie der Käserei keinen Erben bescherte. Und, da war sie sich sicher, dieses Schwein hatte bestimmt ihren Vater getötet. Mutter hatte doch erzählt, es habe einen Streit zwischen den beiden gegeben. Und wer sonst schon sollte ihren Vater getötet haben? Ihr Vater tat keiner Fliege was zuleide, niemand hatte etwas gegen ihn. Sie erinnerte sich daran, dass ihr Vater sogar immer sehr beliebt gewesen war. Dieser Laubenholz war ein mieser Typ, wer weiß, was der im Laufe der Jahre alles angestellt hatte. Ein unglaublicher Hass auf diesen Menschen kam in ihr hoch. Sie würde jetzt zum Wingert gehen, das Laufen würde sie bestimmt beruhigen. Und dort würde sie ihn zur Rede stellen und ihm ihren Hass entgegenschreien. Dieser Wunsch verlieh ihrem Schritt Festigkeit.

Sie ging an der Grundschule vorbei, in die sie als Kind gegangen war. Die Kirche, in der sie konfirmiert wurde. Wie anders war hier alles als im Allgäu. Nie war sie dort heimisch geworden, immer war sie im Schwäbischen die Zugezogene, die nicht so recht dazu passte. Hier wäre ihr Zuhause gewesen, hier hatte sie dazugehört. Es überfiel sie eine tiefe Melancholie. Wie anders wäre ihr Leben verlaufen, wenn sie diesem Kurt Laubenholz nicht begegnet wäre. Ein lebenslustiges Mädchen war sie gewesen und was war nun aus ihr geworden? Tränen liefen über ihr hartes Gesicht, rannen den hageren Hals hinunter, auf dem sich erste Falten zeigten.

Sie ließ den Ort hinter sich und sah vor sich die Weinberge liegen. Sanft geschwungen wellten sich die Hügel der Bergstraße, etwas Weiches, für das Sylvia im Moment keinen Blick hatte, ging von der Landschaft aus. Zum ehemaligen Wingert ihres Vaters war es nicht weit. Sie schritt zügig voran. Da ging jemand zwischen den Reben einher. Sie erkannte ihn sogar aus der Entfernung sofort wieder. Seine Art, sich herrisch zu bewegen und dabei doch gleichzeitig die Schultern ein klein wenig nach vorn zu ducken. Jede seiner Bewegungen drückte eine Art von unterdrückter Verachtung für seine Umwelt aus. Dabei hätte er sich selbst am meisten verachten müssen. Sylvias Melancholie kehrte sich in Hass. Sie würde es ihm jetzt direkt ins Gesicht schreien, dass er ihren Vater getötet hatte. Und dass er ihr Leben damals kaputt gemacht hatte. Es musste endlich mal aus ihr heraus, sie musste es laut hinausschreien. All die Jahre hatte sie nicht darüber gesprochen. Es hatte ihr ganzes

Leben versaut. Er war schuld daran. Sie konnte kaum klar denken, als sie ihn da so zwischen den Rebstöcken gehen sah. Für ihn hatte sich nichts verändert, an ihm hatte das Ereignis keine Spuren hinterlassen. Der Hass loderte in ihr hoch. All die schlaflosen Nächte, in denen sie mit ihrem Schicksal haderte. Alles nur wegen ihm, wegen diesem skrupellosen Schwein. Und nie zeigte ihn jemand an. Sylvia ging schneller. Ihr Atem kam stoßweise. Sie würde nur noch wenige Minuten brauchen, um ihn zu erreichen.

23

Kurt Laubenholz betrachtete die Rebstöcke. Es roch nach aufgebrochener Erde. Bald würden sie mit dem Zurückschneiden beginnen können. Er schritt die Reihen ab. Es würde ein guter Jahrgang werden, das hatte ihm der Kellermeister bereits gesagt. Auch die Hitze in der Mitte des August hatte den Trauben an der Bergstraße nichts angehabt. Bei zu viel Sonne bekamen die Trauben nämlich eine Art Sonnenbrand und wurden bitter. Aber das war ihnen erspart geblieben. Kurt war guter Stimmung. Er hatte mit dem Kellermeister unter der Hand vereinbart, dass er nicht die ganze Menge Wein mit Streicher abrechnen würde. Etliche Flaschen gingen unter dem Siegel der Verschwiegenheit an ihn selbst. Das hob seine Laune noch mehr. Manche Leute verstanden es eben gut, Geschäfte zu machen. Und

Streicher war so dämlich, der merkte noch nicht mal, wenn man ihn beschiss. Der hatte es doch gar nicht anders verdient, dieser aufgeplusterte Homo-Darsteller. Kurt lachte vor sich hin. Am besten ging er in den Schuppen am Ende der Reihe und gönnte sich ein Gläschen aus seiner Spezialflasche. Er trank zwischendurch gern einen Klaren, das machte seinen Kopf frei. Als er die Hütte erreicht hatte und die Tür öffnen wollte, spürte er einen Hieb im Rücken.

Sylvia hatte spontan einen knorrigen Stock gegriffen, der zufällig am Weg war. Mit dem schlug sie jetzt blind vor Wut auf Laubenholz ein.

Kurt Laubenholz zog instinktiv den Kopf nach unten. Dann hob er schützend einen Arm vors Gesicht und drehte sich um. Die Frau, die vor ihm stand, war ein gutes Stück kleiner als er. Mit einer geschickten Bewegung entwand er ihr den Stock und musterte sie. Ein Erkennen glomm in seinen Augen.

»Ah, Grönerts Sofakissen! Lange nicht gesehen. Was verschafft mir die Ehre?« Wütend hielt er den Stock. »Hat es dir also doch gefallen, was? Hast es gern etwas heftiger!« Er hob den Stock und wies auf die Hütte. »Nettes Vorspiel. Wollen wir da drinnen weiter machen?«

Sylvia spie ihm ins Gesicht. »Du elende Sau! Du hast den Vater umgebracht!«

Kurt machte einen Schritt zurück. »Was habe ich?«

»Meinen Vater hast du getötet! Nachdem du mich damals getötet hast! Innerlich! Weißt du überhaupt, was du mir angetan hast?«

»Dafür siehst du aber sehr lebendig aus.«

Sie hieb mit beiden Fäusten auf ihn ein.

Er hob die Arme, um sie abzuwehren. »Stell dich doch nicht so an, hat dir doch auch gefallen, damals. Ihr Weiber seid doch alle gleich. Sagt nein und meint doch ja.«

Sylvias geballter Zorn wollte sich in einem langen Schrei entladen. Sie öffnete den Mund.

»Spinnst du, willst du alle zusammenbrüllen?« Laubenholz packte sie, bevor ein Laut herauskam, und hielt ihr grob den Mund zu.

Sylvia trat wild gegen sein Schienbein.

Laubenholz stöhnte und umschloss mit der anderen Hand ihren schmalen Hals. »Dämliche Kuh! Was soll denn das überhaupt? Mit dem Tod von deinem Alten habe ich nichts zu tun!«

Sylvia stolperte rückwärts, entglitt ihm und knallte auf den Boden. Neben der Tür lag ein kantiger Stein, mit dessen Hilfe man die Tür offen halten konnte. Es knackte hässlich, als ihr Hinterkopf auf die Kante des Steines fiel. Ungläubig schaute sie zu Kurt hoch, dann brachen ihre Augen.

»Verdammte Scheiße, mit den Weibern hat man nichts als Ärger.« Kurt schaute sich um, ob irgendjemand in der Nähe war, der etwas mitbekommen haben könnte. Doch er entdeckte niemanden. Er stieß die Tür zu dem Schuppen auf, nahm Sylvia, die für ihn ungeheuer leicht war, und legte sie hinein. Den Stein, auf dem ihr Blut war, warf er hinterher. Er nahm die Flasche mit dem Klaren und nahm einen ordentlichen Schluck daraus. Er dachte nach. Der Wingert war abgeerntet, da käme in nächster Zeit niemand außer ihm hin. Streicher verirrte sich sowieso nicht in den Weinberg. Da drin lag die Leiche erst mal gut, niemand würde da hineinschauen.

Im Eck lag eine alte Plane, mit der deckte er die Leiche ab. Laubenholz verschloss die Tür mit dem Vorhängeschloss. Er musste in Ruhe überlegen, wo er dieses Weib hinschaffte. Er schüttelte verärgert den Kopf. Weiber machten wirklich nur Ärger, nichts als Ärger.

24

Lisa prüfte ihre Trauben. Schwer hingen sie an den Reben. Vereinzelt surrten noch Wespen um die Früchte. Sie zupfte eine der Trauben ab und schob sie in den Mund. Die Traubenschale platzte auf, als sie mit ihren Backenzähnen kurz darauf knackte. Eine wohlige Süße breitete sich in ihrem Mund aus. Sie kostete mit der Zunge nach. Ein Glücksgefühl überfiel sie. Wie sie sich auf ›Lisas Frostiger‹ freute! Das würde einen guten Eiswein geben. Und die erste Bestellung hatte sie auch schon! Sie lächelte versonnen. Vielleicht sollte sie Jörgs Bestellung persönlich ausliefern? Eine Haus-Lieferung? Melanie musste es ja nicht mitbekommen. Die hatte sich gestern Abend verhalten wie eine eifersüchtige Ehefrau.

Plötzlich stutzte Lisa. Sie hielt inne und zupfte eines der Blätter ab. Es wies einen schmalen braunen Rand auf und begann, sich einzuringeln. Das sah nicht gesund aus, es gefiel ihr überhaupt nicht. Sie prüfte noch ein paar weitere Blätter. Auch sie sahen auf dieselbe Art seltsam aus. Sie roch daran, konnte aber nichts feststellen. Sie sah nach den Rosen, die am Ende jeder Zeile gepflanzt waren. Rosen waren empfänglicher für Schädlinge und wurden früher von ihnen befallen als die Weinstöcke. An den bereits zurückgeschnittenen Rosenstöcken vermochte sie nichts Auffälliges zu erkennen. Sie pflückte noch ein paar weitere der Weinblätter und eilte so schnell es ging nach Hause. Im Hof saß ihr Vater, sie ging zu ihm hin. »Vater, schau dir mal die Weinblätter an. Die sehen so komisch aus.«

Wolfgang Härter blickte hoch. Am späten Nachmittag saß er gern im Hof und genoss die letzte Kraft der Sonne, die zu dieser Zeit noch mal ordentlich einheizen konnte. Er nahm eines der Blätter. »Käfer hast du keine gefunden?« Als Lisa verneinte, betrachtete er das Blatt eingehend, dann roch er daran. Er sah zu seiner Tochter hoch. »Das ist seltsam, Lisa. Wir sollten morgen Vormittag die Blätter zur Lebensmittelkontrolle nach Heidelberg bringen. Die sollen eine Analyse machen, ob da jemand was an die Weinstöcke gekippt hat.«

Lisas Augen wurden rund. »Was drangekippt?« Sie wusste, ihr Vater besaß jahrzehntelange Erfahrung und würde so etwas nicht einfach so dahinsagen.

»Wir wollen es einfach ausschließen.« Mehr war Wolfgang Härter zu dem Thema nicht zu entlocken.

»Gut, dann fahre ich morgen gleich um sieben Uhr früh nach Heidelberg. Hoffentlich bekommen wir rasch eine Antwort.«

25

Altweibersommer nannte man wohl diese Wetterlage, die drückend und schwül auf Mannheim lastete. Eigentlich war der Sommer zu Ende, aber gegen Mittag kletterten die Temperaturen auf der Quecksilbersäule im Oberrheingraben noch mal ordentlich nach oben. Melanie schlenderte über den großen Wochenmarkt auf dem Marktplatz vor dem Alten Rathaus. Selbst in dem kurzärmeligen T-Shirt, das sie zu ihren Blue Jeans trug, war ihr warm. Zum Glück hatte sie erst gar keine Jacke angezogen! Es war ein Gefühl wie im Süden, so als ob man in Italien auf einem Markt wäre, vor allem auch wegen der vielen Menschen, die auf dem Platz waren. Die Marktstände wurden von großen Schirmen beschattet, das Angebot war überwältigend vielfältig. Pralles Obst und Gemüse wartete wie glanzpoliert auf Kundschaft. Es gab auch eingelegte Oliven und Käse in aller Vielfalt. An einem Stand wurde Wein angeboten, an einem anderen türkisches Fladenbrot. Eine Leichtigkeit überfiel Melanie, gerade so, als ob sie im Urlaub wäre. Eine Tasche hatte sie bereits mit Einkäufen angefüllt, sie sah sich um, vielleicht wäre ein Cappuccino nicht schlecht? Direkt angrenzend an den Markt lagen einige Cafés mit Sitzplätzen draußen. Vielleicht traf sie zufällig jemanden, den sie kannte, und konnte ein Pläuschchen führen? Sie schlenderte zu dem Café mit der dunkelgrünen Markise. Alles war voll besetzt, aber Melanie erspähte ein Paar, das sich eben anschickte, den kleinen Tisch zu verlassen, an dem sie saßen. Melanie hechtete dorthin und stieß ihre vollgepackte Tasche einem Gast in den Rücken.

»He, immer langsam mit den jungen Pferden!«

»Entschuldigung!« Melanie beeilte sich und erreichte den Platz vor dem dicklichen schwitzenden Mann, der ihn ebenfalls anpeilte.

»Ist der zweite Stuhl noch frei?« Sein Blick senkte sich auf ihren Busen, er wischte sich mit kurzen Fingern Schweißperlen von der glänzenden Stirn.

»Tut mir leid«, Melanie zeigte ein Haifischlächeln, »ich erwarte noch jemanden. Der kommt jeden Moment.« Sie stellte ihre Einkaufstasche auf den Stuhl neben sich und winkte der Bedienung.

Der Dicke blieb noch eine Weile unschlüssig stehen. Die Bedienung rammte ihm versehentlich das Tablett in den Rücken, ein Weizenbier schwappte über und bespritzte sein Hemd. Die Bedienung schob ihn zur Seite. »Gibt wenigstens keine Rotweinflecken!« Sprachs und hastete weiter.

Verärgert machte der Kerl sich endlich vom Fleck.

Melanie studierte die Karte. Vielleicht sollte sie sich doch etwas Richtiges gönnen? Eine Kleinigkeit zu essen wäre nicht schlecht. Wenn sie recht überlegte, hatte sie heute noch gar nichts gegessen. Mal sehen, was es hier gab. Ein Salat vielleicht? Plötzlich lag ein Schatten auf der Karte. Nanu, war der unangenehme Typ zurückgekehrt? War er doch hartnäckiger, als sie dachte? Der sollte sie kennenlernen! Sie knallte die Karte auf den Tisch und hob ihren Blick. Und erstarrte.

»Ist der Platz noch frei?«

»Ääh, ja, schon.« Sie blinzelte ihn ungläubig an.

Thorsten Demsch setzte sich. »Schönes Fleckchen hier.«

Melanie starrte ihn an. Wie sollte sie ihm bloß erklären, dass sie auf der Mess einfach plötzlich weg war? Sie wusste selbst nicht warum. »Ja, und so tolles Wetter heute, nicht wahr?« Vielleicht hielt sie sich am besten erst mal an Floskeln fest.

Er nickte bestätigend. »Da kann man nicht meckern.« Ein Fächer an Lachfältchen lag um seine Augen, als er sich setzte. Plötzlich wurde er ernst. »Ich habe neulich jemanden im Gewühl auf der Mess verloren.«

»Es war plötzlich so voll, da waren so viele Menschen, und dann warst du auf einmal weg.«

Sie studierte sein Gesicht und hoffte inniglich, dass er das glauben würde. Dabei sah sie die Wunde.

Er merkte es, fuhr mit dem Finger darüber. »Ach das, das habe ich mir in dem Gedränge geholt. Ist nicht weiter wild.«

»Bleibst du eigentlich länger?«

»Hier, bei dir am Tisch?«

Melanie spürte rote Flecken an ihrem Hals aufflammen. »Ich meine in Mannheim, ob du länger hier bleiben willst. Oder ob das hier eine Durchgangsstation für dich ist.«

»Ach so, ob ich länger hier auf meiner Stelle bleibe.« Er wischte sich einen imaginären Krümel vom T-Shirt. »Ich bin doch gerade erst angekommen. Da denke ich doch nicht schon wieder daran, von hier wegzuziehen.«

»Hätte ja sein können. Karlsruhe ist schließlich nicht weit.«

»Ach, du meinst, ob ich noch weitere Ambitionen habe? Ich wollte von Anfang an, als ich anfing, Jura zu

studieren, Staatsanwalt werden. Karlsruhe? Bundes-
verfassungsgericht und so weiter? Ich glaube, das ist
nichts für mich. Viel zu trocken. Ein bisschen Lebens-
bezug brauche ich schon.« Mit Blick auf die Karte fügte
er hinzu »Was trinkt man denn hier so?«

»Naja, in Anbetracht der Uhrzeit würde ich einen
Cappuccino vorschlagen.«

»Du auch?« Er rief nach der Bedienung, die prompt
kam und die Bestellung aufnahm.

»Wo wohnst du denn eigentlich?«

»Im Jungbusch. In die Wohnung habe ich mich sofort
verliebt.« Beim letzten Wort sah er sie seltsam an. »Aber
irgendwas ist komisch. Bei so Wetter wie heute riecht
es immer ganz stark nach Kakao, manchmal auch wie
angebrannter Kakao, den jemand zu lange auf dem
Herd stehen ließ. Bei Regen nicht. Ich habe mich schon
gefragt, wer meiner Nachbarn sich so ein merkwürdi-
ges Getränk zusammenbraut, aber es bisher noch nicht
herausfinden können. Vielleicht bräuchte es dazu etwas
mehr detektivischen Scharfsinn?«

Melanie gluckste los. »Ich soll dir helfen, die Duft-
quelle zu finden?« Das Lachen überrollte sie mit aller
Macht, sie konnte es beim besten Willen nicht unterdrücken. Eine Lachsalve platzte aus ihr heraus.

Thorsten Demsch war mehr als irritiert. Hatte er sich
so getäuscht? Ihre Reaktion und ihr Blick vorhin, da
hatte er geglaubt, sie würde sein Interesse teilen. »Was
ist denn daran derart lustig?«

Melanie schlug sich mit der flachen Hand auf den Oberschenkel. »Hat dir denn der Vermieter nichts gesagt?«

»Den habe ich gar nicht zu Gesicht bekommen. Lief
alles über einen Makler. Als ich die Wohnung besich-

tigte, regnete es. Und dieser Geruch tritt nur bei schönem Wetter auf.«

Melanie legte ihre Hand auf seinen Arm. »Tut mir leid, ich musste einfach lachen. Das war natürlich ganz schön gemein von dem Makler, dir das nicht zu sagen.«

»Was nicht zu sagen?« Die Hand auf seinem Arm gefiel ihm, hatte er sich also doch nicht geirrt? War er ihr auch sympathisch? Er rückte ein Stückchen näher an Melanie heran.

»Im Jungbusch, also im Hafen, da liegt eine Fabrik.«

»Das sagte mir der Makler. Und ein leitender Angestellter dieser Fabrik habe sich vor beinahe hundert Jahren das wunderschöne Haus gebaut, in dem er mir die Wohnung zeigte.«

»Mit dieser Fabrik hat es etwas Besonderes auf sich.«

Nun war Thorsten mächtig gespannt, was da jetzt käme.

»Es ist eine Schokoladenfabrik. Die liegt im Hafen, weil da die Kakaosäcke aus Übersee mit dem Schiff angeliefert werden. Ja und die machen Schokolade.« Sie prustete wieder los. »Tut mir leid, aber ich kann nicht anders. Das ist kein Nachbar, der bei offenem Fenster seinen Kakao anbrennen lässt, das sind die Duftstoffe der Schokoladenfabrikation, die bei schönem Wetter über der Stadt wabern.«

Thorsten sah sie ungläubig an.

»Doch, doch, das stimmt schon, was ich dir da erzähle.«

Er sah nachdenklich aus. »Also, wenn das so ist«, er nahm ihre Hand, »das ist exzellente Aufklärungsarbeit. Was bin ich doch für ein Blödmann«, er grinste verschmitzt wie ein Pennäler.

Melanie wurde es warm im Bauch. Wenn er jetzt noch näher käme … und wie er ihre Hand hielt! Seine war fest und warm.

Just in diesem Moment kam die Bedienung und stellte zwei Tassen mit kakaobestäubter Sahnehaube vor ihnen ab.

Thorsten deutete auf den Kakaopuder und brach in schallendes Gelächter aus. »Lieber Himmel, und ich hielt mich für einen Glückspilz!«

»Kann doch sein, mit dem Glückspilz?« Huch, jetzt trug sie aber dick auf. Womöglich meinte er noch, bei ihr sei der Notstand ausgebrochen. Sie nahm den Löffel von der Untertasse ihres Cappuccinos und spielte damit. »Hast du auch Kinder?«

Thorsten bekam einen bitteren Zug um den Mund. »Nein, ich habe keine Kinder.« Wie um einen Gedanken zu verscheuchen, schüttelte er mit dem Kopf. Die aufgestellten blonden Deckhaare zitterten. »Dein Sohn, wie alt ist er?«

»Felix ist 16. Schwieriges Alter, da müssen wir beide durch. Aber ich denke, bald haben wir die Pubertät geschafft.«

»Wir?«

»Felix und ich, das meine ich mit wir. Wir beide leben allein.«

Thorsten schien diese Nachricht mit Erleichterung zu registrieren. »Nicht einfach, bei der Polizei und alleinerziehend?«

»Es geht. Klöppner war immer verständnisvoll, wenn ich Felix nicht gerade zum Verhör mitbrachte.« Sie lachte. »Meine Eltern und meine Schwester wohnen in der Nähe. Die waren immer für Felix da. Meine Eltern vergöttern ihren Enkel fast schon, na ja, und Lisa ist auch nicht viel besser. Sie ist seine Patentante und auch mächtig stolz auf ihn.«

»Und sein Vater?«, fragte Thorsten vorsichtig nach.

»Sein Vater!« Melanie verdrehte die Augen. »Einen Erzeuger für Felix gibt's auch, ja. Aber außer dass er ihn gemacht hat, hat er nicht viel für ihn getan. Er zahlt seine Alimente, das ist immerhin was.« Sie hatte sich in Rage geredet, ihre Haare fielen ihr ins Gesicht.

Thorsten strich ihr mit zwei Fingern die Haare zurück.

»Und du?«, fragte sie ihn, »auch irgendwelche Altlasten?«

»Altlasten?« Auf Thorstens Stirn bildete sich für kurze Zeit eine Falte. »Kalter Kaffee von gestern.« Er nahm noch einen Schluck aus seiner Tasse. »Hast du Lust, mir irgendwas in Mannheim zu zeigen? Was ist denn hier besonders toll?«

»Das Beste siehst du hier.« Sie wies mit der Hand auf den bevölkerten Markt. »Das sind die Menschen, die hier leben. Genussfreudig, offen und herzlich. Und wahnsinnig tolerant.«

»Aha. Dann habe ich also hier nichts zu befürchten.«

Melanie überlegte, welche Sehenswürdigkeit sie ihm zeigen könnte. Dann fiel ihr die schwere Einkaufstasche unterm Tisch ein. »Ich habe meine ganzen Einkäufe dabei, die wollte ich jetzt nicht durch die Gegend schleppen. Die müsste ich zu Hause abliefern, und dann können wir was unternehmen. Aber zur Schwetzingerstadt müssen wir mit der Straßenbahn fahren.«

»Musst du dich heute nicht um Felix kümmern?«

Sie schaute ihn ungläubig an. »Mich um Felix kümmern? Was meinst du, was ein 16-Jähriger davon hält, wenn sich seine Mutter am Wochenende um ihn kümmert? Der kommt zum Essen nach Hause und lässt seine Schmutzwäsche im Bad.«

Umso besser, dachte Thorsten, denn es klang für ihn nach sturmfreier Bude. Laut sagte er »Weißt du was? Wir stellen deine Einkäufe bei mir ab, das ist näher als deine Wohnung.«

Melanie bezahlte ihren Cappuccino selbst. Das Gewühl auf dem Marktplatz war so dicht, dass die beiden Mühe hatten, nebeneinander zu gehen. »Gib her«, mit diesen zwei Worten schnappte sich Thorsten ihre schwere Tasche. Wie selbstverständlich legte er nach einer kurzen Weile seinen Arm um ihre Schultern. Melanie lächelte ihn an, lächelte direkt in seine blauen Augen, in denen sie hätte ertrinken mögen.

Es fühlte sich angenehm für sie an. Wie lange war es her, dass sie einen Freund hatte? Seit dem missglückten Beziehungsversuch, damals, als Felix noch im Kindergarten war, war sie keine längere Beziehung mehr eingegangen. Mehr oder weniger waren es kurze Affären, die sie hin und wieder laufen hatte. Die meisten hatten sich an ihrem Beruf gestört. Wochenendeinsätze erforderten Flexibilität, auch die der Partner. Und zu Hause über Mord und Totschlag zu reden lag auch nicht jedem. Die Scheidungsrate unter Polizisten war ziemlich hoch. Es wäre schön gewesen, jemanden zu haben, der immer für sie da war, dachte sie. Thorsten roch gut. Nach Sandelholz mit einem Schuss Zitrone.

Die G- und H-Quadrate, durch die sie gingen, waren Mannheims bunte Meile. Ein Lädchen reihte sich ans nächste, etliche hatten ihre Auslagen vor den Geschäften liegen. Hier wurde man immer fündig, egal was man für ausgefallene Zutaten brauchte. Es gab Geschäfte mit allem Möglichen, und immer viel frisches Obst, das meistens üppig vor dem Laden feilgeboten wurde. Hier kam richtiges Urlaubsfeeling auf. Thorsten meinte: »Hier fühlt man sich wie in Istanbul.«

»Heißt ja auch so. Im Volksmund heißt das Viertel ›Little Istanbul‹.«

Thorsten mit seiner hellen Haut und dem blonden Haar wirkte beinahe exotisch zwischen den türkischen und griechischen Mannheimern, die die Gehwege bevölkerten.

Sie bahnten sich einen Weg durch die vielen Leute. Schwarz verschleierte Frauen, von denen lediglich die Augen zu sehen waren, gab es hier ebenso wie dunkle Mädchen in knapper Kleidung. Und Männer mit ihren Gebetsketten in der Hand.

»In der Richtung«, Melanie wies mit der Hand in die F-Quadrate, »steht die jüdische Synagoge. Und geradeaus laufen wir auf die Moschee zu. Direkt gegenüber von der steht eine christliche Kirche. Das ist Mannheim.«

»Und das funktioniert?«

»Wir Kurpfälzer sind eben weltoffen und tolerant.«

Thorsten zog sie an die Hausmauer und stellte die schwere Tasche ab.

»Na, schlapp, der Herr Staatsanwalt?«

»Von wegen!« Er legte beide Arme um sie und schaute zu hier hinunter, dabei war er nur zehn Zentimeter größer als sie. Melanie schmiegte sich an ihn. Sie spürte ihre Wange an seiner. Seine Hände ruhten auf ihrem Rücken.

Es fühlte sich gut an. Sogar verdammt gut. Melanie suchte seinen Blick. Sie spürte ein Kribbeln im Bauch, ihre Knie wurden weich. Ihre Lippen fanden seinen Mund. Wie weich der war! Sie schloss ihre Augen.

Little Istanbul hätte in Staub und Asche versinken können, Melanie hätte es nicht bemerkt. Sie stand mit Thorsten verschmolzen, ihre Arme in seinem Nacken verschränkt. »Alle Achtung, gehst du immer so schnell zur Sache?«

»Wenn es sich lohnt, dann schon.« Seine Augen blitzten. Geschätzte tausend Lachfältchen lagen darum herum.

Melanie strich ihm mit der Hand übers blonde Haar. »Ich weiß nicht, aber wenn uns einer sieht.«

»Wer sollte uns denn sehen?«

»Klöppner. Oder«, ein Schreck durchfuhr sie. »Jörg. Mein Teampartner. Der gockelt ständig herum und kann es nicht leiden, wenn die Frauen in seiner Nähe verliebt sind und er nicht das Objekt der Begierde ist.«

»Ah, verstehe. Testosteronüberschuss.« Thorsten hielt sie immer noch in seinen Armen. Eine Glückswelle durchwob ihn. Melanie hatte ›verliebt‹ gesagt. Das hörte sich klasse an. Was war das für ein toller Neuanfang in der neuen Stadt! Neuer Job und eine neue Liebe. Alles war für den Moment rundum perfekt für ihn.

Melanie griente. »Kann man wohl sagen, ja.«

»Und?« Thorsten betrachtete aufmerksam ihr Gesicht. »Immun dagegen?«

Diese Frage war Melanie zu direkt. Sie befreite sich aus seiner Umarmung. »Klar!« Sie hatte auf keinen Fall vor, Thorsten von dem einmaligen Ausrutscher mit Jörg zu erzählen. Und außerdem lag es ein paar Jahre zurück. Nur weil es in dem Landgasthof, in dem sie auf ihrer Dienstreise übernachteten, keine Einzelzimmer gab.

Und Jörg sich doch nicht an die Abmachung gehalten hatte, auf seiner Seite des breiten Bettes zu bleiben. Eigentlich zählte das gar nicht, fand sie.

Thorsten nahm die Tasche wieder auf und freute sich aufs Nachhausekommen. Vielleicht konnten sie die Stadtbesichtigung aufschieben und er zeigte Melanie erst mal seine Wohnung. Sein Schlafzimmer war außerordentlich gemütlich, vielleicht fand Melanie das auch. Auf jeden Fall würde er es ihr zeigen, dann könnte sie selbst entscheiden, wie sie diesen Tag fortsetzten. Wunderbar würde er auf jeden Fall werden, der Samstag, das fühlte Thorsten, als er Melanie beschwingt folgte.

»Hey, das Haus ist echt toll!« Melanie war beeindruckt. Sie schaute staunend an der Klinkerfassade hoch. Thorsten schloss das Tor des Vorgartens auf und dann die große Haustür.

»Ich wusste gar nicht, dass es im Jungbusch solche Edelhäuser gibt. Mann, hier stehen doch sonst nur alte Häuser, an denen seit dem Zweiten Weltkrieg nichts mehr gemacht wurde.«

»Dritte Etage!«, Thorsten wies in dem großzügigen und eleganten Treppenhaus nach oben. Die Vorfreude, Melanie seine Wohnung zeigen zu können, war ihm anzusehen. Er hatte sich etwas verschmitzt Jungenhaftes bewahrt.

Melanie gab ihm einen Kuss. »Dann schauen wir jetzt mal, wie der Herr Staatsanwalt wohnt. Muss ich beim Eintritt meinen Personalausweis vorlegen?« Sie wandte sich in Richtung Treppe.

Thorsten gab ihr liebevoll einen leichten Klaps auf den wohlgeformten Po. Er freute sich bereits darauf zu sehen, was sie darunter trug.

Melanies Stiefel klackten auf der Holztreppe. »Heimlich anschleichen ist hier aber auch nicht drin!« Sie hängte sich kichernd an seinem Arm ein, als er auf gleicher Stufe mit ihr war.

Das Geländer lief um einen Freiraum herum, in dem man von oben nach unten und umgekehrt schauen konnte. Das gab dem Inneren des Hauses eine regelrechte Mondänität. Melanie fühlte sich so leicht und unbeschwert wie schon seit Langem nicht mehr. Glücklich strahlte sie Thorsten an. Vielleicht würden sie einfach den Samstag in seiner Wohnung bleiben, dachte sie. Und wollte Felix nicht sowieso bei einem Freund übernachten? Dann könnte sie vielleicht bis morgen bleiben. Felix konnte sicher bei dem Freund was zu essen bekommen. Außerdem war er alt genug, sich selbst etwas zu besorgen.

Sie folgten nach der zweiten Etage der Biegung der Treppe. Gleich wären sie angekommen.

Thorstens Arm wurde steif. Er hielt mitten auf der Treppe inne.

Vor seiner Wohnungstür saß jemand. Eine attraktiv aufgemachte Frau. Und zwar genau die, wegen der er Berlin verlassen hatte. Anna-Kristina hatte das Beste auf dem Leib, was ihr Kleiderschrank zu bieten hatte. Sie steckte in einem roten Kleid, dessen Ausschnitt eine Welt von Busen enthüllte, auf dem sich die Spitzen ihrer blonden Haare räkelten. Nun erhob sie sich und stand auf High Heels vor ihnen. Ihr Gesicht war mächtig mit Make-up zugekleistert. Sie ging auf Thorsten zu, Melanie ignorierte sie völlig. Sie tat einfach so, als wäre die nicht anwesend. »Schatz, ich wollte dich mit meinem Besuch überraschen. Ich habe den allerersten ICE aus Berlin genommen.«

Thorsten schluckte hart. »Die Überraschung ist dir perfekt geglückt.«

Die Frau trat dicht vor ihn und strich ihm zart über die Wange. »Willst du mich nicht hineinbitten, Schatz?«

Melanie starrte auf diese Frau. Wer war dieses aufgetakelte Weib? Seine Geliebte aus Berlin? Die nun nachkam? Und die Zeit, bis sie zu ihm zog, wollte er ein bisschen mit ihr überbrücken? Sie riss sich von Thorstens Arm los, griff barsch nach ihrer Tasche, drehte sich um und stürmte nach unten.

»Melanie!«, rief Thorsten ihr nach.

Doch sie rannte weiter, riss die Haustür auf und wollte einfach nur an die frische Luft. Und weg von diesem Typen, in den sie sich so Hals über Kopf verliebt hatte.

Sie lief ein paar Straßen weiter und setzte sich im Hafen an den Rhein. Von einem großen Schiff wurden die Container mit einem Kran heruntergehoben. Tränen rannen über ihr Gesicht. Sie biss sich auf die Unterlippe. Dass die Männer, in die sie sich verguckte, alle immer gleich sein mussten! Herrgott noch mal, waren die alle nur testosterongesteuert und auf der Suche nach einer neuen Andockstelle für ihren Joystick? Wieso konnte sie nicht einfach mal Glück haben und sich in jemanden verlieben, der es ernst mit ihr meinte und zwar nur mit ihr allein? Es musste doch möglich sein, dass ein Kerl für ein paar Jahre treu blieb! Was hatte sie bloß an sich, dass sie immer nur an die Falschen geriet? War es denn zu viel verlangt, dass sie Treue erwartete? Aber, so versuchte sie sich zu trösten, wenigstens hatte sie das wahre Gesicht von Thorsten Demsch gleich zu Beginn gesehen. Aber es war kein Trost. Es tat weh. Gerade noch eben verliebt und nun heulend im Hafen sitzen, wie blöd war das denn. Sie straffte ihren Rücken. Dieser blöde Kerl wollte sie abschleppen und hatte in Berlin noch eine Freundin sitzen. Wie hatte er im Café auf ihre Frage nach Altlasten reagiert? Kalter Kaffee von gestern. Ja, so arg kalt schien dieser Kaffee noch gar nicht zu sein. Melanie zog die Nase hoch und erhob sich. Sie nahm ihre Tasche. Sie würde jetzt nach Hause fahren und für Felix kochen. Vielleicht war er heute Abend doch zu Hause und sie könnten einen gemütlichen Fernsehabend verbringen.

26

Doch auf dem Küchentisch lag ein Zettel von Felix. Immerhin teilte er ihr eine Nachricht mit. Er würde bei Andy übernachten, einem Kumpel aus seiner Klasse. Bei dem sei heute eine Fete und da es spät würde, könne er bei dem auf dem Sofa pennen.

Melanie verstaute ihre Einkäufe im Kühlschrank. Tolles Wochenende, echt klasse. So richtig voll versaut. Sie schenkte sich ein Glas Riesling ein. Riesling am Mittag vertreibt Kummer und Sorgen. Sie überlegte, wie sie das versaute Wochenende noch irgendwie für sich retten könnte. Ob sie mit Margret eine Fahrradtour machen sollte? Margret, genau! Die suchte doch sowieso dauernd jemanden, der was mit ihr unternahm. Sie könnten nach Ladenburg radeln.

Doch Margret war nicht da. Grummelnd radelte Melanie alleine los. Sie fuhr die Seckenheimer Straße längs, folgte der Biegung und weiter bis zum Luisenpark. Da konnte man den Gartenschauweg runterradeln, vorbei am Carl-Benz-Stadion und dem Mannheimer Reiterverein. Der Weg führte sie direkt zu dem Radweg längs des Neckars. Dicke Kastanienbäume säumten ihn. Wie immer an sonnigen Tagen waren hier jede Menge Radfahrer, Fußgänger und Inlineskater unterwegs. Fast alle Parkbänke waren besetzt. Unten auf den Wiesen tobten Hunde. Bis vor wenigen Jahren hatte hier noch immer eine relativ große Schafherde geweidet, bis der Schäfer verstarb und mit ihm die lebendige Ausübung dieses Berufes in Mannheim. Wehmütig dachte Melanie an die blökenden Tiere, deren Anblick sie immer so erfreut hatte.

Auf der Höhe von Seckenheim überlegte sie, ob sie die Neckarbrücke nach Ilvesheim nehmen sollte und entschied sich dann für die Strecke auf dem Neckardamm nach Neckarhausen. Sie setzte mit der Fähre nach Ladenburg über.

Melanie war hungrig und nahm einen kleinen Imbiss in einem kleinen Lokal am Marktplatz von Ladenburg ein. Sie hatte heute keinen Blick für den Brunnen und die Fachwerkhäuser, die den Platz umringten.

Auf dem Rückweg trat sie heftig in die Pedale. Sie würde sich nicht unterkriegen lassen, von so einem Kerl.

27

Vor ihrer Wohnungstür saß eine Überraschung. Thorsten Demsch lehnte mit dem Rücken an ihrer Tür und war offenbar eingenickt. Neben ihm stand eine Flasche Champagner.

Nun bekam Melanie überhaupt nichts mehr auf die Reihe. Der Typ hatte Besuch von seiner Freundin und nun saß er vor ihrer Tür? Sie fand keine Erklärung dafür.

Melanie schloss die Tür auf und öffnete sie.

Seiner Rückenstütze beraubt, wachte Thorsten auf. Er blinzelte sie unter seinem Haarschopf heraus an. »Ganz schön unbequem hier.«

»Was machst du da überhaupt? Du hast doch Besuch!« Melanie starrte ihn, von ihren Gefühlen hin und her gerissen, an. Die Schmetterlinge im Bauch wollten nicht zur Ruhe kommen, auch wenn ihr Verstand Nein in diese Region in der unteren Körperhälfte sandte. Wieso war er hier? Da war doch diese Frau aus Berlin zu ihm gekommen? Wo war die jetzt?

Thorsten rappelte sich mühsam hoch, nahm den Champagner in die Hand. Er schaute verlegen auf den Fußboden. »Darf ich dir das bitte drinnen erklären?«

Melanie war gespannt darauf, was nun kommen würde. Vielleicht gab es doch eine plausible Erklärung für das Geschehene? Aber so richtig vorstellen konnte sie sich das nicht. Sie führte Thorsten ins Wohnzimmer. Er setzte sich auf die Couch.

»War gar nicht so einfach, deine Adresse rauszufinden. Du stehst nicht im Telefonbuch.«

»Ich weiß.«

»Aha.«

»Also, ich glaube, du wolltest mir etwas erklären. Und das solltest du auch. Ich fand die Nummer heute Mittag ehrlich gesagt ziemlich daneben. Ist das deine Freundin, die bald nachzieht, zu dir in deine Wohnung?«

»Nein. Ist sie nicht.« Er wirkte hilflos, so, als ob er nach den richtigen Worten suchen müsste. »Meine Freundin war sie auch nie so richtig. Ich habe mich einmal mit ihr eingelassen. Mein Gott, wie oft ich das bereut habe! Es war bei einer Feier, sie war am Büffet. Irgendwie habe ich zu viel getrunken und mich von ihr abschleppen lassen. Keine Ahnung, was da in mich gefahren ist.«

»Ein One-Night-Stand mit einem fleischgewordenen Männer-Traum. Und du konntest dich nicht dagegen wehren?« Melanies Stimme klang spöttisch.

»Ich lebte allein und war niemandem Rechenschaft schuldig, falls du das meinst. Und was spricht schon dagegen, zwischen zwei Erwachsenen?«

»Warum sitzt du hier und erzählst mir das?«

Er hob seinen Kopf. »Mit dir ist es etwas ganz anderes, Melanie. Ich habe mich in dich verliebt.«

Melanies Knie wurden weich. Sie setzte sich auf den Sessel ihm gegenüber.

»Und warum war sie dann heute hier?«

»Sie wollte von mir mehr als nur diese eine Nacht, ganz im Gegensatz zu mir. Sie und ich, wir passen überhaupt nicht zusammen, wir haben gar nichts Gemeinsames. Das konnte ich ihr nicht klarmachen. Sie behauptete dann sogar, schwanger zu sein. Und ich Idiot habe ihr geglaubt. Ich habe gesagt, dass ich mich um das Kind kümmern würde und mich mehrmals mit ihr getroffen.« Sein Ton wurde bitter. »Aber sie war gar nicht schwanger. Nach fünf Monaten habe ich ihr die Nummer, die sie abzog, nicht mehr abgekauft. Ich bestand darauf, zum Gynäkologen mitzugehen, ich wollte das Kind im Ultraschall sehen. Als ihr keine Ausrede mehr einfiel, gab sie es schließlich dann doch zu. Daraufhin habe ich diese sogenannte Beziehung zu ihr sofort abgebrochen.«

Melanie schwieg. Sie starrte auf ihre Füße.

Thorsten brauchte eine Weile, bis er weitersprach. »Sie hat mich regelrecht gestalkt. Mich ständig angerufen, mir vorm Gericht aufgelauert. Ich hoffte, sie mit der Versetzung nach Mannheim endlich loszuwerden.«

»Scheint super geklappt zu haben.«

»Ich habe sie nicht in meine Wohnung gelassen und habe das auch in Zukunft nicht vor. Ich habe ihr unmissverständlich gesagt, dass ich sie nicht mehr sehen will. Ich habe ihr ein Taxi bestellt, das sie zum Bahnhof zurückfahren sollte.«

»Und das hat sie gemacht?«

»Keine Ahnung. Ehrlich gesagt ist sie mir auch egal. Sie soll mich einfach in Ruhe lassen. Aber du, du bist mir nicht gleichgültig.«

Er erhob sich von der Couch, kam langsam auf sie zu und quetschte sich neben sie auf den schmalen Sessel. »Melanie, ich möchte dich kennenlernen. Ich habe schon lange keine Frau mehr getroffen, bei der ich dieses starke Gefühl hatte.«

Melanie war baff. Was hatte sie da eben gehört? Thorsten wollte sie kennenlernen? Sie war müde und kaputt. Ihre Gefühle waren heute Achterbahn gefahren. Erst himmelhochjauchzend, dann verbittert. Jetzt begannen sich die Schmetterlinge in ihrem Bauch wieder zu regen und erneut Samba zu tanzen. Alles war nur ein Irrtum. Es war gar nicht so gewesen, wie sie dachte. Ein dummer Schein, der überhaupt nichts mit der Realität zu tun hatte. Es gab keine Frau in Berlin, die demnächst zu Thorsten ziehen würde, sobald er sich hier eingelebt hatte. Ihre Brust wurde eng. »Ich hole uns was zu trinken.«

Sie kam mit zwei Gläsern aus der Küche wieder. Ein Blick auf die Uhr zeigte ein Uhr früh. Es war Sonntag. Die Nacht leitete einen neuen Tag ein. Hoffentlich wurde er weniger aufwühlend als der gestrige. »Ich bin schrecklich müde.«

Er wirkte zerknirscht. »Kann ich auf deiner Couch schlafen?«

Sie fuhr durch sein Haar. »Wir sind doch beide erwachsen.« Sie führte ihn an der Hand in ihr Schlafzimmer.

Nachdem sie ihre Zähne geputzt und sich ihr riesiges Sleepshirt übergezogen hatte, schlüpfte sie unter die Bettdecke. Thorsten war bereits eingeschlafen. Seine Jeans lag ordentlich gefaltet neben dem Bett. Er schlief auf der Seite, ihr zugewandt. Der Vollmond erhellte das Zimmer, sie betrachtete sein schlafendes Gesicht. Um den Mund herum zeigten zwei Kerben, dass er die 40 bereits überschritten hatte. Melanie kuschelte sich zu ihm unter die Bettdecke. Thorsten hob im Schlaf den Arm und legte ihn wie automatisch um sie. Es fühlte sich gut an, einen attraktiven Mann neben sich im Bett zu haben, wenn es auch fürchterlich schade war, dass er schon schlief. An einem Mann in ihrem Bett würde sie sich wirklich gewöhnen können. Melanie fand lange nicht in den Schlaf. Ihr Körper hätte nichts gegen mehr Zuwendung gehabt.

28

Doch am Morgen wurde sie unsanft geweckt. Felix kam gegen neun Uhr nach Hause und donnerte die Wohnungstür zu. Im Flur sah er Männerschuhe. Was sollte das? Hatte Mellie einen Kerl hier? Er wusste von keinem Lover seiner Mutter. Hatte die einen One-Night-Stand mit irgendeinem dahergelaufenen Kerl? War das nicht genau der Grund gewesen, dass sie seinen Vater damals vor die Tür gesetzt hatte, weil der jemanden für eine einzige Nacht mit nach Hause gebracht hatte? Felix zumindest brauchte keinen Kerl in der Wohnung. Es genügte ihm voll, hier mit Mellie zu wohnen, das war kompliziert genug. Womöglich würde der noch anfangen, einen auf Kumpel zu ihm zu machen, das war etwas, worauf er ganz sicher verzichten konnte. Erwin hatte ihn neulich angerufen. Er hatte Mellie nichts davon erzählt. Seit Jahren hatte er seinen Vater nicht gesehen, nun meldete der sich plötzlich mal wieder. Konnte ja nicht falsch sein, mit dem zu reden. Instinktiv hatte Felix aber beschlossen, dieses Telefonat Mellie gegenüber nicht zu erwähnen. Seine Mutter war seinem Vater gegenüber einfach nicht neutral. Und wer, verdammt noch mal, hatte ihn denn damals vor die Tür gesetzt?

Noch vor seiner Geburt? Er selbst hatte doch überhaupt keine Chance gehabt, seinen Vater kennenzulernen. Und dann war Mellie im Moment auch noch so schwierig. So richtig betütelt fühlte er sich manchmal von ihr. Lieber Himmel, mit 16 war man kein Kind mehr, das von Mami an die Hand genommen wird, wenn es die Straße überqueren möchte. Das musste sie endlich kapieren. Und schließlich war er der Mann im Haus. Er riss die Tür zum Zimmer seiner Mutter auf. Da lag doch tatsächlich ein Fremder in ihrem Bett! Er traute seinen Augen nicht. Der hatte seinen Arm um Mellie gelegt und beide schliefen. Das gabs doch nicht! Ein Stich fuhr ihm in den Bauch, als er die beiden so friedlich da liegen sah. Er wollte sich wirklich nicht vorstellen, was die beiden in der Nacht miteinander gemacht hatten und fühlte einen dicken Kloß im Hals. Felix spürte Tränen hochkommen. Er ließ die Tür offen und holte aus seinem Zimmer die Sachen, die er für heute brauchte. Aus der Wohnung wollte er nur möglichst schnell wieder weg. Als er die Wohnungstür hinter sich zuklappte und sich bereits zwei Etagen tiefer befand, hörte er die Tür wieder aufgehen.

»Felix!«

Er sah nach oben. Da stand Mellie in ihrem Bigshirt. Er hatte jetzt wirklich keinen Bock, mit ihr zu reden. Nicht, solange da ein fremder Kerl in seiner Wohnung war und dann auch noch in ihrem Bett lag. Er rannte noch schneller nach unten.

»Felix! Wann kommst du denn wieder?«

»Interessiert dich das denn wirklich?«, schrie er nach oben, bevor er die Haustür hinter sich zuwarf.

29

Jonathan W. Streicher fuhr seinen Wagen die gewundene Straße hoch und ließ ihn vor der Garage stehen. Bestens gelaunt schritt er zur Haustür seiner Villa. Was er da sah, ließ ihn einen spitzen Schrei ausstoßen, schrill und anhaltend. Es klang wie der Schrei einer Jungfrau, der jemand tüchtig zu nahe getreten war. Er war kurz davor, in Ohnmacht zu fallen. Er lehnte sich an die Hausmauer und versuchte, gleichmäßig zu atmen.

»Wie sieht es aus bei facebook? Irgendetwas Brauchbares dabei?« Klöppner sah Silke Bremer auffordernd an.

Silke schaute beinahe traurig. »Jede Menge Eintragungen, aber nichts, was uns irgendwie weiterbringen könnte.« Sie legte die Ausdrucke auf seinen Schreibtisch. »Da ist viel Mist dabei. Viele meinen, sie müssten ihren Senf beisteuern, auch wenn es gar nichts mit der Sache zu tun hat. Sind denn Anrufe eingegangen? Da steht doch auch unsere Telefonnummer dabei.«

»Da war so ein Mann dabei, der meinte, wir sollten die Chinesen durchleuchten. Von wegen gelber Gefahr und so. Irgend so ein dummes Geschwätz.« Silke hob abwertend ihre Hand.

»Chinesen? Da waren Chinesen in Rehheim unterwegs.« Jörg schaute wie um Bestätigung heischend zu Melanie.

»Ich habe hier Halterabfragen von Autos, deren Fahrer in Rehheim waren und in Frage kommen, Grönert bei sich zu Hause aufgesucht zu haben.« Sie wies auf die Namens- und Adressliste, die vor ihr lag. »Da ist ein chinesischer Geschäftsmann dabei. Ich habe in seinem Büro angerufen, die Mitarbeiterin sagte mir, Herr Wang sei zurzeit in der Gegend hier unterwegs, um Geschäftsbeziehungen zu knüpfen, gemeinsam mit einem Berliner Adeligen. Ich vermute mal, dass der Adelige ihm einen seriösen Anstrich verpassen soll. Der heißt Reymar Oleander von Waschwitz.«

»Wenn der Herr Wang immer noch in der Gegend ist, wird er doch sicher einer freundlichen Einladung zu uns Folge leisten?« Klöppner sah sie fragend an.

»Morgen um zehn Uhr kommt er hierher.« Melanie beugte sich leicht vor. »Ihr Mann?« Sie selbst hatte keinerlei Lust auf preußische Adelige mit Wappen auf der Visitenkarte. Sie stellte sich darunter jemanden mit obsoletem Standesdünkel vor. Womöglich wollte der noch mit Durchlaucht angesprochen werden. Nicht mit ihr.

»Gut«, Klöppner nickte, »ich übernehme ihn.«

Es brummte in Melanies Hosentasche. Sie zog ihr Mobiltelefon heraus. Die Nummer, die das Display zeigte, kam ihr unbekannt vor. Trotzdem nahm sie den Anruf entgegen.

Aus dem Handy drang ein Stammeln. Was sollte das? »Bitte sprechen Sie deutlich!«, schnauzte sie.

»Etwas … Furchtbares. Kommen … Sie, schnell.«

Melanie richtete sich auf. »Wer spricht bitte?«

»Streicher … Sie waren bei mir. Und ich soll … mich melden … wenn was ist.«

»Ganz ruhig, Herr Streicher, was ist denn passiert?«

»Kommen Sie, bitte.« Die Verbindung war unterbrochen.

Melanie zeigte auf Jörg. »Kommst du mit? Ein ganz seltsamer Anruf von dem Schauspieler, dem Streicher. Faselte etwas davon, dass etwas Furchtbares passiert sei und ich soll doch sofort kommen.«

Jörg sagte gedehnt: »Sollen wir schon mal eine Streife vorausschicken?«

Melanie verneinte mit einem Kopfschütteln. »Lass mal, ich glaube, der hat einen Hang zur Dramatik. Ich möchte jetzt aber ungern allein zu ihm fahren. Kommst du mit?«

»Sie fahren grundsätzlich zu zweit!«, schnauzte Klöppner sie an.

»Beleuchtung aufs Dach?«, fragte er, als sie im Auto saßen.

»Ja, mach mal, damit kommen wir schneller aus Mannheim raus.«

Während Melanie einen schnellen Sprint auf der Bismarckstraße vollführte, ließ Jörg das Seitenfenster herunter und befestigte die blaue Lampe mit einem routinierten Griff auf dem Autodach.

»Über die Autobahn, oder?«, überlegte Melanie laut und bretterte am Stadtteil Schwetzingerstadt vorbei.

»Geht wahrscheinlich schneller, ja«, Jörg klammerte sich an der Armlehne fest, »nimm die Autobahn.«

Melanie steuerte vor dem Planetarium scharf rechts vorbei auf die Autobahn. Die Schilder mit der Aufschrift ›70‹ ignorierte sie. Das blaue Licht verschaffte ihnen freie Fahrt auf der Überholspur.

Melanie raste wie der Henker, auf der Haarnadelkurve von der Talstraße auf den Weg zu Streichers Haus fuhren sie kurz auf zwei Rädern. Melanie schaltete den Gang herunter und nahm energisch die Steigung in Angriff. Der Motor jaulte auf wie ein gequältes Tier. Melanie trat das Pedal durch.

Jörg griff sich an die Stirn. »Übst du für die Formel 1, oder was?« Er hielt sich nun mit der rechten Hand am Handgriff über dem Fenster fest, mit der linken stützte er sich am Sitz ab. »Wusste gar nicht, dass du noch einen Nebenjob hast.«

Melanie fauchte ihn an. »Volltrottel!« Ums Haar hätte sie einen Hasen überdimensionierten Ausmaßes überfahren, der mit wehenden Ohren quer über die Fahrbahn hopste.

»Vielleicht wären wir doch besser über die Treppe …?«, warf Jörg in der nächsten rasant genommenen Kurve ein.

»Mit deiner Kondition?« Melanie lachte spöttisch und schnitt die nächste Kurve.

»Ich gehe zwei Mal in der Woche zum Pistenhuber!« Jörg zwang sich regelmäßig abends ins Fitnessstudio. Wobei Barbara akribisch genau darauf achtete, dass er nicht zu lange dort blieb und womöglich noch einen Fitnessdrink an der Bar nahm. »Den Drink kannst du zu Hause nehmen«, war ihre gängige Rede. »Und das Essen dazu auch. Appetit kannst du dir unterwegs holen, aber gegessen wird zu Hause!« Jörg wusste, wie das gemeint war. Glotzen im Fitnessstudio war erlaubt, anfassen nicht. Damit war Barbara immerhin schon großzügiger als ihre Vorgängerin, mit der Jörg zwei Jahre zusammen war.

Bevor das Getriebe restlos ruiniert war, waren sie oben angekommen. Und gottlob ohne Gegenverkehr. Melanie legte vor dem Haus eine Vollbremsung ein.

»Ey Mann!« Jörg schnallte sich ab. Er rieb mit beiden Händen über sein Gesicht.

Melanie sprang aus dem Wagen. Mit einem Blick erfasste sie die Haustür. »Nimm den Fotoapparat aus dem Handschuhfach mit!« Sie schlug mit der flachen Hand aufs Wagendach. »Du hältst die Schweinerei hier fest und ich suche nach Streicher!«

Die Bescherung an der Haustür war wirklich ekelhaft, Melanie zog eine angewiderte Grimasse. Auf ein sensibles Gemüt konnte sie verstörend wirken. Die Tür war nur angelehnt, sie stieß sie mit der Fußspitze vorsichtig auf.

Sie betrat den Flur und rief laut: »Herr Streicher! Ich bins, Melanie Härter, und mein Kollege Jörg Kenner!« Sie suchte in der Küche nach ihm und im salongroßen Wohnzimmer. Keine Spur von ihm. Ob er in seinem Schlafzimmer war? Melanie öffnete die Tür, hinter der sie diesen Raum vermutete. Ein ungefähr 50 Quadratmeter großes Zimmer tat sich vor ihr auf. Das lackschwarze Bett in der Mitte war das einzige Möbelstück in diesem Raum, abgesehen von der komplett verspiegelten Decke. Sie entdeckte eine zweite Tür. Sie eilte hin und riss sie auf. Offenbar hatte sie das Ankleidezimmer gefunden. An langen Reihen hingen Hosen und Jacken, in Regalen stapelten sich Hemden und andere Oberteile. Längs den Wänden standen geschätzt 50 Paar Schuhe. Aber auch hier war der Schauspieler nicht.

Nun betrat sie das Badezimmer. Die Front des Zimmers zum Tal hin war raumhoch verglast und bot einen atemberaubenden Ausblick. Hinter den fernen Kirchtürmen der Ladenburger Altstadt reckten sich die Türme des Mannheimer Kraftwerks.

Sie hatte ihn gefunden! Jonathan W. Streicher saß auf der Toilette. Er winkte schwach ab und stieß ein heißeres »Bitte« hervor.

Aufs Peinlichste berührt zog Melanie rasch die Tür von außen zu. »Wir warten in der Küche auf Sie!«, rief sie ihm zu. Sie starrte auf den Türgriff, den sie eben angefasst hatte. Der kostete vermutlich so viel, wie sie in einer Woche verdiente.

Es dauerte eine Weile, bis Streicher in die Küche kam. Er schleppte sich mühsam zu einem der Stühle. Er war sichtlich angeschlagen. »Schalten Sie bitte den Kaffeeautomaten ein?«, wandte er sich an Melanie. »Sie haben die Bescherung gesehen. Ich bin mit den Nerven völlig herunter.«

Jörg schaute sich anerkennend in der Küche um und nahm ihm gegenüber Platz. »Wann haben Sie das entdeckt?« Er hielt ihm das Display der kleinen Digitalkamera unter die Nase.

Streicher wurde noch eine Spur blasser. »Ich habe sofort angerufen. Kurz vorher also«, Streicher drehte sein Gesicht in Richtung Melanie, »habe ich es gesehen. Ich kam von einem Termin in Mannheim nach Hause. Ich war so euphorisch. Und dann das. Diese schlimme Geste der Verachtung. Es hat mich bis ins Mark getroffen. Das können Sie mir glauben. So etwas steckt niemand so leicht weg.«

Jörg übernahm das Wort: »Die Kollegen von der Spurensicherung sollen gleich kommen und schauen, ob sie was finden. Ansonsten ist das schon komisch. Die schwarze ausgeweidete Katze wurde an Ihre Haustür genagelt, so wie Manfred Grönert an das Weinfass auf der Mannheimer Mess.«

Streicher riss die Augen auf. »Sie meinen, das könnte auch eine Warnung an mich sein?« Er sprang auf, warf dabei den Stuhl um. Er drückte sich an die Wand. »Ich verlange Personenschutz! Mein Gott, ja! Das Ganze ist eine Warnung! Ich soll so enden wie Grönert!« Er bedeckte mit seinen Händen sein mageres Gesicht und schluchzte hysterisch.

Melanie wurde das unangenehme Gefühl nicht los, dass er sie beide zwischen den Fingern hindurch beobachtete. »Beruhigen Sie sich, Herr Streicher. Da hat Ihnen jemand einen Streich spielen wollen.«

Nun wurde Streichers Stimme sehr laut: »Frau Kommissarin! Ich bitte Sie! Das überschreitet die Grenzen eines Streiches, wie Sie es ausdrücken, bei Weitem!« Mit ausgebreiteten Händen forderte er erneut: »Ich will Personenschutz! Und zwar noch heute!«

Jörg schüttelte den Kopf. »Es tut mir leid, Herr Streicher, den werden Sie wegen einer an Ihre Haustür genagelten schwarzen Katze nicht kriegen. Da müsste schon was anderes vorliegen.«

»Ja, was denn noch? Muss ich erst noch selbst angegriffen werden? Außerdem zeigt das doch, dass ich beobachtet werde! Das passierte genau dann, als ich weg war.« Er sank in sich zusammen. »Ich werde beobachtet! Jemand ist hinter mir her.«

Melanie stellte eine Tasse Kaffee vor Streicher. »Nun nehmen Sie erst mal einen Schluck.« Sie griff nach ihrem Mobiltelefon und bestellte die Spurensicherung zur Villa. »Und fahrt den Berg von hinten hoch, die Stufen sind sehr steil. Da müsst ihr sonst eure Ausrüstung hochschleppen.«

Jörg verdrehte die Augen in Erinnerung an die Fahrt.

Er traute diesem Schauspieler nicht. Wenn der nur halb so windig war wie die Person, die er in dieser unsäglichen Fernsehserie spielte, dann hatte er womöglich das arme Tier selbst an seiner Haustür drapiert. Und dieses übertriebene Gehabe! Der Typ ging ihm so was von auf den Geist. »Ich schaue mich draußen nochmals um!« Mit diesen Worten öffnete er die Tür und war weg.

Er war kurz draußen, als im Flur Schritte zu hören waren. Melanie dachte, Jörg käme wieder zurück, deshalb sah sie gar nicht zur Tür. Die wurde aufgeschoben und ein Mann trat herein. Der sprach zu Streicher. Nun schaute Melanie ihn doch an.

Melanie glaubte, ihren Augen nicht zu trauen. Mit dem Typen hatte sie auf gar keinen Fall gerechnet. Wieso kam der hierher? War das der Verwalter von Streicher? Wieso war ihr das bisher entgangen? Als Kommissarin hätte sie das doch herausfinden müssen! So eine blöde Panne. All die Jahre war sie ihm aus dem Weg gegangen und nun stand er plötzlich vor ihr. Ganz nah war er, sie konnte sein Rasierwasser riechen. Es stank billig, das passte zu ihm. Sie versteifte sich. Die Härchen auf ihren Armen und im Nacken stellten sich auf. Ihr Atem wurde kurz heftig. Wie hätte sie diese Visage je vergessen können! Jetzt bloß nicht hyperventilieren! Nur keine Angst zeigen vor dieser Sau! Das war leichter gesagt als getan. Mit Wucht war es wieder da, dieses lang vergessene Gefühl, wie sie sich nur zu gern eingeredet hätte. Es überrollte sie voller Wucht und knallte sie beinahe gegen die Wand. Sie hätte sich am liebsten übergeben. Jetzt gleich, auf die Schuhe des Typen.

»Darf ich Ihnen meinen Verwalter vorstellen, Kurt Laubenholz. Ihm obliegt die Bewirtschaftung meines

Weinbergs.« Jonathan W. Streicher hatte eine unangenehme Art, das Wort ›meines‹ zu betonen.

Kurt Laubenholz beachtete die Frau überhaupt nicht und verzog lediglich angewidert das Gesicht. Da war es, dieses Herr-Knecht-Gefüge, auf das Streicher derart viel Wert legte. Jedem Fremden gegenüber musste er sofort immer klarstellen, dass ihm das Weingut gehörte. Diesem Nichts, der zur Not eine weiße von einer blauen Traube unterscheiden konnte. Womit seine Fähigkeiten als Winzer als erschöpft betrachtet werden konnten.

»Ist Ihnen nicht gut, Frau Kommissarin?«, fragte Streicher plötzlich und sah sorgenvoll aus. »Gell, diese Katze an der Haustür, das war richtig ekelhaft. Und nun ist Ihnen auch schlecht.«

»Ja, das war eklig.« Melanie vermied es, Kurt Laubenholz anzuschauen. Der kurze Blick auf ihn hatte ihr genügt. Und Streicher hatte ja auch noch seinen Namen genannt. Als ob man ihr den sagen müsste, als ob sie den nicht selbst zur Genüge kannte, auch wenn sie versucht hatte, diesen ekelerregenden Namen aus ihrem Gedächtnis zu bannen. Reiß dich zusammen, gab sie an sich selbst die Devise aus. »Ich sollte besser an die frische Luft, mein Kollege wird Ihren Verwalter befragen.«

Sie fühlte beinahe Streichers Blick im Rücken, als sie hinausstolperte. Und er? Kurt Laubenholz? Hatte er sie ebenfalls erkannt? Oder war sie für ihn nur eine von vielen, die er bis aufs Blut geärgert und malträtiert hatte? Waren ihr Gesicht und ihr Name seinem Gedächtnis entschwunden? Und dieses Einsperren in den Schweinestall, das sie für viele Monate zur Bettnässerin werden ließ und ihr grauenhafte Albträume bescherte? Die zum Glück immer seltener wurden mit den Jahren und sie deshalb glauben mochte, dass sie alles vergessen habe. Auch deshalb, weil sie nie mit jemandem darüber sprach. Was gab es schon Besseres als zu vergessen?

Draußen lehnte sie sich an die Hausmauer. Ihr Puls war abgesackt, sie fühlte sich schlapp und elendig.

Jörg sah sie, kam sofort zu ihr und wollte wissen, was los sei.

»Mir ist ein bisschen schlecht«, mogelte Melanie und vermied seinen Blick.

»Soll dich die Streife heimfahren?« Er betrachtete sie sorgenvoll.

»So ein Quatsch, es geht gleich wieder. Ich brauche nur frische Luft, das ist alles. Ich nehme die Treppe nach unten und gehe zu meinen Eltern. Die haben bestimmt Aspirin im Haus.« Sie löste sich unwirsch von der Mauer und bewegte sich ein paar Schritte von ihm weg. Dann drehte sie sich um. »Kannst du mir einen Gefallen tun?« Jörg nickte.

»Dann geh da rein und befrage den Verwalter von Streicher. Du weißt ja, was Sache ist.« Ohne seine Antwort abzuwarten, ging sie zur Treppe und machte sich wackelig an den Abstieg.

Jörg sah ihr nach. Irgendwas stimmte nicht mit Melanie. Ihr wurde doch sonst nicht so leicht schlecht, nicht mal bei Leichenöffnungen, die Frau steckte vieles weg und war weiß Gott keine Zimperliese. Irgendwas war da drinnen vorgefallen, das stand für ihn fest. Aber was? Konnte er jetzt da reingehen und Streicher danach fragen? Vielleicht erzählte der von selbst, wenn etwas vorgefallen war. Oder war womöglich etwas ganz anderes die Ursache und seine Kollegin war krank? Hoffentlich war es nichts Ernstes, er arbeitete gern mit ihr zusammen und konnte sich nicht vorstellen, mit einer neuen Kollegin zusammenzuarbeiten. Sie waren so ein aufeinander eingespieltes Team. Beinahe waren sie wie ein altes Ehepaar. Auch wenn der Sex seiner Meinung nach eindeutig zu kurz zwischen ihnen kam.

Jörg stieß die Tür auf und musterte Kurt Laubenholz aufmerksam. War er vielleicht der Grund für Melanies Aufruhr? Er schob den Gedanken beiseite und nickte Jonathan W. Streicher zu. »Meine Kollegin lässt sich entschuldigen. Ich werde die Befragung für sie durchführen.«

Kurt Laubenholz fuhr hoch. Er wusste nicht, weshalb die Kommissarin abgehauen war. Er hatte die sowieso wenn überhaupt nur ganz flüchtig angesehen, aber auf ihn wirkte sie zickig und deshalb interessierte sie ihn nicht weiter. Von Kommissarinnen hielt er sich lieber fern. Frauen, die mit einer Waffe umzugehen wussten, hielt er sich besser auf Abstand. Nun schnauzte er Jörg an: »Befragung? Weshalb Befragung? Bin ich verdächtig? Hat mich so eine Ratte aus dem Dorf angeschwärzt?« Seine Frage blieb unbeantwortet im Raum hängen. »Die pfeifen zusammen und suchen gern einen, dem sie was anhängen können.«

Jörgs Augen wurden kühl »Und wer ist die?«

Kurt Laubenholz vergaß für einen Moment, dass Streicher neben ihm stand. »Das sind die ganzen Winzer hier!« Er fuhr mit seinem Arm durch die Luft und machte eine weit ausholende Geste. »Das ist doch alles ein Pack. Haben irgendwann mal geerbt und spielen sich nun auf wie Großgrundbesitzer. Pah! Dabei ist unser Wingert der größte hier!«

Streicher schenkte ihm einen langen Blick »Soweit ich weiß, ist es mein Wingert. Sie sollten sich zügeln, Sie stammen doch selbst von hier!«

Jörg hielt sich raus und beobachtete sie. Es war gut, wenn die beiden sich gegenseitig hochschaukelten, da verrieten sie womöglich mehr, als wenn sie nur Antworten auf seine Fragen gaben.

Kurt Laubenholz lief rot an. »Natürlich stamme ich von hier! Ich bin ein gebürtiger Rehheimer! Und kein Neigeplackter, so wie Sie! Was meinen Sie denn, wie weit Sie hier kämen, ohne mich? Wenn den Wingert jemand anders bewirtschaften würde als einer aus dem Dorf, dann wäre hier aber was los, das können Sie mir glauben!«

»Meine Güte, dann habe ich ja richtiges Glück, Sie eingestellt zu haben!« Streichers Tonfall troff vor Ironie. »Womöglich sollte ich Ihr Gehalt aufbessern?«

Kurt blaffte ihn an. »Sparen Sie sich Ihren Sarkasmus!«

Nun wurde Streicher nachdenklich. »Sie haben recht, Laubenholz, da draußen rennt ein Irrer herum, der Lebewesen an Holz nagelt. Erst den Grönert, und dann die Katze.«

»Das war doch nur ein Vieh«, stieß Laubenholz verächtlich hervor.

»Ein Vieh?«, begehrte Streicher auf. »Auch Katzen sind Lebewesen! Sie werden sich doch nicht erdreisten, Tieren ihr Recht auf Leben abzusprechen!« Seine Augen funkelten. »Und überhaupt, das Ganze war doch eine Warnung für mich! Ich war doch eigentlich damit gemeint! Dieser Irre will mich als Nächstes an die Wand nageln, warum nur glaubt mir denn keiner!« Er hob beide Hände und deutete eine Kreuzigungsszene an: »Der will mich! Ich brauche Personenschutz!« Sein Vorwurf war auf Jörg gezielt.

Dessen Blick galt Kurt Laubenholz. Dieser Typ schien dem erfahrenen Polizisten plötzlich unheimlich interessant zu sein. Jörg roch es förmlich, wenn etwas faul war an jemandem. Und dieser Kurt Laubenholz, aufbrausend wie er war, gehörte nicht zu den angenehmen Zeitgenossen, so viel stand für ihn fest. Er war verletzlich und litt offenbar darunter, dass der Wingert ihm nicht selbst gehörte. Neid war ein gutes Motiv – neben Hass und Eifersucht gehörte es zu den Top Ten der besten Mordmotive. »Ihr Verwalter kann diese Aufgabe übernehmen. Wie wäre es, wenn Sie für eine Weile hier einziehen?« Jörg musterte Laubenholz aufmerksam.

Dessen Augen leuchteten kurz auf: »Ich soll hier wohnen?«

Jonathan W. Streicher zog ein angewidertes Gesicht. »Ich soll den den ganzen Tag um mich haben?« Ihm fielen mit Schaudern Laubenholz' grauenvolle Essgewohnheiten ein. Die wenigen Male, die er ihn eine Mahlzeit einnehmen sah, hatten ausgereicht, um seinen Verwalter in die Kategorie ›kultureller Vollbanause‹ einzustufen.

»Es wäre eine Möglichkeit, Herr Streicher. Ich kriege keinen Personenschutz für Sie durch, nicht beim gegenwärtigen Stand. Das ist völlig ausgeschlossen. Und Herr Laubenholz«, hier lächelte Jörg verbindlich, »kennt sich doch hier bestens aus, nicht wahr? Sie kennen Rehheim doch wie Ihre Westentasche, wenn Sie von hier stammen. Ihnen macht hier keiner was vor.« Er beobachtete ihn aufmerksam.

Kurt Laubenholz entspannte sich. »Mir macht keiner was vor, das haben Sie richtig erkannt.«

Jonathan W. Streicher hatte wohl einen Entschluss gefasst. »Gut, Laubenholz, wenn mich denn gar niemand anders beschützen kann, dann eben Sie. Ich lasse Ihnen das Gästezimmer fertig machen. Aber!« Er fuchtelte mit dem Zeigefinder vor Laubenholz' Nase herum: »Die Mahlzeiten nehmen Sie nicht mit mir ein!«

Laubenholz starrte ihn verständnislos an. Wieso wollte der nicht mit ihm essen? Dieser überkandidelte Typ hatte einen an der Waffel, was hieß einen, gleich mehrere hatte dieser Spinner an der Waffel. Er selbst fand es gut, hier einzuziehen. Vielleicht war das ein erster Schritt. Von was? Man würde sehen, was die Zukunft ergab. Kurt würde jede sich bietende Chance nutzen, so viel war für ihn klar. Hatte dieser Schauspieler überhaupt einen Erben? Er könnte ja ihn als Erben einsetzen? Nun zog er erstmal in das schöne Haus ein, das er liebend gern selbst bewohnen würde, dann würde er weitersehen. Vielleicht war der Typ schwul und spielte das nicht nur. Obwohl – mit *dem* in die Kiste springen? Da hatte er wirklich keinerlei Lust dazu. Außerdem beteuerte der Schauspieler doch selbst bei jeder Gelegenheit in der Öffentlichkeit, den Schwulen nur zu spielen und eigentlich heterosexuell zu sein.

»Was ist?«, fauchte Streicher ihn an. »Was schauen Sie so griesgrämig? Glauben Sie mir, auch ich kann mir weitaus Schöneres vorstellen, als mit Ihnen unter einem Dach zu wohnen.«

30

Melanie hatte sich mühsam die Treppen nach unten ins Dorf geschleppt, die Hand am Treppenlauf. Sie wollte weg von da oben. Niemand sollte ihr jetzt Fragen stellen, vor allem Jörg nicht. Etwas war in ihr aufgebrochen, etwas, das ganz tief unten in ihrem Unterbewusstsein gebunkert war. Seit Jahren schon hatte sie nicht mehr zugelassen, dass dieses Bild hochkam und sie wollte dies auch jetzt nicht. Ihre Knie waren weich wie Butter, sie wunderte sich darüber, dass sie nicht nachgaben und sie gehen konnte. Es war von der Treppe nicht weit zum Haus ihrer Eltern. Sie schaltete ihr Mobiltelefon aus. Sie wollte jetzt für niemanden erreichbar sein. Schon gar nicht wollte sie irgendetwas über die Befragung dieses Wesens hören, dem sie seit so vielen Jahren erfolgreich aus dem Weg gegangen war.

»Kind, wie siehst du denn aus?«, Susanne fuhr der Schreck kreidebleich ins Gesicht, als sie ihrer Tochter öffnete. »Komm herein!« Sie führte sie in die Küche und drückte sie aufs Sofa. »Was ist denn los? Ist dir der Leibhaftige begegnet, oder was?« Susanne setzte sich neben sie und legte den Arm um ihre älteste Tochter.

Melanie blickte mit großen Augen ins Leere. Ihre Lippen zitterten. »Mama …«, dann verstummte sie.

Susanne nahm ein Geschirrtuch und hielt es unter den kalten Strahl im Spülbecken. Sie drückte Melanie in Liegeposition und legte das nasse Tuch auf Melanies Stirn. »Mellie, meine Kleine, was ist denn los?«

Melanie schaute stumm an die Decke.

Susanne bekam eine dumpfe Ahnung davon, was ihre Tochter derart aufrührte. »Melanie, ist es wegen damals? Was ist denn passiert?« Und als Melanie nichts sagte: »Ich rufe unsere Ärztin an, die soll kommen.«

Doch Melanie griff nach der Hand ihrer Mutter, krallte sich daran fest und ließ sie nicht los. »Dableiben, Mama, nicht weggehen.«

Manfred Härter betrat die Küche. Sein Blick fiel sofort auf Melanie. Mit einem Satz war er bei den beiden. Er wechselte einen sorgenvollen Blick mit seiner Frau. Susanne befahl ihm, sofort die Hausärztin zu holen »Sofort, hörst du? Die soll sich nicht unterstehen, uns warten zu lassen!«

»Ist das ... wegen damals?«, stammelte Manfred.

»Ich weiß es nicht, sie sagt ja nichts. Genau wie damals.« Nun herrschte Susanne ihren Mann barsch an: »Hol die Ärztin!«

Dr. Heidelore Nader verpasste Melanie eine leichte Beruhigungsspritze. Sie nahm Susanne Härter mit in den Flur, um sich ungestört mit ihr unterhalten zu können. »Frau Härter, der Zustand Ihrer Tochter gefällt mir überhaupt nicht. Was ist denn passiert?«

Susanne schluchzte. »Ich weiß es doch auch nicht! Aber irgendwie wirkt sie so wie damals, als ich sie gefunden habe. Da ist halt was gewesen, als die Melanie klein war. Sie war plötzlich weg und wir suchten den ganzen Nachmittag nach ihr. Irgendjemand hatte sie in den Schweinestall von den Kirchbergers eingesperrt, wenige Straßen von uns entfernt. Das Kind hat nie gesagt, wer das war.«

Die Ärztin überlegte. »Sie hat es nicht erzählt?«

Susanne schüttelte mit dem Kopf. »Nein, wir haben versucht, es aus ihr herauszukriegen, aber da kennen Sie unsere Melanie schlecht. Wenn die etwas für sich behalten will, dann ist das wie in Beton versenkt. Da kommt nichts aus ihr raus.«

»Waren Sie denn bei keinem Psychologen?«

Ein neuerliches Aufschluchzen durchzuckte Susannes Körper. »Was denken Sie! Selbstverständlich haben wir das versucht. Aber die Melanie hat nur Migräne gekriegt, wenn sie bei dem Psychologen war und der hat dann gesagt, wenn das Kind sich derart sperrt, hat das Ganze keinen Sinn. Die hat da völlig abgeblockt.« Die Hilflosigkeit von damals spiegelte sich in ihrem Gesicht. »Mein Mann hat dann gemeint, wir lassen sie jetzt einfach in Ruhe und dann wird sie schon alles vergessen.«

Dr. Nader blickte streng. »So etwas vergisst man nicht, Frau Härter. Ich vermute, Ihre Tochter hat heute irgendetwas erlebt, das sie ganz akut an die Situation damals erinnert hat. Versuchen Sie herauszufinden, was heute passiert ist.« Sie zuckte mit den Schultern. »Wenn sich ihr Zustand bis heute Abend nicht bessert, schreibe ich Ihnen eine Überweisung.«

Susannes Augen wurden kreisrund. »Eine Überweisung?«, echote sie.

Dr. Nader legte ihre Hand auf Susannes Arm. »Ihre Tochter braucht Hilfe, Frau Härter. Ganz dringend professionelle Hilfe. Ich bin nur Hausärztin, ich kann da nicht weiterhelfen. Schauen Sie doch mal da hinein auf das Häufchen Elend, das da liegt. Man kann im Leben nichts verdrängen, irgendwann kommt doch alles wieder hoch. Glauben Sie mir, ich weiß das aus eigener

Erfahrung. Ihre Tochter sollte eine Therapie machen, unbedingt.«

Susanne schüttelte traurig ihren Kopf. »Da wird nichts zu machen sein. Die Melanie ist wahnsinnig stur.«

»Wie Sie meinen, Frau Härter. Ich gehe jetzt wieder, ich kann nicht mehr für Ihre Tochter tun. Denken Sie darüber nach, ob Sie sie nicht doch überreden können, diese Episode gemeinsam mit einem Therapeuten aufzuarbeiten. Sie kann das doch nicht ewig mit sich herumschleppen!«

Dr. Nader streckte Susanne die Hand hin und schüttelte sie kräftig, so, als wolle sie sie wachrütteln.

Susanne nahm das Zuklappen der Haustür wahr. Die Erinnerung an ihre eigene Hilflosigkeit im Umgang mit dem zu Tode verängstigten Mädchen vor vielen Jahren überrollte sie mit Wucht. Wie in Trance blieb sie noch eine Weile stehen, bevor sie in die Küche zurückging. Die Glastür zur Küchenterrasse stand offen. Von Melanie keine Spur.

31

Das Mobiltelefon in Kurt Laubenholz' Hosentasche surrte. Er war in seiner Wohnung und packte ein paar Sachen für seinen Aufenthalt in Streichers Villa zusammen. »Ja?«, schnauzte er kurz angebunden ins Telefon.

»Dein neues Fass ist angekommen, Kurt. Wann soll ich es liefern?«

»Morgen! Und Preis wie immer.«

»Alles klar, 30 Prozent Aufschlag, wie immer, Kurt.«

Laubenholz steckte das Telefon wieder weg. Der Schauspieler war so blöd und hatte keinen blassen Dunst von realen Preisen. Kurt ließ Lieferanten fingierte Rechnungen ausstellen, die einen weit höheren Preis auswiesen, als er tatsächlich für die Waren bezahlte. Wie die das in ihrer eigenen Buchhaltung dann hintricksten, interessierte ihn nicht. Jedenfalls war die Differenz ein sattes Zubrot für ihn. Außerdem erfüllte es ihn mit tiefer Genugtuung, den Schauspieler auszutricksen. Der führte sich derart als sein Chef auf, das ärgerte ihn ganz gewaltig. Und ihn hinter seinem Rücken auszunehmen, das war schon ein tolles Ding. Solange die Lieferanten mitspielten und sich damit ihre Absatzquelle sicherten, war Kurts kleine Schieberwelt in Ordnung. Auch die Handwerker, die er bestellte, manchmal öfters als eigentlich nötig, arbeiteten ihm in dieser Hinsicht zu. Kurts Gesicht bekam einen schmierigen Ausdruck. Für Geld waren sie doch alle zu kriegen, da waren sie alle gleich. Da galt er plötzlich als ihresgleichen, wenn es was zu verteilen gab. Er spie verächtlich aus. Da war es dann wieder egal, dass er lediglich Angestellter des Schauspielers war. »Wer zahlt, schafft an«, hatte seine Großmutter immer gesagt. Seine Großmutter, ja, die sollte er mal wieder besuchen. Elvira war von derart erstaunlicher Robustheit, dass sie sogar seine Mutter überlebte. 90 Jahre würde sie bald. Seine Mutter hingegen – er wischte den Gedanken wieder weg. Vielleicht wäre sie auch älter geworden, hätte sie sich nicht selbst an den Rand des Grabes gesoffen, in das sie schließlich fiel. Ein Mann hatte der gefehlt, ein richtiger Kerl, der hätte sie hart drangenommen und dann wäre Schluss gewesen mit diesem liederlichen Leben. Kurt zog den Rotz hoch. Eine Schlampe war seine Mutter gewesen, eine kleine Schlampe, die auch noch blöde genug war, nicht mal Kohle aus ihrem Lebenswandel zu schlagen. Aber eines musste er ihr lassen, das zollte ihm früher beinahe Achtung ab. Nie hatte sie ihm verraten, wer sein Erzeuger war, sondern immer eisern zu diesem Thema geschwiegen, egal wie drängend er sie befragte. Bis ihm selbst mit zunehmenden Alter der Verdacht kam, sie wusste es schlicht nicht. Es kamen wohl mehrere dafür in Frage und sie konnte sich nicht festlegen. Sie war eben doch einfach nur eine Schlampe. Kurt spie aus.

32

Elli befand sich auf dem Weg in das Bistro, das so viele Jahrzehnte ihres gewesen war. Vor wenigen Jahren hatte ihre Tochter Susan den Gastronomiebetrieb von ihr übernommen. Eigentlich wollte Elli nie aufhören, aber es ging einfach nicht mehr. Ihr Rücken machte nicht mehr mit. Das Bistro war Ellis Leben gewesen, und es fand auch zur Hauptsache in diesen Räumen statt. Ihr Mann hatte die Küche gemacht und ansonsten Elli in Ruhe das Geschäft machen lassen. Norbert war glücklich gewesen, wenn er kochen konnte. Der Rest war ihm egal, solange Elli ihn nur in Ruhe den Kochlöffel schwingen ließ. Norbert war seit zehn Jahren tot. Sein

Fehlen hatte Elli noch kaum bemerkt. Susan hatte das alte Bistro zum Leidwesen ihrer Mutter völlig entkernt und eine moderne Kaffeehausstube daraus gemacht. Dabei war Susan selbst nicht mehr so ganz taufrisch, beinahe 50 musste sie werden, bis ihre Mutter endlich die Übergabe machte und sie von der Bedienung zur Inhaberin aufstieg. Immerhin hatte sie mit der Abdankung ihrer Mutter etwas erreicht, worauf Prinz Charles noch immer vergeblich wartete.

»Fehlen nur noch amerikanische Plastikbecher«, das war alles, was Elli an Kommentaren zu dem schicken Interieur zu entlocken war. Aber an einem hielt sie hartnäckig fest: Das war das kleine Hinterzimmer. Hier waren jahrzehntelang sämtliche wichtigen Entscheidungen Rehheims lang und breit diskutiert und entschieden worden, lange bevor sie in die Gremien des Gemeinderats eingingen oder überhaupt in irgendeiner Form nach außen drangen. Die nikotinverfärbte Raufasertapete und die verräucherten Vorhänge aus den 60er-Jahren hätten viel zu erzählen gehabt, wenn sie es denn gekonnt hätten. Verschwiegenheit war das oberste Gebot des Clubs, so hätten sie sich selbst nie bezeichnet. Sie betrachteten sich als Freunde, die zusammenhielten wie Pech und Schwefel. Auch wenn es wohl eher eine Zweckgemeinschaft war, die sie verband.

Selten kam Elli noch ins Bistro, seit es ihr nicht mehr offiziell gehörte. Selbst nicht mehr die Hauptperson in dem Laden zu sein, das entsprach nicht ihrem resoluten Naturell. So lange hatte sie im Hintergrund an den Fäden des öffentlichen Lebens in Rehheim gezogen und gedreht, nun fiel es ihr schwer, in eine Nebenrolle gerutscht zu sein. Dabei hätte sie lange genug schon Zeit gehabt, es zu begreifen, dass ihre besten Jahre vorüber waren. Die Welt hatte sich geändert, Elli nicht. Sie war immer dieselbe geblieben und verstand die Neuerungen, die um sie herum passierten, nicht mehr. Trotzdem hatte sich ihr kleiner Kosmos aufgeweicht, musste sich größeren Einflüssen beugen. Wenn sie kam, setzte sie sich in das alte Hinterzimmer, das Susan nicht antastete. Ihre Mutter hatte im Übergabevertrag dafür gesorgt, dass dies so bliebe. Denn Vertrauen mochte zwar für andere gut sein, Elli setzte lieber auf Kontrolle.

Susan hatte ihr wie immer, wenn sie kam, um eine Weile im Hinterzimmer zu sitzen, ihr übliches Gedeck gebracht. Dieses bestand aus einem Kännchen Old-Spice-Tee, einem Stück Bienenstich und einer guten Zigarre, die sie nach dem Verzehr des Kuchenstückes schmauchte. Und Susan wusste, dass ihre Mutter dabei nicht gestört werden wollte. Fuchsteufelswild konnte die werden, wenn man sie in ihrem Erinnerungsstübchen störte. Sie hatte ja sonst nicht mehr viel in ihrem Leben.

Elli saß trotz ihrer Rückenprobleme kerzengerade auf ihrem Stuhl. Haltung bewahren, das hatte sie schließlich ihr Leben lang gemacht und sie dachte nicht daran, das im hohen Alter zu ändern. Sie nahm vier Stückchen Zucker und ließ sie nacheinander in den Tee gleiten. Dann rührte sie um, bis sich die kleinen Würfel zur Gänze aufgelöst hatten. Sie nahm einen Schluck. Das tat gut, ein bisschen Wärme im Bauch. Was hatte sie hier für schöne Zeiten erlebt! Damals, als es am besten lief, als ihre Tochter noch ganz klein war. Sie lehnte sich zurück und schloss die Augen. Und dann sah sie alle vor sich, es war für sie wie damals.

Der groß gewachsene Bürgermeister Gerhard Androsch kam immer als Letzter. Die anderen Gemeinderatsmitglieder waren dann schon hier. Peter Kohl, Ottfried Fritz, Anselm Laubenholz, Holger Quint und Hans Wenzel. Kohl war Bauunternehmer, Fritz Straßenbauer, Laubenholz Notar, Quint der Leiter des örtlichen Kreditinstitutes und der Wenzel saß in der Baubehörde. Der Pfarrer Emil Most war auch immer dabei, ohne ihn lief gar nichts. Das ließ er sich nicht nehmen, der Herr Pfarrer, an wichtigen Stellen seine Nase im Spiel dabei zu haben. Es konnte gefährlich werden, ihn auszuschließen. Womöglich ließ er sich dann zu bösen Worten auf der Kanzel hinreißen. Und sagte vor Wahlen schon mal, welche Kreuzchen des lieben Herrgottes Wohlgefallen zu erwecken verstanden und welche ihm weniger gut gefallen würden. Und er nahm sich die Einzelnen, von denen er sich ausgeschlossen fühlte, persönlich im Beichtstuhl vor. Denn zur Beichte ging man, das gehörte sich so. Was hätten da sonst die Leute von einem gedacht.

Die stämmige Elli Biermeister war die einzige Frau in der Runde. Und nur sie brachte die Getränke und die Speisen, niemand sonst hatte Zugang zu der Runde, deren Treffen sie im Übrigen nicht an die große Glocke hängten. Persönlich wurde dazu immer eingeladen. Die Mitglieder achteten peinlichst darauf, nichts Schriftliches über ihre Treffen zu hinterlegen. Blöd waren sie schließlich nicht. Bloß keine Spuren legen.

Gerhard Androsch wischte sich die Brotkrumen aus seinem üppigen Schnauzbart. »Wenn ihr dann auch alle so weit wärt, können wir anfangen.«

Doch Hochwürden wollte noch einen Nachtisch.

Elli eilte in die Küche und holte einen Schokopudding mit Krokantklümpchen, den sie vor ihm abstellte. Das zierliche Löffelchen verschwand beinahe in Emil Mosts fleischigen Fingern. Als der letzte Schokorest aus dem Schälchen herausgekratzt und der Pfarrer endlich leidlich gesättigt war, eröffnete Androsch die Sitzung. »Wie ihr wisst, wird demnächst eine neue Straße gebaut, eine Umgehung um Rehheim herum.«

»Ist es endlich so weit?«

»Es hat länger gedauert, als uns lieb war, das stimmt. Der Gemeinderat wird die Baumaßnahme ausschreiben. Ottfried, das ist dein Ressort. Hast du deine Leute im Griff?«

Ottfried nickte behäbig. Seine Leute, das waren die anderen Straßenbauer in der Umgebung. Sie hatten sich heimlich zusammengetan und sorgten dafür, dass jeweils einer aus ihren Reihen das niedrigste Gebot abgab und dafür dann den Auftrag bekam. »Der Arnold Meier wäre der nächste. Der muss als Nächstes was kriegen.«

»Gut, Ottfried, dann sorge dafür, dass von ihm das billigste Angebot kommt. Dann kriegt er den Auftrag. Du weißt ja, wie es läuft.«

Emil Most beschäftigte die Frage, ob sein Bauch wohl noch bereit wäre, eine von Ellis Dampfnudeln aufzunehmen. Vielleicht sollte er aber auch noch damit warten. Er betrachtete den Nagel am kleinen Finger seiner linken Hand, den er besonders lange wachsen ließ und der ihm bei manchen körperlichen Reinigungsdiensten von Nutzen war. Aber andererseits, wenn er zu viel aß, wurde er leicht schläfrig davon. So hatte er bereits die eine oder andere Sitzung mit einem kleinen Nickerchen verschlafen, das wollte er heute auf keinen

Fall riskieren. Denn es stand noch etwas Wichtiges auf der Tagesordnung.

Alle wussten sie, dass noch etwas Wichtiges käme.

Gerhard Androsch räusperte sich. »Elli, mach schon mal eine Runde Kirsch fertig.«

Als Elli mürrisch nach draußen verschwunden war, meinte er zu der Runde: »Das ist jetzt wirklich wichtig. Wir bekommen einen ganz fetten Brocken nach Rehheim.« Er setzte einen bedeutsamen Gesichtsausdruck auf und schaute sie der Reihe nach über den Rand seiner Brille einzeln an, so als wolle er sie auf etwas Gemeinsames einschwören. »Es ist wichtig, dass wir zusammenhalten. Wenn wir den an uns binden, dann sind wir gemachte Leute.«

Damit hatte er die volle Aufmerksamkeit, sogar die des Pfarrers.

»Der Langwasser will einen neuen Firmensitz bauen.«

Hans Wenzel gab einen vielsagenden Pfiff von sich und schob seine dichten Augenbrauen nach oben. »*Der* Langwasser?«

»Genau, der Langwasser.« Androsch nickte so heftig, dass seine Wangen schlackerten.

»Wie viel beschäftigt der?« Quint wollte es mal wieder genau wissen. Seine Glatze glänzte im Licht der Glühbirne.

Androsch war präpariert. »1 200 Mitarbeiter. Und die kommen alle nach Rehheim. Wenn wir uns nicht dumm anstellen. Und er wird sich bald vergrößern. Dann stellt er noch mehr Leute ein.«

Dem Pfarrer klappte der Kinnladen herunter. »1 200?«

»Du kannst mit einer großzügigen Unterstützung deiner Kirche rechnen, wenn du von der Kanzel herunter nichts gegen den Neubau sagst.« Androsch machte eine bedeutungsvolle Pause. Er wusste, den Pfarrer konnte man schwer einschätzen. Man musste immer gleich zu Anfang seinen Nutzen herausstellen, dann hatte man eine Chance, ihn von Beginn an mit im Boot zu haben. »Also, so was kriegt man natürlich nicht ganz umsonst. Wir müssen ihm einen Baugrund zuweisen, den er deutlich billiger bekommt als in anderen Gemeinden. Auch mit dem Gewerbesteuersatz werden wir ihm entgegenkommen müssen.«

»Was macht denn der eigentlich?«, wollte Ottfried wissen.

»Medikamente.«

»Und was heißt das für uns, wenn der nach Rehheim kommt?«

»Erst mal Bauaufträge. Und dann Gewerbesteuereinnahmen. Und Vollbeschäftigung. Für alle Rehheimer.«

»Und was springt für uns dabei raus?«

»Wie immer die Bauaufträge. Und das eine oder andere Pöstchen. Ich spreche nächste Woche mit Herrn Langwasser persönlich.«

Peter Kohl, der die ganze Zeit über geschwiegen hatte, sagte: »Und wo soll die Firma hingebaut werden? Das wird doch ein Riesenbau!«

Der Bürgermeister nickte bedächtig. »Genau das ist das Problem. Ins Gewann soll die kommen.«

»Ins Gewann? Da läuft doch ein Antrag, dass dies ein Naturschutzgebiet wird. Das Verfahren ist doch schon so gut wie durch.«

»Dann müssen wir eben dafür sorgen, dass es an der richtigen Stelle eingestellt wird, dieses Verfahren.«

»Und wie willst du das bewerkstelligen?«

»Ich denke da an ein Sümmchen, das ich im Rahmen der Besprechung mit Herrn Langwasser heraushandeln werde.«

»Und was ist mit den Kröten, die dort wandern?«

»Also, diese dämlichen Viecher, da müssen wir dafür sorgen, dass es die bald nicht mehr gibt.«

»Einsammeln, das ist gut.«

»Wir müssen das irgendwie so drehen, dass es für die Viecher das Beste ist, wenn sie eingesammelt werden.«

»Und wo willst du sie hinbringen?«

»Am liebsten würde ich sie alle verbrennen. Aber wenn das jemand mitkriegt, ist das Geschrei groß. Wir werden sie umsiedeln müssen.«

»Umsiedeln?«

»Ins Ried, das ist feucht, da haben sie mehr Platz.«

»Ob wir dafür eine Genehmigung bekommen?«

»Pah, wir fragen nicht lange danach, wir machen das einfach.«

Elli stieß mit ihrem Fuß die Tür auf und stellte das Tablett mit den Schnäpsen so abrupt auf den Tisch, das die kostbare Flüssigkeit überschwappte. »Bleib bloß da, du Saubub!«, rief sie über die Schulter. Blitzschnell drehte sie sich um und fegte wieder zur Tür hinaus. Als sie diese erneut aufstieß, zerrte sie einen Jugendlichen in den Raum. »So, Bürschchen, und nun erklärst du mal, was du da draußen gemacht hast.« Zur Runde gewandt, stieß sie hervor: »Den habe ich beim Lauschen erwischt.«

Der Junge streifte verärgert Ellis Hand von seinem Arm. Er sah kein bisschen schuldbewusst aus, ganz im Gegenteil. Selbst nicht, als sein Großvater Anselm Laubenholz ihn mit den Augen maß und streng fixierte.

Von dem ließ er sich schon lange nichts mehr sagen. Seit er endlich groß genug war zum Zurückschlagen, wonach er sich lange inniglich gesehnt hatte, rührte der Alte ihn nicht mehr an. Feindselig starrte er ihn jetzt an.

»Was fällt dir ein?« Anselm stand auf. Dabei stieß er an den Tisch und es schwappte noch mehr von dem Kirschwasser über. Das braune Tablett glänzte feucht.

»Was macht der denn hier?« Der Bürgermeister ergriff das Wort. »Anselm, hast du zu Hause deinen Laden nicht in Griff?«

Der Junge schaute trotzig von einem zum anderen. »Ich weiß schon lange, dass ihr euch hier trefft. Und ich weiß auch genau, was ihr geredet habt. Ich habe alles mitgehört.«

Anselm wollte zu seinem Enkel springen, Androsch hielt ihn zurück. Eine Schlägerei in Ellis Hinterzimmer konnte er nicht gebrauchen. Das würde nur unnötig die Aufmerksamkeit der Leute auf sich ziehen, das wollte keiner von ihnen. »Macht euch das zu Hause aus, aber nicht hier.« Dies war eine Drohung. Dass der Anselm mit seinem Enkel, dem ihm seine Tochter unehelich nach Hause gebracht hatte, nicht klarkam, wusste er. So wie er über alles in der Gemeinde bestens informiert war. Er hatte seine Leute, die ihm vieles zutrugen. Auch das, dass Kurt manchmal Katzen quälte und ihnen den Schwanz abschnitt. Aber Androsch hielt das alles unter dem Deckel. Schließlich war Kurt der Enkel des Notars, eine wichtige Person im Ort, die fast jeder hier brauchte.

Kurt lachte auf, es war ein dunkles Lachen, das drohend klang. »Da gibt es nichts auszumachen. Ich werde euch nicht verpfeifen. Aber eines sage ich euch: Sollte mir je einer von euch blöd kommen, dann gilt das nicht mehr. Dann weiß ich ganz genau, zu wem ich gehen muss.« Er grinste und sah sie der Reihe nach an. »Das gilt für alle.« Langsam und mit gelassenem Schritt verließ er den Raum. Er war sich der Wirkung seiner Worte durchaus bewusst.

Elli starrte ihm mit giftigem Blick hinterdrein. Ihre Tochter hatte neulich so eine Andeutung gemacht, dass ein Junge aus dem Dorf sie ärgerte. Sie wollte nicht damit herausrücken, wer das war. War das dieser missratene Bankert von Anselms Tochter? Und ausgerechnet der hatte sie nun allesamt belauscht. Das war kein Guter, das sah Elli mit einem Blick. Sie stand seit Jahren hinter der Theke und hatte ein Augenmaß für Menschen. So vieles hatte sie schon gesehen und noch mehr gehört, wenn ihnen der Alkohol die Zunge löste. Und dass mit dem Enkel vom Anselm nicht gut Kirschen essen war, das sah sie dem Kerl an. Das war nicht nur die Pubertät. Bei dem war mehr im Argen, das fühlte sie. Das Beste wäre für sie alle, er würde, sobald er volljährig wurde, irgendwie aus Rehheim verschwinden. Am besten dahin, wo der Pfeffer wuchs.

Nur schwer löste sich Elli aus ihren Erinnerungen. Das waren noch Zeiten gewesen! Daran konnte sie später nie mehr anknüpfen. Gut, es respektierten sie alle im Ort, da gab es keinen Grund zur Klage. Aber mit der späteren Eingemeindung Rehheims zur Verbundgemeinde hatten plötzlich andere Leute das Sagen, Anzugträger mit weißen Hemden und Krawatten, die im VW Golf durch die Gegend fuhren. Spaß wollten die Herren haben, Spaß! Als ob es so etwas schon mal gegeben hätte. Mit ihren eigenen Händen hatten sie alle mitangepackt und sich nach getaner Arbeit ein Glas Wein gegönnt oder so wie sie sich selbst eine gute Zigarre. Diese neuen Leute hatten eigene Regeln, die alten funktionierten nicht mehr. Sie respektierten die Alten nicht, kümmerten sich einfach nicht um sie. Und mit den neuen Regeln kamen auch neue Seilschaften, die schanzten sich untereinander alles zu, was es zu verteilen gab. Den Altvorderen blieb nur, dichtzuhalten und das, was sie bereits erworben hatten, zusammenzuhalten. Da waren sie sich einig gewesen. Was hätten sie auch sonst tun sollen.

Doch es gab noch etwas für sie zu erledigen. Elli nahm einen letzten Zug von ihrer Zigarre. Sie spürte, dass ihr nicht mehr viel Zeit dafür blieb.

Elli öffnete die Augen wie nach einem langen schweren Schlaf. Sie war unwillkürlich zusammengesackt und saß nun mit krummen Rücken auf dem Holzstuhl. Sie fasste sich mit der Hand ins Kreuz und ächzte. Die Schmerzen wurden immer schlimmer. Der Tumor, der kleine Giftkerl, wie sie ihn nannte, saß inoperabel direkt an der Wirbelsäule. Bald würde sie das Morphium, das ihr die Hausärztin so penetrant anbot, nicht mehr ausschlagen können. Dann wäre sie nicht mehr die Herrin ihrer Sinne und dass wäre der Anfang von ihrem Ende. Morphium bekam man, wenn ohnehin nichts mehr kaputtgehen konnte. Da ließ Elli sich nichts vormachen. Sie hatte schließlich nur einen kaputten Rücken, aber im Kopf, da war sie noch fit, da war sie kein bisschen blöde.

Elli spürte, dass sie nicht mehr lange Zeit hatte. Nun, da sie alt war und an der Schwelle zur Himmelspforte stand, sah sie vieles anders als früher, in ihrer Jugend.

Sie hatten damals einen Fehler gemacht, als sie diesen Kurt Laubenholz immer deckten. Es war falsch gewesen. Und womöglich hätte der sie gar nicht verpfiffen, im Grunde genommen war er doch ein feiger Kerl gewesen, wenn sie so über ihn nachdachte. Jetzt war der Grönert tot, ermordet worden. Ein Winzer aus ihrem Ort. Wo sie sich immer sicher gefühlt hatte. Vielleicht wäre alles anders gekommen, wenn sie damals nicht geschwiegen hätte. Sie hatte damals Grönerts Tochter gefunden und nach Hause gebracht. Der Grönert hatte sie mit einem Blick zum Schweigen gebracht. »Kein Wort zu niemanden«, hatte er sie angezischt und vor die Tür geschoben. Und daran hatte sie sich gehalten, all die Jahre über. Sie würde zu seiner Beerdigung gehen, das gehörte sich so.

Elli nahm die Zigarre, kappte die Spitze und setzte den Genussstengel in Brand. Ihren Mann hatte der Geruch gestört, aber das war ihr egal gewesen. Die Heirat mit ihr und die widerwillige Zeugung der Tochter hatten ihn vor dem gesellschaftlichen Ausschluss bewahrt. Ein Kind, das hatte sie vor der Hochzeit zur Bedingung gemacht. Außerdem sollte er sich diskret verhalten, wenn er zur Befriedigung seiner Triebe nach Frankfurt in die Kaiserstraße fuhr. Denn da gab es zwischen all den Frauenkörpern auch Männerkörper, die sich kaufen ließen.

Und Elli selbst? Sie brauchte das nicht, dieses Schwitzen und Stöhnen war ihr zuwider. Aber eine Ehe und ein Kind, das gehörte dazu zum Leben, das gab dem Ganzen einen Rahmen. Wenn sie in Rehheim dazugehören wollte, dann hatte sie gefälligst normal zu sein. Und dieses Normal war in Rehheim eindeutig definiert. Auf jeden Fall beinhaltete es eine Ehe und Kinder, nach

Möglichkeit zwei, zur Not auch eines. Elli schien eine bürgerliche Existenz erstrebenswert zu sein. Im Nachkriegsdeutschland war ein anderes Leben noch nicht mal vorstellbar. Es leben zu wollen wäre sehr schwer möglich gewesen. Wer ständig gegen den Strom schwimmt, reißt sich die Haut dabei auf.

»Bring mir jetzt den Kirsch, Susan!« Elli konnte sich darauf verlassen, in der Küche gehört zu werden. Denn alles, was im Hinterzimmer gesagt wurde, konnte man in der Küche hören. Die Anlage hatte sie damals einbauen lassen, und sie funktionierte immer noch. Der Bürgermeister hatte doch tatsächlich geglaubt, wenn er sie hin und wieder hinausschickte, würde sie nicht alles mitbekommen. Was für ein dämlicher Hund der doch war. Norbert trug aus der Küche nichts nach außen, aus Dankbarkeit für Elli, die ihm eine bürgerliche Existenz sicherstellte.

Susan kam mit dem Kirschwasser. Sie stellte die Flasche und ein Gläschen auf den Tisch und nahm selbst Platz. »Hast du wieder die Schmerzen?«

Elli sah sie mit glasigen Augen an. »Sie kommen, und früher sind sie wieder gegangen. Jetzt bleiben sie.«

»Willst du nicht endlich die Schmerztherapie machen, die Dr. Baum-Bell dir vorschlägt?«

»Pah!« Ellis Hand wischte über den Tisch, beinahe hätte sie das Glas umgefegt. »Damit ich da oben nicht mehr klar bin? Nein, nein, lass mal. Das hat noch Zeit. Und ich muss noch etwas erledigen.«

Susan goss ihr das Glas voll. Die süße Schwere legte sich als Duft in den Raum. »Was musst du erledigen?«

»Du wirst es schon noch erfahren.«

Mehr war aus ihr nicht herauszubringen.

33

Melanie zog die Nase kraus, als sie die Haustür in der Schwetzingerstadt aufschloss. Es roch muffig nach Sauerkraut. So, als habe jemand das Kraut drei Tage lang weich gekocht. Sie hielt die Luft an und hastete weiter nach oben. Hoffentlich war der penetrante Geruch nicht auch noch in ihre Wohnung gekrochen!

Felix lag nicht auf seinem Bett, auch sonst war er in der gesamten Wohnung nicht zu finden. Melanie ging in die Küche und fand im Kühlschrank noch eine kleine Salami, die sie in Scheiben schnitt. Mit den Silberzwiebeln aus dem angebrochenen Glas, das daneben stand, schmeckte die richtig gut. Der Händler, bei dem sie die kaufte, bezog sie direkt aus dem Elsass. Nachdem sie sich noch ein kleines Glas Wein gegönnt hatte, beschloss sie, schlafen zu gehen. Felix würde schon noch kommen. Lieber Himmel, er wurde demnächst 17, war fast erwachsen. Sie sah keinen Grund, ihm hinterherzuschnüffeln. Bislang konnte sie ihm immer vertrauen und er gab ihr keinerlei Anlass, dies zu ändern.

Als sie auf dem Bett lag und die Schreibtischlampe anknipste, streifte ihr Blick den Kleiderschrank. Moment mal, da fehlte doch was! Sie schnellte mit dem Oberkörper hoch. Da fehlte die Reisetasche! Jetzt war sie ganz sicher. Da oben, in dem freien Raum zwischen Schrank und Decke hatte sie eine Reisetasche und einen Koffer eingepfercht. Und nun lag da nur noch der Koffer. Sie schwang ihre Beine aus dem Bett und rannte in Felix' Zimmer. Dort riss sie die Schranktür auf. Es fehlten einige Teile, von denen sie genau wusste, dass sie sie kürzlich erst hineingelegt hatte. Melanie starrte fassungslos auf den halbleeren Schrank. Sie griff sich an den Magen und taumelte auf das Bett zu. Sie hob die Bettdecke an. Da lag normalerweise der Schlafanzug ihres Sohnes. Auch der war weg. Mit einem flauen Gefühl im Magen setzte sie sich auf das Bett. Sie sah sich um: elf Quadratmeter Jungenwelt. Vollgestopfte Regale, neben dem Bett noch immer ein Stofftier. Sie nahm den kleinen Hasen hoch und drückte ihn zärtlich. Ohne den konnte Felix früher nie einschlafen. Es war ein Drama gewesen, wenn er bei seinen Großeltern in Rehheim übernachtete und den Hasen nicht dabei hatte. Einmal war sie zur Straßenbahn geradelt, hatte dem Fahrer den Hasen mitgegeben und Susanne holte das Kuscheltier in Schriesheim an der Haltestelle ab, wo sie dem Fahrer eine Flasche Wein in die Hand drückte. Melanie zerzauste gedankenverloren das Fell des Hasen, das in all den Jahren ziemlich gelitten hatte. Dann stand sie auf und ging in die Küche.

Mit zittrigen Fingern drückte sie die ›2‹ auf ihrem Handy. Normalerweise müsste Felix nun drangehen. Nach mehrmaligem Tuten kam die Ansage vom Band: ›Der Teilnehmer ist im Moment nicht erreichbar. Sie können eine Nachricht auf der Mobilbox hinterlassen.‹

Melanie sank in sich zusammen. Was hatte das zu bedeuten? Weshalb fehlten Felix' Kleider und die Reisetasche? Warum um alles in der Welt ging er nicht an sein Telefon? War ihm etwas zugestoßen? Aber wäre er dann mit gepackten Sachen verschwunden? War er untergetaucht? Aber wieso? Melanie fuhr mit beiden Händen durch ihre Haare, packte sie im Nacken zusammen und verknotete sie. Warum wollte Klöppner Felix nochmals befragen lassen? Felix konnte doch unmöglich etwas mit dem Mord an Manfred Grönert zu tun haben! Er stand doch in keinerlei Bezug zu dem Toten! Was sollte er für ein Motiv haben? Melanie zermarterte sich den Kopf, aber ihr fielen keinerlei Berührungspunkte zwischen ihrem Sohn und dem Mordopfer ein. Der war auch so viel älter als Felix, gehörte der Generation seiner Großeltern an. Was hätte da sein können? Felix war am Wochenende oft bei seinen Großeltern, verdiente sich ein paar Euro durch Arbeit im Wingert. Hatte der Grönert ihn dabei getroffen? Aber was sollte da vorgefallen sein, dass man den Grönert dafür umbringt? Melanie lachte hysterisch auf. Saß sie jetzt wirklich da und überlegte, ob ihr Sohn, Felix Härter, jemanden getötet hatte? Das konnte doch nicht wahr sein. Sie erhob sich und öffnete das Fenster. Auch Margret über ihr hatte ihr Fenster offen und hörte mal wieder laute Musik. Dies Mal führte sie sich ›Ich kenne nichts, das so schön ist wie du‹ von Xavier Naidoo zu Gemüte. Beinahe hätte Melanie gegrinst, wenn sie nicht vor Sorge um Felix halb verrückt gewesen wäre. Aber der Gedanke, wie Margret jetzt da oben bestimmt vor dem Spiegel stand und den samtweichen Gesang auf sich selbst bezog und in sich aufsog wie ein vor Jahren trocken gelegter Schwamm, war einfach zu komisch. Margret – war Felix vielleicht dort oben? Nein, das konnte sie bestimmt ausschließen. Melanie wählte die Nummer ihrer Eltern.

Ihr Vater nahm das Gespräch entgegen.

»Papa, ist der Felix bei euch?«

»Unter der Woche? Nee, der ist nicht bei uns. Sag mal, hast du mal auf die Uhr geschaut?«

Melanie wusste nicht, wie sie ihren Anruf erklären sollte. Sie druckste herum: »Er wollte heute früher heimkommen und ist noch nicht da.«

»Ach was«, dröhnte die mächtige Stimme Wolfgang Härters aus dem zierlichen Gerät, »der Buu ist doch groß genug, der kommt schon heim. Du und die Lisa, ihr habt euch damals auch nie an eure Zeiten gehalten. Mein Lieber, wenn ich mich daran erinnere …«

Melanie unterbrach den Redeschwall ihres Vaters. »Ist gut, Papa, du hast sicher recht. Er kommt bestimmt bald.«

Doch ihr Vater hatte noch etwas auf dem Herzen. »Die Mama meint, dir war neulich nicht gut?«

»Weil mir ein bisschen schwindelig war? Komm, macht euch doch nicht lächerlich.«

Sie beendete das Gespräch. Ihrer Ansicht nach hatte sie sich nämlich wieder voll im Griff. Dass genau das Gegenteil der Fall sein könnte, zog sie erst gar nicht in Erwägung.

Wo könnte Felix sein? Zu seinen anderen Großeltern hielt Felix überhaupt keinen Kontakt. Die zeigten auch kein Interesse am Filius ihres Sohnes. Sie gaben Melanie die Schuld am Auseinanderbrechen ihrer Beziehung. In ihren Augen stand sie als Zicke da, die ihrem Sohn kleinkarierte Vorhaltungen wegen seines lockeren Lebensstils machten. »Der Erwin sieht eben verdammt gut aus. Aber ein Mann kommt doch immer wieder nach Hause, stell dich nicht so an«, war alles gewesen, was ihre Schwiegermutter in spe damals von sich gegeben hatte. Melanie verzichtete auf weitere Ratschläge und entschwägerte sich sehr schnell von seiner gesamten Familie, auch von seiner Schwester, die sie eigentlich mochte. Aber Patentante von Felix wurde dann ihre eigene Schwester Lisa. Melanie verspürte wenig Lust, irgendeine Brücke, und sei sie noch so schmal, zu Erwin Huber in ihrem Leben aufrechtzuerhalten. Felix war ihr Kind, es war ihre Entscheidung, ihn zu kriegen und mit ihm zu leben. Was brauchte sie da schon einen Huber Erwin dazu? Sie hatte einen krisensicheren Job, gut, sie verdiente nicht so wahnsinnig viel, aber doch so viel, dass sie mit ihrem Kind ihr Auskommen hatte. Auf den Unterhalt Erwins für seinen Sohn bestand sie jedoch. Sie fand, Felix habe ein Anrecht darauf. Die Zahlungen wurden pünktlich an jedem Ersten eines Monats ihrem Konto gutgeschrieben, aber nie war es ein Euro mehr als ihr zustand. Weder an Geburtstagen noch Weihnachten, Erwin hielt sich immer eisern an den zu leistenden Betrag. Seine Eltern bekamen Felix nie zu Gesicht, auch die Schwester zeigte keinerlei Interesse an ihrem Neffen. Also schied es für Melanie völlig aus, dass Felix zu dieser Verwandtschaft gefahren war.

Ob er vielleicht bei einem Klassenkameraden übernachtete? Würde er dafür gleich die Reisetasche packen? Da genügten doch ein T-Shirt, eine Unterhose und eine Zahnbürste. Trotzdem wäre es doch eine Möglichkeit, dass er bei jemandem aus seiner Klasse übernachtete. Irgendwo musste sie eine Liste haben mit den Adressen von der Klasse. Sie war schon länger nicht mehr bei Elternabenden seiner Schule gewesen. Sie vertrat die Meinung, Felix sei nun in einem Alter, wo er seine schulischen Angelegenheiten durchaus allein regeln könne.

In den Tiefen der Schubladen des Wohnzimmerschrankes fand sie einen abgewetzten Ordner aus der fünften Klasse. Damals war sie beim Elternabend gewesen, mit einer gewissen Neugierde auf die anderen Eltern. Die gaben sich aber alle derart reserviert, dass sie fortan auf Einladungen zu gemeinsamen Grillfesten einmal pro Schuljahr liebend gern verzichtete. Es gab auch schon optisch keine Gemeinsamkeiten zwischen ihr und den sorgfältig gekleideten Arzt- und Vorstandsgattinnen, deren Kinder zufällig in dieselbe Schule gingen wie ihr Sohn und die Teile des Gehaltes ihrer Männer beim Shoppen auf den Mannheimer Planken umverteilten. Melanie las die Namen auf der Klassenliste durch. Da war kein einziger Name dabei, den sie mit einer Erwähnung durch Felix verbunden hätte.

34

Die große Sau grunzte bedrohlich. Ihre Augen waren glasig und starr, die Wimpern borstig. Sie leckte genüsslich an meinem großen Zeh, das Grunzen klang nun wohlig. Meine Angst ließ nach, das Vieh war doch ganz gutmütig. Es wollte nur ein wenig an mir lecken, da war nichts schlimm daran. Die Zunge war rau und es kitzelte, ich musste sogar kichern. Das Zuschnappen der mächtigen Hauer traf mich ohne jegliche Vorwarnung. Während ich fassungslos auf das klaffende Loch neben meinen kleinen Zehen schaute, kaute die Sau genießerisch meinen Großzeh. Sie hielt die Augen geschlossen, es schien ihr zu munden.

Panisch riss ich meinen Fuß wieder hoch, den ich entspannt in die Box hatte baumeln lassen. Ich hatte einfach nicht noch länger so verkrampft auf der schmalen Betonmauer sitzen können, mein gesamter Körper tat mir längst weh, am meisten der Steiß. Der Schmerz traf mich nach einer kurzen Pause mit voller Wucht, er schwappte in Wellen durch meinen Körper. Mein Fuß fühlte sich plötzlich an wie das größte Teil an meinem Körper. Blut floss aus der Wunde, nun kamen auch die anderen Schweine aufgeregt grunzend und reckten ihre Schnauzen gierig in die Streu, genau dorthin, wo mein Blut hintropfte, während sie sich gegenseitig zur Seite schubsten. Sie schienen zunehmend aufgeregter zu werden und ich schrie, nun doch endlich. So laut schrie ich, wie ich nur irgend konnte. Wie ich noch nie in meinem ganzen Leben geschrien hatte. Mein Schrei prallte an der Stallmauer ab, wurde zurückgeworfen und landete wieder bei mir. Niemand außer mir selbst und den Schweinen hörte mich. Niemand kam, um mir zu helfen. Eine kräftige Sau kam ganz nah an die Mauer heran. Sie stellte sich auf die Hinterbeine, stützte sich dabei mit ihren Vorderfüßen an der Betonmauer ab. Ihre Augen waren von langen, starren Wimpern umrandet. Wie ausdruckslos starrte sie mich an. Dann schob sie ihre Schnauze nah an meinen Schoß, aus dem warmes Pipi floss.

Schweißgebadet wache ich auf. Mir ist kalt und heiß zugleich. Ich brauche eine Weile um mich zu orientieren, wo ich überhaupt bin. Das Bettlaken ist völlig verwühlt. Mist, so lange hatte ich jetzt schon Ruhe gehabt! Seit vielen Jahren schonte mich dieser hässliche Traum, der so lange immer wiedergekehrt war. Ich hatte ihn schon vergessen, hatte gedacht, die Zeit, ihn zu träumen, sei vorbei. Welch ein Irrtum. Ich wanke ins Bad und schütte kaltes Wasser in mein Gesicht. Mein Spiegelbild ist grässlich. Ich muss etwas tun. Es ist endlich die Zeit gekommen, mich zu wehren. Endlich.

35

Klöppner hatte die gesamte Soko einbestellt. Er hatte sich von der Befragung der beiden Herren Wang und von Waschwitz viel versprochen und nichts daraus gewonnen, was seinen Erkenntnisstand vergrößert hätte. Dementsprechend wütend war er jetzt. Außerdem war ihm der adelige Preuße mit seinem pseudodestinguierten Gehabe auf den Geist gegangen. Und die Liste der Telefonanrufe Grönerts, die endlich vorlag, brachte auch nichts Verwertbares. Er ließ seinen Blick schweifen. »Frau Härter, Ihr Sohn hat doch den Toten gefunden.«

Melanie versteifte sich. Was wollte ihr Chef damit sagen?

»Der Bub muss doch irgendetwas gesehen haben.«

»Aber er hat nichts gesehen. Ich war doch auch in der Nähe, ich habe auch nichts gesehen.«

»Aber vielleicht hat Ihr Sohn doch was gesehen. Ich würde ihn gern nochmals persönlich befragen. Können Sie ihn herbitten? Ich habe Ihnen das doch schon gesagt.«

Melanie wurde blass. Fahrig schob sie ihre Haare nach hinten. »Ich weiß nicht, was das soll. Ich bin eigentlich nicht dafür.«

»Frau Härter, ich bestelle Ihren Sohn zur Zeugenaussage ein. Da geht es nicht darum, ob Sie dafür sind oder nicht. Haben Sie ein Problem damit?«

»Felix ist nicht da.«

»Das sehe ich auch, dass er nicht mit uns am Tisch sitzt. Deshalb schlage ich vor, dass Sie ihm mitteilen, dass er zu mir kommen soll.«

»Das geht nicht.«

Klöppners Narbe über seinem linken Auge färbte sich leicht rot. Alarmstufe. »Wie darf ich das verstehen, das geht nicht?«

Melanie sprach ganz leise, sodass Klöppner sich sehr anstrengen musste, um sie überhaupt hören zu können. »Felix ist weg. Und ich weiß nicht, wo er ist.«

Die Farbe der Narbe wechselte in Dunkelrot. Alarmstufe hoch. »Ihr Sohn ist also untergetaucht.« Er schnaubte.

Melanie sah ihn verblüfft an. »Untergetaucht?«

»Umso dringender muss ich ihn sprechen.«

Sie sprang auf und warf dabei ihren Stuhl um. »Wollen Sie damit sagen, Sie denken, Felix hätte irgendetwas mit Grönerts Tod zu tun?«

»Was ich denke, spielt hier nicht die große Rolle. Die Fakten sagen uns doch schon eine Menge, finden Sie nicht? Und im Übrigen: Meine Frau weiß stets, wo unsere Kinder sich aufhalten!«

Das saß. Melanie kamen die Tränen.

Klöppner setzte noch eines drauf. »Halbwüchsige Jungen brauchen einen Vater, jemanden, mit dem sie sich identifizieren können. Innerhalb von 24 Stunden will ich Ihren Sohn sprechen. Sorgen Sie dafür, dass er zu mir kommt. Oder ich schreibe ihn zur Fahndung aus.«

Melanie öffnete den Mund. Jörg packte sie, schob sie auf den Flur und von dort in ihr Zimmer.

»Ist der völlig durchgeknallt?« Sie war außer sich vor Wut.

»Du hast mir gar nichts gesagt davon, dass Felix weg ist. Wo könnte er denn sein?«

»Fängst du jetzt auch noch damit an, dass er untergetaucht ist?«

»Melanie, um Himmels willen! Ich mache mir Sorgen um dich, das ist alles.« Er legte seinen Arm um sie. »Ich kann mir gut vorstellen, wie es dir geht.«

Melanie zitterte am ganzen Körper. Vor versammelter Kollegenmannschaft fühlte sie sich bloßgestellt, ihre Fähigkeiten als Mutter ins Lächerliche gezogen. Klöppner hatte gut reden, mit seiner Frau, die ihm den Rücken freihielt, wie es immer so schön hieß. Nun schlich sich auch Ärger auf ihren Sohn mit ein. Was bildete sich Felix eigentlich ein, einfach abzuhauen und sie so völlig im Ungewissen über seinen Verbleib zu lassen? Hoffentlich war ihm nichts passiert. Sie bohrte die Fingernägel ins Fleisch ihrer Handballen, bis sie einen starken Schmerz verspürte. Sie merkte, dass sie hyperventilierte und löste sich von Jörg, ging zum Fenster und öffnete es weit. Unten brauste der Verkehr. Die Menschen sausten mit einem bestimmten Ziel irgendwo hin. Im Moment kam es ihr so vor, als habe jeder außer ihr ein Ziel vor Augen und wüsste genau, was er als Nächstes zu tun hatte. Nur sie selbst wusste das nicht. Sie fühlte sich elendig einsam.

Jörg stand schweigend da und beobachtete sie.

Nachdem es Melanie gelungen war, ihre Atmung wieder unter Kontrolle zu bekommen, versuchte sie nachzudenken. Wo in aller Welt konnte Felix sein? Und warum, verdammt noch mal, war er verschwunden? Sie griff sich mit beiden Händen ins Haar, wurstelte sie im Nacken zusammen, hangelte sich mit einer Hand einen Gummi aus ihrer Schreibtischschublade und bändigte die Mähne damit. Sie legte ihre Hände in den Nacken, bog die Ellenbogen nach außen und drückte ihr Kreuz durch. Seit 16 Jahren war sie mittlerweile verantwortlich für ihren Sohn, hatte Glück erlebt, Sorgen und war zwischendurch von Mutlosigkeit überfallen worden. Die ganz normalen Gefühlswelten, die alle Eltern durchlebten, die ihr Kind auf dem Weg zum Erwachsenwerden begleiteten. Was war bloß in ihn gefahren, in letzter Zeit? War da noch mehr, außer dass bei ihm die Hormone verrückt spielten? Hatte sie ihn viel zu sehr an der langen Leine gelassen, wie ihr die Großeltern des Öfteren sagten? Die ganze Zeit über hatte sie nichts gesagt. Nun schaute sie zu Jörg, als würde sie ihn eben erst wahrnehmen. »Natürlich mache ich mir Sorgen. Ich habe keine Ahnung, wo er sein könnte. An sein Handy geht er nicht. Aber wenn ihm etwas passiert wäre, dann hätte er wohl nicht vorher gepackt. Er ist mit einer Reisetasche verschwunden.«

Jörg setzte sich ihr gegenüber.

»Es ist die Höhe, dass Klöppner nun so tut, als hätte Felix etwas mit dem Tod von Grönert zu tun.« Ihre Stimme bebte. Sie schob ihren Schreibtischstuhl zurück und versetzte dem Papierkorb ihres Büros einen heftigen Tritt. Sein Inhalt verteilte sich im gesamten Raum.

»Was bildet sich dieser Kerl eigentlich ein? Seine Frau geht nicht arbeiten und betütelt den ganzen Tag die beiden Sprösslinge von vorn bis hinten. Und egal, zu welcher Uhrzeit Herr Erich Klöppner seinen Dienst beendet: Zu Hause erwartet ihn eine extra für ihn zubereitete warme Mahlzeit. Der ist doch richtig lebensfremd! Soll er doch selbst leben, wie er will, aber er soll bitte sehr mich mit seinen Vorstellungen von Familie aus den sechziger Jahren in Ruhe lassen!« Sie ballte die Fäuste, bis die Knöchel weiß hervortraten. Seiner Meinung nach hätte sie womöglich dulden sollen, dass der Huber Erwin sie ausdauernd mit anderen Frauen betrog und nach außen hin aller Welt das ideale Bild einer intakten Kleinfamilie vorspielen. Aber für wen hätte sie das spielen sollen? Für all die anderen, die ebenfalls nach außen hin ein Schauspiel boten? Ha! Am liebsten wäre Melanie in Klöppners Büro gegangen und hätte ihm die Augen geöffnet, darüber, wie es aussah, das normale Leben, mit dem sie bei ihren Einsätzen konfrontiert war, und vor dem er sich, und das hätte sie ihm nun wirklich gern entgegengeschrien, hinter der sicheren Bastion seines Schreibtisches verschanzte. Aber hinter der Wut tönte eine kleine zarte Stimme der Vernunft, die sie davor zurückhielt, es zu tun.

Jörg saß schweigend da. Er wusste nicht, was er sagen sollte oder wie er sie hätte beruhigen können.

Melanie fingerte nach ihrem Mobiltelefon. Kein Anruf in Abwesenheit, keine SMS, keine Nachricht auf der Mailbox. »Kleine Kinder, kleine Sorgen – große Kinder, große Sorgen, ich dachte immer, das sei ein dämlicher Küchenspruch.«

»Melanie, wenn ich irgendwas tun kann, lass es mich wissen. Hast du schon seine Freunde abtelefoniert?«

Melanie nickte. »Nichts, keiner weiß etwas.« Sie stöhnte. »Für die Schule muss ich mir allmählich was einfallen lassen. Ich habe ihn bei der Schulleitung wegen Grippe entschuldigt. Wenn er nicht bald auftaucht, wollen die ein ärztliches Attest.«

»Willst du ihn vermisst melden?«

»Um Himmels willen.« Sie winkte ab. »In letzter Zeit ist er schwer zugänglich. Ich hoffe, er wollte nur ein paar Tage allein sein und kommt dann wieder.«

Nachts sprang sie das schlechte Gewissen an wie ein lauernder Schatten. Hatte sie sich in letzter Zeit nicht viel zu wenig um ihn gekümmert? Es war so bequem, sich beschwichtigend vorzureden, Felix sei nun schon groß und brauche sie nicht mehr, er würde sowieso bald seinen eigenen Weg gehen. Und was sie bislang versäumt hätte, könne sie nun ohnehin nicht mehr wahrnehmen. Ihr Job war anstrengend – aber war das eine Ausrede, die gemeinsame Zeit mit ihrem Sohn zu vernachlässigen? Andererseits – war es nicht gerade Felix, der von ihr in Ruhe gelassen werden wollte? Der maulte, wenn sie etwas mit ihm unternehmen wollte? War das nur vordergründig und wollte er eigentlich doch mehr Aufmerksamkeit von ihr? Aber doch nicht mit 16! Was war richtig, was war falsch? Sie hatte sich damals für ihn entschieden, für ein gemeinsames Leben mit ihrem Kind, auch ohne seinen Vater. Es war doch erheblich anstrengender gewesen, als sie sich das so vorgestellt hatte. Es tat ihr richtig gut, nun mit ihren Mutterpflichten kürzertreten zu können. Verdammt noch mal, wo war Felix? War er wegen irgendetwas sauer auf sie? Sie quälte sich ins Bad, nahm zwei Aspirin aus dem Schränkchen hinter der Tür und löste sie im Zahnputzbecher auf. Die selbst gestellte Frage nach ihrem Versagen als Mutter lastete zentnerschwer auf ihren Schultern.

Wenn sie nur irgendetwas tun könnte! Aber sie hatte keine Ahnung, wo sie nach Felix suchen oder wo er sein könnte. Sie schluckte hart. Vielleicht war ihm etwas passiert? Womöglich hatte ihn ein Perverser irgendwie überredet, zu ihm zu kommen und hielt ihn nun gefangen? Tränen sprangen ihr plötzlich aus den Augen. Felix war ihr Kind, sie hatte ihn ausgetragen und geboren. Wenn dem nun einer irgendetwas antun würde! Ihre Hände suchten nach etwas, das sie zerstören könnten. Sie fanden auf dem Nachttisch einen Bleistift, der sich willig entzweibrechen ließ. Das Holz splitterte und ein hauchfeiner Spreißel bohrte sich in die Innenfläche ihrer Hand.

Jörg war nochmals zu den Containern gefahren, in denen die polnischen Erntehelfer wohnten. Er wollte diesen Krysztof befragen, was er denn von Grönert gewollt hatte, als er bei ihm war. Ob er ihm kleinere Reparaturen am Haus ausführte. Oder war hier ein Motiv für den Mord an Grönert zu finden? Wie dem auch war, er wollte gern aus dem Mund von Krysztof hören, was er dort zu tun hatte.

Doch die Anlage war verwaist, als er dort ankam. Keine Wäsche mehr auf den zwischen den Containern gespannten Leinen, keine Campingstühle und Holzkohlegrills mehr davor. Alle Fenster und Türen waren geschlossen.

36

Susanne Härter deckte fahrig den Tisch. Sie machte sich Sorgen um ihre älteste Tochter. Vielleicht hatte sie damals doch einen Fehler gemacht und sie hätte darauf pochen sollen, dass der Psychologe nicht so leicht aufgab. Oder war es sie selbst gewesen, die zu schnell aufgegeben hatte? Hätte sie ihr Kind drängender befragen sollen? Sie hatte damals Angst gehabt, Melanie könne sich ganz in sich zurückziehen und überhaupt nicht mehr mit ihr sprechen. Sie hatte von einem Fall gelesen, in dem ein Kind drei Jahre lang gar nicht mehr sprach, kein einziges Wort. Das schien ihr so entsetzlich zu sein, dass sie schließlich nachgegeben und Melanie in Ruhe gelassen hatte. ›Die Zeit heilt alle Wunden‹ war offenbar nur ein dummer Spruch und nichts weiter. Sie würde mit ihrem Mann darüber reden, wie sie Melanie helfen konnten. Sie machte die Tür zum Flur auf und rief nach Wolfgang und Lisa. »Essen ist fertig.«

Wolfgang kam als Erster und setzte sich an den Tisch. Seine Frau legte ihm einen Knödel und eine Scheibe Braten darauf. »Kommt Lisa auch runter?«

»Ich glaube schon. Die ist in ihrem Büro und hat dich bestimmt rufen hören.«

Nach wenigen Minuten kam Lisa. Sie war kreidebleich und hielt ein Schreiben umklammert.

Susanne erschrak. Was war denn jetzt auch noch mit Lisa? Reichte es denn nicht, dass Melanie Probleme hatte?

Lisa setzte sich und schob ihrem Vater ein Papier hin. Der begann zu lesen.

Wolfgang Härter schob seinen Stuhl zurück und sprang so heftig auf, dass der Stuhl umfiel. »Allmächtiger!«, rief er.

Lisa purzelten dicke Tränen über die Wangen.

Susanne schaute zwischen den beiden hin und her. »Was ist denn? Sagt mir vielleicht einer, was los ist?«

Wolfgang fand als Erster die Sprache wieder. »An unsere Reben hat jemand Frostschutzmittel gekippt.«

»Was?« Susanne begriff nicht gleich.

»Jemand hat giftiges Zeug auf unserem Wingert verteilt. Lisa hat ein paar Blätter, die merkwürdig aussahen, ins Labor gebracht.« Er wedelte mit dem Schrieb herum. »Und hier ist das Ergebnis. In den Blättern fanden sich Spuren von Frostschutzmittel.«

»Und der Eiswein?« Susanne überfiel eine Ahnung.

»Ich muss die gesamten Trauben vernichten.« Lisa starrte leer vor sich hin. »›Lisas Frostiger‹ ist gestorben.«

»Ja und die Cuveé? Die ist doch auch gepanscht! Womöglich war das derselbe!« Wolfgang war der Appetit vergangen.

»Ich erstatte eine Anzeige. Womöglich besteht ein Zusammenhang? Irgendwas, was wir nicht wissen.« Lisa schob ebenfalls ihren Teller von sich weg.

Ihre Mutter setzte sich neben sie. »Lisa, wir schaffen das gemeinsam. Irgendwie.« Sie nahm Lisas Hand.

37

Unvermittelt war es wieder da. Ganz ohne Vorwarnung erreichte es sie, rollte mit Wucht über sie herein und schlug über ihr zusammen. Die dampfige Schwüle, die Hitze, der penetrante Pissegestank. Die Angst. Sie spürte die Angst an ihr hochkriechen, erst die Beine, über das Becken, den Bauch, schon hatte die Angst die Brust erreicht, lag wie ein Stein auf ihrer Lunge. Das Atmen fiel ihr schwer, ihre Bronchien zogen sich zusammen. Sie fiel auf den Boden, zog ihre Beine an und krümmte den Rücken wie ein kleines Kind. Kalter Schweiß stand auf ihrer Stirn, glänzte wie Mondperlen. Sie keuchte und würgte und spie grünen Schleim aus. Das Grunzen! Dieses schreckliche, immer lauter werdende Geräusch drang wie von außen in ihr Ohr, obwohl es aus der Dunkelkammer ihres Inneren kam. Tief unten vergraben, mit sieben Schlössern davor. Nun waren die Schlösser aufgebrochen, das Finstere lag bloß. Diese Angst, Todesangst. Sie hatte es für immer vergessen wollen, wollte nie darüber reden, nie mehr daran denken. Doch plötzlich fühlte sie etwas Neues, das schnell wuchs und an Größe und Stärke gewann. Sie hatte keine Angst mehr vor ihm, sondern sie hasste ihn. Es war ein unsagbar tolles Gefühl. Endlich hasste sie ihn mit tödlicher Wucht. Seine Warnung hatte seinen Schrecken verloren. Sie konnte sich jetzt wehren, sie saß nicht mehr auf der dünnen Mauer zwischen zwei Buchten, unter ihr hungrige Schweine, die versuchten, an ihre Füße dranzukommen. Und sie war bewaffnet.

Sie musste lediglich eine günstige Gelegenheit abwarten, um es ihm heimzuzahlen. Er sollte fühlen, wie es war, Angst zu haben. Todesangst. Sie entspannte sich allmählich, ihr Atem floss wieder ruhig. Sie würde ihn kriegen. Ganz bestimmt. Sie wollte sein Winseln hören und sich daran ergötzen. Um sein Leben flehen sollte der Arsch. Sie würde ihn ganz schön lange winseln lassen.

38

Ihre Waffe lag neben ihr auf dem Beifahrersitz. Sie lenkte den Wagen auf die ungeteerte Straße. Es war einfach gewesen, ihn dazu zu überreden, auf den verlassenen Hof zu kommen. Wie berechenbar manche Männer doch waren! Man spielte ein bisschen mit ihrer Männlichkeit, suggerierte ihnen, wie großartig man sie fand und schon konnte man sie dahin bringen, wo man sie haben wollte. Ein Telefonat mit ihm hatte genügt, um ein Treffen mit ihm auf dem alten Hof zu vereinbaren. Er hatte sein Kommen zugesagt und sie war sicher, er würde sich daran halten. An ihrem Hosenbund hingen einige Kabelbinder. Sie hatte vor, ihn zu fesseln, mit der Waffe zu bedrohen und um sein Leben winseln zu lassen. Im Dreck sollte er vor ihr liegen und endlich selbst mal fühlen, wie es war, Todesangst zu haben. Staub sollte er fressen.

Sie ließ den Wagen ausrollen und sah sich aufmerksam um. Kein zweites Auto auf dem Hof. Gut so, sie war also vor ihm da. Sie nahm ihre Waffe an sich, stieg aus und bewegte sich auf das Haupthaus zu. Eine Katze schlich vorbei. Als sie zwischen zwei Bäumen hindurch ging, riss es ihr ohne Vorwarnung die Beine weg. Sie landete bäuchlings auf dem Boden, verlor im Fallen ihre Waffe. Kurt Laubenholz hatte sein Auto hinter dem Schuppen versteckt und das dünne Seil in Ruhe gespannt. Weiber waren die Pest, erst die durchgeknallte Kuh von dem Grönert, und nun diese Schickse. Aber er würde sie alle fertigmachen. Er kickte mit dem Fuß die Waffe außerhalb ihrer Reichweite. »Nun schau mal einer an. Wen haben wir denn da?«, er beugte sich über sie, ein Seil in den Händen. Er bog ihre Arme brutal nach hinten, dass es in ihren Schultern knackte, fesselte sie und riss sie dann hoch. »Mit Schweinen kann ich heute leider nicht dienen, die sind lange weg. Also machen wir beide es uns allein gemütlich in dem alten Koben. Hast du einen Wein mitgebracht? Die Plörre deiner Schwester vielleicht?« Er packte sie, nahm die Waffe an sich und zerrte sie mit sich in Richtung zu dem alten Stall.

39

Jörg konnte Melanie nicht erreichen. An ihr Mobiltelefon ging sie nicht, das war äußerst ungewöhnlich. Er roch mit seiner Bullennase Gefahr. Irgendetwas stimmte nicht mit Melanie. Sie war in Streichers Villa derart komisch gewesen. Er hatte es auf eine Erkrankung geschoben, vielleicht gab es in diesem Jahr die ersten Fälle von Grippeerkrankung verdammt früh? Wieso nicht, hätte ja sein können. Aber nun tippte er ganz und gar nicht mehr darauf. Da war irgendwas vorgefallen. Ob es mit Streicher zu tun hatte? Er dachte nach. Melanie kannte diesen Schauspieler doch bereits von mehreren Begegnungen, da war ihm nichts Besonderes aufgefallen. Sie konnte ihn nicht besonders leiden, so viel stand fest. Aber mehr war da nicht, so viel Jörg auch darüber nachdachte. Dieser Streicher machte es einen auch wahnsinnig schwer, ihn sympathisch zu finden. Er war ein aufgeblasener Gockel, der mit seinem leicht erworbenen Reichtum protzte. Die Medien brauchten immer irgendeinen Star, und der Zufall wollte es, dass Streicher gerade zur richtigen Zeit am richtigen Ort war. Besonderes Können wollte ihm Jörg gewiss nicht unterstellen. Seiner Ansicht nach schauspielerte der Typ mit seinen eineinhalb Gesichtsausdrücken, die er auf Abruf parat hielt, überhaupt nicht. Er latschte einfach nur durchs Bild und gab sich so, wie er war, da gab es nichts zu spielen. Und diese witzigen Dialoge, mit denen er brillierte, die schrieben die Drehbuchautoren, Esprit war ganz sicher nicht Streichers Angelegenheit.

Blieb also nur noch der Verwalter von Streichers Weingut, dieser Kurt Laubenholz. Jörg ging in Gedanken das Gespräch mit Laubenholz nochmals durch. Er mochte den Mann nicht. Streicher war ihm lediglich unsympathisch, aber an Laubenholz war etwas, das ein Gefühl bei Jörg hervorrief, das weit darüber hinausging. Ablehnung, Antipathie. Aber warum? Was war es, was diesen Typen so unangenehm machte? Seine ganze Haltung, die Körpersprache. Der Körper lügt nicht, das hatte Jörg in den Jahren seiner Ermittlerarbeit bei der Polizei gelernt. Dieser Laubenholz schien mit seinem angespannten Körper und seinem lauernden Blick vor irgendetwas auf der Hut zu sein. Was verbarg er? Er hatte nicht weiter nach Jörgs Kollegin gefragt und scheinbar gelassen auf Jörgs Erscheinen reagiert. War es Laubenholz gewesen, auf den Melanie so heftig reagierte? Noch nie in all den Jahren ihrer Zusammenarbeit hatte seine Kollegin eine Befragung abgebrochen, noch dazu derart abrupt. Hatte Laubenholz irgendetwas zu ihr gesagt, was sie so erregt hatte? Aber Streicher war die ganze Zeit über dabei gewesen. Streicher war wie immer der Rad schlagende Pfau gewesen, auch wenn er Angst hatte und Personenschutz forderte. An Streicher war ihm nichts Ungewöhnliches aufgefallen. Vielleicht sollte er zu Streicher fahren und ihn befragen. Vielleicht brachte das irgendetwas, irgendein Bausteinchen, das ihm den Weg zu Melanie wies. Jörg verließ sein Büro.

Auf dem Flur wäre er beinahe in Klöppner hineingerannt. Jörg packte die Gelegenheit beim Schopf. »Ich kann Melanie nicht erreichen! Ich weiß nicht, wo sie steckt und sie geht nicht an ihr Telefon. Wir müssen sie suchen!«

»Zum Donnerwetter noch mal! Das ist wieder einer dieser verfluchten Alleingänge der Kollegin! Marthe hat sie immer gedeckt, denken Sie bloß nicht, dass ich nicht Bescheid darüber gewusst hätte!« Klöppners Adern am Hals traten deutlich hervor, sie zeichneten sich blau unter der Haut ab. »Oft hat sie ihr nachträglich etwas abgezeichnet, was sie ihr eigentlich vorher hätte genehmigen müssen!« Er schnaubte wutentbrannt und trat ganz nahe an Jörg heran. »Aber damit ist jetzt Schluss! Marthe ist weg, und der neue Staatsanwalt nimmt es zum Glück ganz genau!«

Jörg entgleiste ein Grinsen. Wenn Klöppner wüsste, dass Demsch und Melanie beinahe so was wie ein Paar sind, würde er jetzt wohl komplett ausrasten.

Jörgs Gesichtsausraster schien Klöppner noch mehr in Rage zu bringen. »Nach Härter suchen!« Er schrie nun fast und Spucketröpfchen stoben aus seinem Mund. Sie flogen gegen Jörgs Brust und blieben dort haften.

Jörg riss sich zusammen und versuchte krampfhaft, nicht den Kopf zu senken und auf die Speichelpartikel zu starren.

Klöppner bäumte sich auf. »Die geht irgendwo spazieren, und Sie machen sich Sorgen um sie. Das ist lachhaft! Ich vermute eher, die sucht nach ihrem Filius. Sie wird hoffentlich wissen, wo sie den zu suchen hat. Das kommt davon, wenn Söhne vaterlos aufwachsen.« Er schüttelte verständnislos den Kopf, dann fiel ihm noch etwas ein. »Ein Spaziergänger hat bei uns angerufen, sein Hund schlägt an vor einer Hütte auf einem Wingert bei Rehheim. Er hat jedes Mal die größte Mühe, den Hund von der Hütte wegzubringen. Der Mann meint, da könne etwas in der Hütte sein, was der Hund riecht. Er selbst riecht nichts. Aber im Dach der Hütte fehlt eine Latte, und da würden so viele Fliegen herumsurren.« Er zeigte mit dem Zeigefinger auf Jörg. »Da sollte jemand nachsehen, was es mit dieser Hütte auf sich hat!«

»Schicken Sie einen Streifenwagen, ich suche Melanie!« Jörg machte auf dem Absatz kehrt und kümmerte sich nicht weiter um Klöppner. Er schaute nun doch auf seine Brust und entdeckte dort winzige kleine Bläschen. Er eilte zur Toilette, entnahm einen ganzen Packen Papierhandtücher und entfernte die DNA-Spuren seines Chefs, um sie anschließend im Papierkorb zu entsorgen. Doch gleich im Anschluss an die Entsorgung der ungewollten Speichelprobe spurtete er in sein Büro und holte seine Waffe. Auf Klöppners Gelaber gab er nichts. Wer weiß, welche Vorausläufer an Anfällen von Demenz den bereits überfielen. Und wenn der keine Streife losschickte, um Melanie zu suchen, dann suchte er sie eben allein. Wozu war er Bulle? Er würde schon mit allen fertig werden, die seiner Kollegin etwas antun wollten. Denn tief drin hatte er den festsitzenden Verdacht, jemand könne in der Tat etwas Böses mit Melanie vorhaben. Etwas verdammt Böses, das man seinem ärgsten Feind nicht wünscht. Und seine Feindin war Melanie sicher nicht.

Als Jörg die Stadt Ladenburg hinter sich gelassen hatte, traf ihn die Erinnerung wie ein Blitzschlag. Beinahe hätte er das Steuer des hellgrünen Audis verrissen. Nachdem sie neulich gemeinsam in Rehheim gewesen waren, hatte er Melanie abgelenkt und sie hatte sich auf dem Heimweg verfahren. Es war kurz vor dem Ortsschild von Rehheim, eine kleine abzweigende, unscheinbare Straße, die nicht auffiel. Er versuchte sich zu erinnern, ob sie überhaupt geteert war. Die Straße führte nach einem kurzen Stück zu einem Hof, vor dem das Schild ›Zu verkaufen‹ stand. Jörg hatte gelacht, wegen des Schildes. Es wirkte regelrecht pittoresk auf ihn, vor dieser Kulisse der heruntergekommenen Anlage, wie aus einem alten Hitchcock-Film. Wer, der auch nur einigermaßen bei Verstand war, sollte dieses Wrack kaufen wollen? Nie und nimmer hätte man bei diesem Anblick gedacht, dass man sich hier in der Nähe von menschlichen Siedlungen befand. Es war durch die Bäume und Büsche herum ein Weiler für sich. Die Tannen waren riesig und dunkel und passten hervorragend zu dem gespenstischen Szenario aus Haupthaus mit hängendem Dach, den Nebengebäuden mit dem herabblätterndem Putz und den Stallungen, die wirkten, als hinge in ihnen noch der Geruch der Ausscheidungen der Tiere, die darin vor geschätzten Jahrzehnten ihr tristes Leben fristen mussten, als noch niemand auch nur im Ansatz einen Gedanken an artgerechte Tierhaltung verschwendete. Jörg hatte die Hände vors Gesicht geschlagen und sich in einen Lachanfall hineingesteigert, wie er ihn manchmal bekam. Seine schwarzen Haare fielen über seine Finger und vibrierten von der Erschütterung, die sein Körper durchlitt. Meist fand der nur schwer aus so einer infantilen Anwandlung heraus, aber dieses Mal war es anders gewesen. Schlagartig anders.

Melanie hatte beinahe ohne abzubremsen den Rückwärtsgang ins Getriebe gewürgt, was dieses mit einem extrem hässlichen Geräusch quittierte. Während ihres hektischen, abgehackten Wendemanövers hörte Jörg auf mit seiner Lacherei. Er hatte sich mit der linken Hand rechts oben am Griff festgekrallt, das fiel ihm wieder ein. Melanie saß vornüber gebeugt hinter dem Steuer und stierte auf die Straße, die sie fest in ihrem Blick fasste.

»Sag mal, hast du Norman Bates hinter einem der Fenster gesehen oder was ist los mit dir?«

Melanie hatte die Luft eingesogen und sie hörbar wieder ausgestoßen. »Gar nichts ist los mit mir. Wir sind in Eile und ich habe mich verfahren. Das ist alles.«

Danach hatte sie das Radio eingeschaltet und laut aufgedreht. ›Männer und Frauen sind das nackte Grauen‹ sangen ›Die Ärzte‹. Jörg hielt sich die Ohren zu. »Ja, ja, verstehe«, er versuchte, die Musik zu überschreien. »Wir sind von zwei verschiedenen Galaxien. Könntest du trotzdem wieder leiser drehen? Mir läuft gleich das Gehirn aus dem Ohr, Mann!«

Doch anstatt leiser zu machen, hatte Melanie begonnen, lauthals mitzuröhren.

Jörg hatte sich in seinen Sitz vergraben und gehofft, dass die Zeit der Fahrt irgendwie vorüberging, ohne dass er einen nachhaltigen Gehörschaden nahm.

All das ging ihm durch den Kopf, während er die Landstraße zwischen Ladenburg und Rehheim längs fuhr. Das hätte ihm doch gleich auffallen müssen, dass da etwas nicht stimmte! Er schlug mit der Faust aufs Lenkrad, wobei er versehentlich die Hupe betätigte. Der Fahrer im entgegenkommenden Auto hupte zurück. »Arsch!«, zischte Jörg. Wieso nur war er auf Melanies billiges Ablenkmanöver mit dem überlaut aufgedrehten Radio hereingefallen? Irgendwas war da an dem alten Haus, das sie in höchstem Maße erschreckte. Und genau seither war sie so komisch gewesen, wenn er ehrlich war. Er fuhr sich mit der flachen Hand über die Stirn und schob seine Haare zurück. Wieso war er nur zu blöde gewesen, um das zu bemerken! Jetzt war Melanie in Gefahr, er konnte es förmlich riechen. Genau seit sie sich verfuhr und diesen Kurt Laubenholz bei Streicher getroffen hatte, verhielt Melanie sich so eigenartig. Warum hatte sie sich verfahren? Dieser Laubenholz, er war ein Rehheimer. Irgendetwas gefiel Jörg nicht an dem Typen und jetzt fiel ihm auch ein, was das genau war.

Der Typ wirkte verschlagen. Das, war er sagte, passte nicht zu seinem Gesichtsausdruck. Während er sprach, behielt er sein Gegenüber lauernd im Auge und überprüfte genau die Reaktion seiner Worte. Mit seinem Körper sagte er etwas gänzlich anderes als mit den Worten, die aus seinem Mund kamen. ›Mit dem Köper lügt man nicht‹, diese Binsenweisheit aus seiner Ausbildung fiel Jörg ein. Er hatte diese simple Tatsache vernachlässigt. War er im Laufe der Jahre zu routiniert geworden? Übersah er womöglich öfters solche Details, weil er nach Schema F vorging?

Mist, da war schon die Abfahrt zu dem Hof. Sie war so schmal, dass er beinahe daran vorbeigefahren wäre. Jörg riss das Lenkrad herum und bog, ohne zu blinken, ab. Die Fahrerin hinter ihm hupte ihm mehrere Male hinterher und fuchtelte mit ihrem rechten Arm, doch das war ihm jetzt völlig egal.

40

Sie konnten nicht ganz an die Hütte heranfahren. Sie stellten den Streifenwagen am Wegesrand ab und legten die letzten 300 Meter zu Fuß zurück. Wohlweislich hatten sie das Brecheisen aus dem Kofferraum mitgenommen. Wie von ihnen vermutet war die Tür mit einem großen Vorhängeschloss gesichert. Bei dem morschen Holz würde es kein Problem sein, die Tür aufzubekommen. Holger Kutzner setzte das Brecheisen an, sein Kollege Jürgen Hollermann ging einen Schritt zurück, falls das Holz splittern würde. Holger drückte kräftig, half noch mit der Schulter nach und die Tür gab nach. Jürgen trat sie mit kräftigen Tritten ganz ein.

Eine Wolke von Fliegen kam ihnen entgegen. Die beiden Beamten wehrten sie mit ihren Armen wedelnd ab. Holger meinte: »Dass der Hund da angeschlagen hat, ist kein Wunder. Das stinkt ja grässlich. Der Halter von dem Hund muss eine kaputte Nase haben!«

In einer Ecke lag etwas, unter einer Plane verborgen. Vorsichtig, um keine Spuren zu beseitigen, hob Jürgen die Plane an einem Eck an. Die Plane gab einen Kopf frei, an dem blutverkrustete Haare klebten. Holger gab den Kollegen ihren Standort durch. »Wir brauchen die Spurensicherung. Auffinden einer weiblichen Leiche.«

Auf der gegenüberliegenden Seite der Leiche standen im untersten Fach eines aus grobem Holz gezimmerten Regals Kanister. Jürgen besah sie. »Die sollen auch untersucht werden. Die Kollegen sollen die mitnehmen ins Labor.«

Sie gingen nach draußen, um dort zu warten. Ein roter Feuerball gleißte in der Ferne neben den Türmen des Großkraftwerk Mannheims. Die Sonne gab noch mal ihr Bestes.

41

Der Wagen ruckelte auf der holperigen Straße, Jörgs Hände umklammerten fest das Lenkrad. Hoffentlich hatte er mit seiner Bullennase den richtigen Riecher. Denn etwas war faul daran, dass er Melanie nicht erreichte, oberfaul sogar. Das war ihm in all den Jahren nicht passiert, dass er sie überhaupt nicht erreichen konnte, deshalb war das für ihn ein absolut sicheres Indiz, das etwas nicht stimmte. Die Kollegen konnten über Melanie sagen, was sie wollten, für ihn war sie absolut zuverlässig. Und er mochte sie mit all ihren Ecken und Kanten.

Als Jörg den Hof erreichte, sah er auf den ersten Blick, dass hier etwas ganz eindeutig nicht stimmte. Und zwar fehlte das ›Zu verkaufen‹-Schild. Jemand hatte es entfernt. Warum? Wollte er eventuelle Kaufinteressenten davon abhalten, sich hier genauer umzusehen? Dabei hätte man schon eine starke masochistische Ader haben müssen, wenn man seine Kohle in diesen Bau steckte, zumindest für Jörgs Dafürhalten. Er stieg aus und versicherte sich, seine Waffe bei sich zu haben. Er befand sich in einem Zustand höchster Anspannung und scannte mit seinem Blick die gesamte Umgebung ab. Der Hof sah wirklich alles andere als einladend aus. Fehlte nur noch wabernder Nebel, dann ginge das Ganze locker als Kulisse für einen Horrorfilm durch. Seine Freundin würde hier keinen Schritt allein machen. Wieso kam ihm gerade jetzt seine Freundin in den Sinn? Jörg verscheuchte den Gedanken und spannte seine Nerven an.

Er würde sich konzentrieren müssen, denn er war allein hier. Klöppner hatte ihm bestimmt keine Streife hinterhergeschickt. Wenn er das hier versaute, rollte sein eigener Kopf. Falls der dann noch in der Lage wäre zu rollen.

Jörg hielt sich an den Rand der Bäume und näherte sich dem Haupthaus. Die verdreckten Fenster waren dunkel und blind, eines davon völlig in Scherben. Jörg umrundete das Haus und versuchte, durch die Fenster etwas zu erspähen. Doch so sehr er sich auch mühte, vermochte er in dem dunklen Inneren nichts zu erkennen. Als er durch das Fenster mit dem zerbrochenen Glas starrte, ließ ihn ein Geräusch herumschnellen. Seine Hand tastete zu seiner Waffe. Er nahm die Beine auseinander und ging leicht in die Knie.

Ein schwarzer Rabe war von einem der Bäume aufgestoben, hatte sich im Hof abgesetzt und stolzierte nun in einem engen Kreis herum, wobei er mit seinem mächtigen Schnabel auf etwas einhieb. Seine Augen glänzten dunkel. Ein zweiter Rabe kreiste über ihm mit weit ausladenden Schwingen.

Jörg fokussierte seinen Blick und versuchte zu erkennen, worauf das gefiederte Tier seine Aufmerksamkeit verwandte. Er ging näher heran. Es blinkte silbern und rosa. Melanies Schlüsselbund mit dem Strassanhänger, wegen dem er sie immer aufzog.

Sie musste also hier irgendwo sein. Jörg nahm seine Waffe aus dem Gürtelholster. Er sah sich noch einmal genau um. Wo könnte sie sein? Im Haus? Das Haus hatte sicherlich einen Keller. Ein Schauder durchfuhr Jörg. Er wusste, dass Melanie sich nicht gerne in engen, geschlossenen Räumen aufhielt. Und wie sie immer darauf bedacht war, unter irgendeinem Vorwand diese Räume zu verlassen. Wenn dieses Schwein sie nun irgendwo eingesperrt hatte, wo es sehr eng war, dann war es womöglich schon zu spät. Wenn der Melanie womöglich einen Knebel verpasst hatte und sie in Panik hyperventilierte, war sie vielleicht schon erstickt. Eine kalte Wut überfiel Jörg. Vielleicht gab es noch eine Chance für ihn, sie lebend zu finden. Aber wo sollte er anfangen?

Der zweite Rabe landete wenige Meter entfernt. Er pickte ebenfalls auf etwas ein und flog dann damit davon.

Jörg folgte mit den Augen der Spur auf dem Boden. Sie führte zu dem Viehstall.

Er begann zu rennen. Die Tür des Stalls hing in den Angeln, er stieß sie mit einem kräftigen Fußtritt auf. Mit der vorgehaltenen Waffe betrat er den Raum und stieß sich den Kopf an einem Balken. Fluchend fasste er sich an die malträtierte Stirn und versuchte mühsam, im Düsteren etwas zu erkennen. Der Gestank, der in der Luft hing, schlug ihm direkt auf den Magen. Er würgte und tastete sich voran. Es roch nach Fäkalien.

In einer Ecke war Bewegung. Ein Kerl beugte sich über etwas und machte sich daran zu schaffen. Zum Glück hatten sich Jörgs Augen so weit an die schlechte Sicht gewöhnt, dass er den Kerl wahrnehmen konnte. Er hechtete zu ihm hin und hieb ihm mit dem Knauf seiner Waffe auf den Schädel. Der sackte zur Seite und gab den Blick frei auf das, womit er sich beschäftigt hatte. Gefesselt und mit einem Knebel im Mund lag Melanie gekrümmt da. Die Augen geschlossen. Panisch fuhr Jörg mit der Hand an ihren Hals und suchte nach ihrem Puls. Er war schwach wahrnehmbar.

Hatte er kräftig genug zugeschlagen? Womöglich wachte der Kerl bald wieder auf und würde auf ihn losgehen. Jörg hatte keine Zeit, um lange zu überlegen. Gefahr im Verzug, dachte er, als er seine Waffe an dessen linkem Knie ansetzte und abdrückte.

Er steckte die Waffe weg und kniete nieder. Es war ihm egal, dass ihre Jeans von Urin getränkt war und durch die Fasern ein penetranter Geruch kam. Sie lebte. Nur das zählte. Er strich ihr behutsam über den Kopf und hoffte, sie würde ihn erkennen. Mit unendlich zärtlicher Stimme sprach er ihren Namen aus, als er den Knebel löste. Sie öffnete die Augen, wollte etwas sagen. Jörg legte seinen Zeigefinger vor die Lippen. »Später, erzähle mir später alles. Ich bringe dich jetzt hier raus.« Er ging in die Hocke und lud sie auf seine Arme. Wie leicht diese Frau war. Ihr Kopf fiel auf seine Schulter.

Wie Jörg vermutete, war der Kerl nicht lange ohne Bewusstsein. Jammernd griff der nach seinen Knien und starrte Jörg hasserfüllt an. »Sie ist eine Schlampe! Eine verfluchte Schlampe! Und sie lügt! Wie alle Schlampen! Drecksbullenvolk!«

Jörg beachtete ihn nicht und verließ mit Melanie den Stall.

Im Freien setzte er sich mit seiner Last auf den Boden. Er fingerte nach seinem Mobiltelefon, wählte erst die 19222 und dann rief er Klöppner an. »Hier gibt's was einzusammeln.«

Der Rettungswagen war zuerst da, schon nach wenigen Minuten. Sie mussten Jörg beinahe die Finger von Melanie lösen und er bestand darauf mitzufahren.

»Sind Sie ein Angehöriger?«, blaffte der Notarzt.

»Ihr Bruder«, log Jörg und schaute dem Doktor dabei mit seinen braunen Augen blinzelfrei in die Augen, so dass dieser den Blick senkte und »Meinetwegen« brummte und »Wieder so ein Familiendrama«, murmelte, während er die Infusionsnadel in Melanies rechtem Handrücken fixierte.

Im Wartezimmer vor der Notaufnahme informierte Jörg Melanies Eltern und Schwester. Er selbst würde solange dableiben, bis die Ärzte ihm ganz genau sagten, was nun los war mit Melanie. Und wenn ein Seelenklempner ranmüsste, dann würde er persönlich dafür sorgen, dass sie zu dem ging. Auch wenn er sie wieder tragen müsste, so wie eben.

Eine Schwester in grüner Hose und weißem Kittel blieb vor ihm stehen. Naserümpfend musterte sie ihn. »Sie können eigentlich jetzt gehen. Ihre Schwester wird versorgt.« Da fiel ihr noch was ein. »Ihr Krankenkassenkärtchen haben Sie nicht zufällig dabei?«

Jörgs Augen weiteten sich. Melanie wäre ums Haar gestorben und die Frau fragte nach ihrem Plastikkärtchen?

Die Schwester setzte ein freundliches Gesicht auf. »Bringen Sie es mir morgen, ich trage alles nach«, und watschelte in ihren grünen Gummisandalen davon. Über ihrem mächtigen Hinterteil spannte sich der Stoff des Schwesternkittels.

42

Die Tür ging auf und ein schlaksiger junger Kerl kam herein, gefolgt von einem ungefähr 40-jährigen Mann, der auf den ersten Blick eine große Ähnlichkeit mit dem Jungen hatte. Es war aber vor allem die Art zu gehen und den Kopf leicht schräg zu halten, was sie gemeinsam hatten. Jörg starrte auf die beiden.

»Du riechst leicht streng«, sagte Felix zu Jörg.

Der sprang auf: »Wo warst du? Melanie war halb verrückt vor Sorge um dich! Was hast du dir dabei gedacht?« Und zu dem Mann gewandt: »Und wer sind Sie?«

Das ohnehin zerknirschte Gesicht des Mannes wurde noch eine Spur schuldbewusster. »Ist Melanie deshalb in die Lage gekommen?«

Jörg schüttelte den Kopf. »Nein, das hat damit nichts zu tun. Das war unser Fall.«

Felix sah Jörg fragend an. »Was ist mit Mellie?«

»Ich habe sie rechtzeitig gefunden. Sie kommt da durch, glaube ich. Also körperlich. Aber ansonsten wird sie das Ganze irgendwie aufarbeiten müssen.« Er fuhr mit beiden Händen durch seine schwarzen Haare und schüttelte sich. »Mann, Felix, dass du wieder da bist. Wenn jetzt mit dir auch noch was gewesen wäre, ich weiß nicht…« Er stockte und schluckte. Felix war der wichtigste Mann in Melanies Leben. Auch wenn sie ihn nicht immer verstand, wie in letzter Zeit, so wusste Jörg ganz genau, dass dieser Mensch die ihr wichtigste Person war. Da würde dieser Thorsten Demsch nie dran kommen, an diesen ersten Platz in ihrem Leben. Was Jörg mit einer gewissen Genugtuung erfüllte.

Der Mann, der mit Felix gekommen war, öffnete nun seinen Mund. »Ich bin Erwin Huber, Felix' Vater.« Er streckte Jörg die Hand hin, was dieser ignorierte.

»Wir haben die Melanie nicht erreicht, da hat man uns auf der Dienststelle gesagt, dass sie hier ist. Der Felix war ein paar Tage bei mir.«

Jörg schluckte und starrte den Mann, der fast so groß wie er selbst war, an. Unverschämt braun sah der aus, und unverschämt gut.

»Wir waren am Chiemsee.«

»Wir sind gesegelt«, ergänzte Felix stolz.

Jörg ballte seine Fäuste. Da drinnen lag Melanie, übel zugerichtet von einem üblen Verbrecher, und dieser Typ hier erzählte ihm etwas von einem Ausflug.

»Melanie hat sich große Sorgen gemacht.«

Felix verteidigte sich. »Die hätte mich doch nie zu Erwin fahren lassen, wenn ich ihr davon erzählt hätte. Und Segeln, da hätte sie doch gleich wieder herumgeschrien, wie megagefährlich das ist und mir die Unfälle der letzten Jahre heruntergebetet.«

Jörg schloss die Augen. Gab es ein Mantra, um Wut zu unterdrücken? Eine Formel, welche die Wut, die nun von den Zehen her hoch durch den Bauch, zur Brust und von da zum Kopf rollte? Er ging weg von den beiden. Melanie hatte sich solche Sorgen um Felix gemacht, und dieser Exdingsbums da von ihr, diese wandelnde Frauenfalle, wie Melanie mal über ihn gesagt hatte, war zu einer kleinen Spritztour mit Felix unterwegs gewesen? Am liebsten hätte er ihm mit der Faust eine ins Gesicht geschlagen. Jörg sog die Luft tief ein und stieß sie wieder aus. Aber da drinnen lag seine verletzte Kollegin, die an Leib und Seele zutiefst verletzte Melanie, er würde sich zusammenreißen und den beiden Pappnasen jetzt nicht seine Meinung sagen, obwohl er sie ihnen am liebsten mitten ins Gesicht gebrüllt hätte. Aber wegen Melanie würde er sich im Griff haben, das nahm er sich jetzt ganz fest vor, obwohl es ihm verdammt schwerfiel. Er stapfte voller Wut im Bauch und mit geballten Fäusten den Flur entlang und wieder zurück.

Als er die beiden wieder erreichte, öffnete sich eine Tür. Ein Arzt im weißen Kittel kam auf die kleine Gruppe zu. »Wer ist der Bruder von Ihnen?«

»Ich«, sagte Jörg.

»Sie können jetzt zu ihr.«

»Gut, dann nehmen wir den Sohn der Patientin auch gleich mit«, Jörg packte Felix am Arm und schob ihn mit rein.

»Bruder?«, raunzte ihm Felix ins Ohr.

»Halts Maul«, knurrte Jörg mit warnendem Unterton nur für ihn hörbar.

Die weiß vermummte Gestalt auf dem Bett musste Melanie sein. Viel war nicht von ihr zu erkennen. Ein Bein war vergipst, einer der Arme lag mit einem Verband und einer Stütze merkwürdig angewinkelt auf der Bettdecke. Sie hatten ihre üppigen Haare zusammen gebunden. Selbst im Gesicht trug sie Pflaster. Die Augen lagen in verquollenen blauen Höhlen. Neben dem Bett an einem Ständer hing eine Flasche mit einer Infusionslösung, die langsam in die Nadel tropfte, die in Melanies rechten Handrücken steckte. Eine Schwester stand mit einer Kurve in der Hand neben dem Bett.

Felix stand stumm im Zimmer. Jörg packte ihn von hinten an den Armen und schob ihn nah ans Bett.

Die Schwester schaute die beiden an. »Die Patientin ist wach, sie ist auch ansprechbar, aber nur kurz.«

Melanie blinzelte und ihr Blick fiel auf ihren Sohn. Sie hob die Hand.

Jörg schob Felix mit entschlossenem Griff noch näher zu ihr hin.

»Mama, wie siehst du denn aus?« Felix starrte sie entgeistert an, »voll krass!«

Jörg zischte ihm ins Ohr »Spinnst du?« Und zu Melanie gewandt: »Felix geht es gut, ihm ging es die ganze Zeit über gut. Er war bei seinem Vater.«

Melanie versuchte, den Kopf zu heben.

Die Schwester war sofort bei ihr. »Aber bitte sehr, die Herren, die Patientin darf sich auf keinen Fall aufregen. Ich glaube, Sie müssen bald wieder gehen.«

Jörg wollte unbedingt noch etwas Aufmunterndes zu Melanie sagen. Aber ihm fiel nichts ein. So stand er da, steckte seine Daumen in die Schlaufen seiner Hose und schaute auf seine Schuhe. Er würde sich umziehen müssen, ging ihm durch den Kopf. Aber Melanie lebte. Und nur das zählte. Er nickte der Schwester und dem Arzt kurz zu, warf noch einen Blick auf Melanie und verließ das Zimmer.

Dem Mann auf dem Flur schenkte er keinerlei Aufmerksamkeit. Doch der verstellte ihm den Weg. Unverschämt gut sah der schon aus, das musste Jörg sich eingestehen. Blondes Haar, braune Augen, perlweiße Zähne und ein markantes Profil. Klar, eine richtige Klebefalle für einsame Frauen. Die beiden maßen sich mit Blicken.

»Ich wollte die Melanie nicht verletzen, das müssen Sie mir glauben.«

Jörg schüttelte Erwins Hand von seinem Arm ab. »Sie können einfach nicht anders, nicht wahr?« und ging weiter. Als er auf den Parkplatz kam, begann es zu nieseln.

43

Klöppner ersparte sich eine lange Rede, als Jörg vor ihm stand. »Da war noch ein Anruf. Eine alte Frau aus Rehheim hat angerufen. Sie will eine Aussage machen über einen Kurt Laubenholz. Der hat damals die junge Sylvia Grönert vergewaltigt. Sie hatte die verstörte junge Frau gefunden und zu ihren Eltern gebracht. Ist aber wahrscheinlich jetzt eh schon verjährt, oder?«

»Sylvia Grönert, das ist die Tote in der Hütte auf Streichers Weinberg, die die Kollegen gefunden haben. Laubenholz heißt der Verwalter von Streicher. Wieso sagt die Frau erst jetzt aus?«

»Die Geschädigte wollte den auf keinen Fall anzeigen. Damals war das halt noch so, da haben viele Vergewaltigungsopfer die Täter nicht angezeigt. Sie hat sich vermutlich geschämt.«

»Und warum dann jetzt der Anruf der Zeugin?«

»Sie sagt, sie hat nicht mehr lange zu leben. Und sie will nicht mit diesem Wissen ins Grab gehen. Der muss noch mehr Dreck am Stecken haben, aus irgendeinem Grund hat das ganze Dorf den immer gedeckt.«

»Völlig falsch verstandene Solidarität zu Lasten der Opfer.«

44

Klöppner führte selbst die Befragung von Laubenholz durch. Jörg war das ganz recht. Am liebsten hätte er diesem Kurt Laubenholz mit bloßen Händen die Gurgel abgedreht, für die Qualen, die er Melanie bereitet hatte. Es war besser, er hielt sich von ihm fern.

Laubenholz lag in einem der Krankenzimmer der Justizvollzugsanstalt. Er sah übernächtigt aus, hatte wohl nicht allzu viel Schlaf gefunden in seiner Zelle.

Klöppner hatte Silke Bremer mit dabei, sie würde das Gespräch protokollieren.

Klöppner nahm umständlich Platz, dann hob er flink den Blick und fixierte Laubenholz. »Herr Laubenholz, Sie haben die Kriminalbeamtin Melanie Härter in Ihre Gewalt gebracht und gefangen gehalten. Ich möchte von Ihnen wissen, warum Sie das gemacht haben.«

Kurt Laubenholz schwieg.

»Herr Laubenholz. Auf dem Gelände des Weinbergs, den Sie für Herrn Streicher bewirtschaften, wurde eine weibliche Leiche gefunden. Auf der Leiche wurden Fremdspuren gesichert. Ich gehe davon aus, dass eine Auswertung dieser Spuren eine genetische Übereinstimmung mit Ihrer DNA erbringen wird.«

Laubenholz sagte kein Wort.

»Das Opfer ist die Tochter des vor Kurzem ermordeten Manfred Grönert. Auch im Fall Manfred Grönert sind Sie tatverdächtig.«

»Das lasse ich mir nicht anhängen! Das war ich nicht!«

»Aha. Und wer war es Ihrer Meinung nach dann?«

»Ich wollte den Grönert ein bisschen ärgern. Ich habe ihn zufällig hinter dem Weinbrunnen getroffen. Er war gestolpert und gefallen. Irgendwas an ihm hat mich spontan gereizt, ihn zu ärgern. Da lagen Zimmerernägel vom Aufbau der Hütte auf dem Boden und ein großer Stein. Ich habe ihn dann gepackt und an die Holzwand genagelt. Das hat mich so überkommen, das kann ich nicht erklären.«

Klöppner beugte sich vor. »Sie quälen gern andere Menschen?«

Kurt Laubenholz verzog keine Miene. Lediglich seine Augen wurden schmal. »Ich habe den Grönert nicht ermordet.«

»Wer soll es denn dann gewesen sein?«

»Das kann ich Ihnen ganz genau sagen, weil ich es gesehen habe.«

»Das ist doch nur eine Schutzbehauptung! Sie sind dringend tatverdächtig!«

»Getötet habe ich den Grönert nicht.«

Silke Bremer quetschte zwischen den Zähnen hervor: »Sie töten wohl nur Frauen?«

Klöppner warf ihr einen strengen Blick hin. Er konnte es nicht leiden, wenn seine Mitarbeiterin die Befragung störte.

Laubenholz begehrte auf: »Den Mord an Grönert könnt ihr mir wirklich nicht anhängen. Der Streicher wars! Ich habe ihn beobachtet.«

»Sie belasten also Ihren Chef«, stellte Klöppner sachlich fest.

Silke schrieb mit.

»Also, der Grönert war so benommen von dem Sturz, der hat erst gemerkt, was ich mit ihm mache, als er schon angenagelt war. Ich wollte wirklich nur ein bisschen Spaß machen.«

»Megaspaßig, wirklich! Nur Achterbahnfahren ist lustiger«, Silke Bremer schüttelte den Kopf.

»Und als er dann so dastand und merkte, was los war, kam plötzlich der Streicher daher. Keine Ahnung, was der überhaupt auf der Mess gemacht hat. Obwohl, ich habe den schon länger im Verdacht, dass diese Schwuchtel sich irgendwo mit Strichern trifft.« Laubenholz zog eine verächtliche Grimasse.

»Sie waren also nicht einverstanden mit der sexuellen Orientierung Ihres Chefs.«

Klöppners Adern am Hals schwollen an. Wenn seine Mitarbeiterin nicht endlich aufhörte, dazwischenzufunken, würde er draußen ein paar offene Worte mit ihr reden müssen. »Und was passierte dann?«

»Als der Grönert den Streicher sah, lachte er plötzlich. Obwohl das irgendwie gar nicht passte. ›Gell, da schaust du! Ich seh aus wie der Jesus in Oberammergau! Hast du da auch schon mal gespielt, du Schmierenkomödiant‹, hat er zu dem gesagt. Der Streicher hat sich mächtig aufgeregt, was er zu dem Grönert gesagt hat, konnte ich nicht hören, ich war ein Stück weit weg und hielt mich hinter einem Container verborgen, der Streicher konnte mich nicht sehen. Da wurde gerade wieder eine Rakete abgeschossen, von dem Feuerwerk, da konnte ich den Streicher nicht verstehen. Der Grönert hat jedenfalls laut gelacht, auf das, was der ihm gesagt hat. Und plötzlich hat der Streicher ein Messer in der Hand und rammt das dem Grönert rein. Ehrlich, so war das.«

Silke Bremers Hand flog mit dem Kugelschreiber über den Block.

Kurt Laubenholz zeigte auf sein Knie. »Das ist kaputt! Ihr Scheißbulle hat mir mit Absicht das Knie zerschossen!«

Klöppner sah ihn ausdruckslos an. »Tja, Herr Laubenholz. Da steht Aussage gegen Aussage. Und Ihre Aussage gegen die eines meiner fähigsten Männer, der sich noch nie etwas zuschulden kommen ließ, ehrlich, Herr Laubenholz, damit kommen Sie nicht durch. Der Kollege sagt, er habe in Notwehr gehandelt. Sie wären auf ihn losgegangen und bei dem Gerangel löste sich der Schuss aus seiner Waffe. Sobald Frau Härter aussagen kann, wird sie dies mit Sicherheit bestätigen.« Klöppner erhob sich. »Lassen Sie mal. Das war so eindeutig Notwehr, eindeutiger geht es gar nicht.«

45

Zwei Beamte hatten Jonathan W. Streicher in seiner Villa abgeholt. Sie hatten ihn in den Verhörraum bringen lassen. Obwohl er nun der Hauptverdächtige im Mordfall Grönert war, hielt er unbeugsam an seiner arroganten Haltung fest. Er war tadellos angezogen und war offenbar ganz frisch beim Friseur gewesen. Jörg setzte sich ihm gegenüber. Er hatte die Kollegin Silke Bremer zum Protokollieren dabei.

»Herr Streicher, Sie wissen, weshalb ich Sie herbringen ließ?«

»Mit einem Streifenwagen mit Blaulicht. Macht Ihnen das Spaß? Dabei sollten Sie mich eigentlich beschützen, nachdem das mit der Katze war. Das war wohl ein eindeutiges Zeichen!« Empörung lag auf seinem Gesicht.

»Herr Streicher, Sie sind dringend verdächtig, mit dem Tod von Herrn Grönert etwas zu tun zu haben.«

Streicher fuhr mit der flachen Hand durch die Luft. »Was erlauben Sie sich? Ich morde höchstens vor laufenden Kameras. Aber das! Das ist alles nur Theaterblut!« Er reichte ihm seine feingliedrigen Hände mit den langen Fingern unter die Nase. »Glauben Sie im Ernst, diese Hände könnten in der Realität töten?«

»Was ich glaube oder nicht glaube, spielt überhaupt keine Rolle. Sie haben an dem Freitag, als Manfred Grönert getötet wurde, nicht zu Hause ferngesehen.«

»Ich habe ›SOKO Leipzig‹ angeschaut! Ich kann Ihnen sogar die Folge benennen!«

»Herr Streicher, das ist leider kein Alibi. Das stand in jedem Fernsehprogramm. Aber mir liegt eine Aussage vor. Jemand hat beobachtet, wie Sie Grönert, der hilflos an die Wand der Weinhütte genagelt war, ein Messer ins Herz gerammt haben.«

»Aber …«

»Was, aber? Sie waren sicher, dass Sie niemand dabei beobachtet?«

»Wer will das gesehen haben? Wer hat das gesagt? Da will mir jemand was anhängen!«

»Wir machen eine Gegenüberstellung, Herr Streicher. Der Zeuge wird Sie identifizieren.«

»Diese Schlampe! Ich habe ihm schon beim letzten Mal gesagt, dass er kein Geld mehr kriegt! Das ist ein simpler Racheakt gegen mich!«

»Ein Racheakt. Von wem, Herr Streicher?«

»Ich habe nur seine Handynummer. Über die verabreden wir uns.«

»Sie verabreden sich? Mit wem?«

Streicher begann, unruhig auf seinem Stuhl herumzurutschen. »Ich habe diese Handynummer von einem Kollegen, der auch, der ebenfalls …« Er suchte nach den richtigen Worten, die ihm nicht einfallen wollten.

»Der auch männliche Kontakte hat?«

»Ja, verdammt noch mal! Es ist wegen meiner Mutter. Sie lebt hochbetagt in einem Seniorenheim. Sie soll nicht wissen, dass ich …«

»Dass Sie eine andere sexuelle Orientierung haben, als Ihre Frau Mutter vermutet?«

»Sie ist so eine famose Frau. Ich verehre sie über alles. Ich will ihr nicht das Herz brechen. Es ist für sie schon schwierig, dass ich im Fernsehen einen Homosexuellen spiele. Aber da ist es immerhin nur eine Rolle, für die ich bestens bezahlt werde. Damit finanziere ich auch ihr luxuriöses Pflegeheim. Sie soll nur das Beste vom Besten haben.«

»Was hat Grönert zu Ihnen gesagt, was Sie derart verärgert hat?«

Streicher schlug die Augen nieder. Er brauchte eine Weile, bis er ganz leise sagte: »Schmierenkömodiant. So nennt mich niemand. Niemand!«

»Und dann haben Sie das Messer gezückt und es ihm ins Herz gerammt?«

Streicher nickte.

»Herr Streicher, können Sie bitte auf meine Frage antworten?«

»Ich wollte doch nur, dass er ruhig ist.« Er saß mit ungebeugtem Rücken.

46

Dr. Clarissa Haber, die Leiterin der Kriminaltechnik, informierte persönlich den Staatsanwalt. Sie legte ihren Bericht auf seinen Schreibtisch. »Wir haben die Kanister aus der Hütte untersucht, in der die tote Sylvia Grönert aufgefunden worden war. Die Kanister enthalten eine verbotene Substanz, die man Wein zufügt, um ein Aprikosenaroma zu erzeugen.«

»Die gepanschte Cuveé! Die Winzer haben gestern Anzeige erstattet. Jemand hat ihrer Cuveé, die sie gemeinsam einmal im Jahr anlässlich der Mannheimer Mess herstellen, unerlaubte Aromen zugefügt.«

»Na, da sehen Sie mal, dann wäre das auch geklärt. Seltsamerweise fanden sich in einem der Kanister Reste eines Frostschutzmittels, vielleicht löst sich das auch noch auf. Die Fingerspuren sind jedenfalls eindeutig zuzuordnen.« Sie sah aus dem Fenster auf die vorbeifahrenden Autos darunter. Dann drehte sie sich wieder zu Thorsten Demsch um. »Von Kurt Laubenholz wurden

Fingerabdrücke genommen und eine Speichelprobe für eine DNA-Untersuchung. Seine Fingerabdrücke stimmen mit denen auf den Kanistern überein. Und seine DNA, nun ja, das war ein Volltreffer. Melanie, also die Frau Härter, die hat mir vor Kurzem aus der Asservatenkammer eine rote Kindertasche gebracht. Es geht da wohl um einen alten Fall, der ihr immer noch nachhängt. Vor 17 Jahren wurde ein Mädchen ermordet, der Täter nicht gefasst. Und aus einer Laune, oder aus einem Impuls heraus, ich kann es selbst nicht so genau sagen, verglich ich den genetischen Fingerabdruck, den ich aus kleinsten Hautpartikeln auf der Tasche gewonnen hatte, mit dem von diesem Laubenholz.« Sie machte eine Pause, um die Wirkung ihrer Worte zu erhöhen. »Tja, Fakt ist: Die Proben haben eine 97-prozentige Übereinstimmung.«

»Es ist befriedigend, ungelöste Fälle aus den Akten mit Hilfe von fähigen Mitarbeitern zu lösen.«

Die Augen des Staatsanwaltes waren wirklich von einem unglaublich intensiven Blau, da musste Clarissa Melanie Recht geben. Sie hatten, als ihr Melanie die Tasche gebracht hatte, noch einen Kaffee miteinander getrunken und ein wenig geplaudert.

Im Hinausgehen sagte Dr. Clarissa Haber zu Thorsten Demsch: »Bestellen Sie Frau Härter schöne Grüße von mir.« Mit diesen Worten und einem wissenden Lächeln entschwand sie aus seinem Büro.

ENDE

Nachwort

Mein »Rehheim« liegt an der badischen Bergstraße, wo es so malerisch schöne Orte wie Hirschberg und Schriesheim gibt. Eine Weinberg-Wanderung macht wirklich sehr viel Spaß! Ich habe mit großem Genuss eine geführte Wanderung des Weinguts Majer in Schriesheim erlebt.

Die Mannheimer Mess findet zwei Mal jährlich statt, als Mai-Mess und Oktober-Mess. Das große Volksfest ist ein Publikumsmagnet für die gesamte Metropolregion Rhein-Neckar.

Dank gilt der Kommissarin, die alle meine Fragen bezüglich ihrer Arbeit geduldig beantwortet, den Menschen in meinem persönlichen Umfeld, die mich in Freundschaft begleiten, und natürlich meinem Mann und unserer Tochter, die mein Autorinnenleben in all seinen Facetten mittragen. Dank auch an Nachbars Lilli, die mich hin und wieder besucht und mir dabei Einblicke in ihre komplexe Hundeseele gewährt.

Ganz besonders bedanke ich mich beim gesamten Team des Gmeiner-Verlages für die gute Zusammenarbeit bei meinem mittlerweile dritten Buch, vor allem bei dem Verleger Armin Gmeiner und seiner Programmleiterin Claudia Senghaas, die ihre AutorInnen mit großer Herzlichkeit betreut.

Aber vor allem gilt mein Dank Ihnen, verehrte Leser und Leserinnen, ganz herzlich für das Lesen meines Romanes. Möchten Sie mich bei einer Veranstaltung kennen lernen? Termine finden Sie auf www.ClaudiaSchmid.de. Ich freue mich darauf, Sie dort zu treffen!

Zu jedem Weinfest gehört ein Zwiebelkuchen dazu. So bereitet die Mutter von Melanie und Lisa ihn zu:

Während der Hefeteig aufgeht, schneidet Susanne Härter die Zwiebeln in Ringe und dünstet sie in Butter leicht glasig. Den fertigen Hefeteig rollt sie auf einem eingefetteten Backblech aus und bestreicht ihn mit Sauerrahm. Dann verteilt sie die gedünsteten Zwiebeln und in feine Streifen geschnittenen Speck darauf und ab damit in den Backofen! Sobald nach ungefähr einer Viertelstunde ein herzhafter Geruch den Raum erfüllt, ist das Schmankerl fertig.

Zum Zwiebelkuchen wird neuer Wein, der Federweißer, serviert.

Claudia Schmid
Die brennenden Lettern
978-3-8392-1212-7

»Spannend, interessant und unterhaltsam.«
Mannheimer Morgen

Quirin Melchior, ein Heidelberger Lebenskünstler und Fan des Mittelalters, gerät an die geheimnisvolle Ane. Diese Begegnung hat Folgen: Ane bereitet ihn heimlich auf eine Zeitreise vor. Und so landet Quirin mitten in Luthers Disputation an der Heidelberger Universität im Jahre 1518. Er lernt die süddeutschen Reformatoren Paul Fagius und Martin Bucer kennen und wird zu Pauls Beschützer. Der gemeinsame Weg führt sie nach Isny, wo Paul Fagius die erste hebräische Druckerei im deutschen Sprachraum einrichtet. Doch immer ist Zacharias Rugus, sein geheimer und gefährlicher Gegenspieler, in der Nähe …

Wir machen's spannend

Elis Fischer
Die Kunstjägerin
978-3-8392-1454-1

»Ein spannender Roman mit historischem Hintergrund, der den Leser in die Schattenseiten der Kunstwelt eintauchen lässt.«

Theresa führt als Illustratorin und Mutter ein beschauliches Leben in Wien – bis das Erbe eines Gemäldes ihre Welt auf den Kopf stellt. Sie entdeckt auf dessen Rückseite einen unbekannten Namen und beginnt nachzuforschen. Doch diese Neugier bringt sie und ihre Familie in Gefahr. Als der von ihr beauftragte Restaurator ermordet und das geheimnisvolle Bild gestohlen wird, beginnt eine abenteuerliche Jagd, die Theresa bis in die Kunststadt Florenz führt.

Wir machen's spannend

Kerstin Hohlfeld
Winterwünsche
978-3-8392-1455-8

»Ein heiter-besinnlicher Roman über Glück und Geduld, Verrat und Verzeihen und den Sieg der Liebe.«

Ein internationaler Modewettbewerb. Begeistert reicht Schneiderin Rosa Entwürfe für eine märchenhafte Kollektion ein. Das Warten auf die Entscheidung ist quälend, aber nicht langweilig: Rosa darf für eine 80-jährige Adlige ein Hochzeitskleid schneidern. Ihre »beste Feindin« Marlene will plötzlich ihre Freundin sein und ihre verheiratete Freundin Vicki schwärmt für einen Musiker. Ziemlich viele Herausforderungen für die gutherzige Rosa. Für wen oder was lohnt es sich, ihr Herzblut hinzugeben?

Wir machen's spannend

Christine Rath
Wildrosengeheimnisse
978-3-8392-1456-5

»Große Gefühle am Bodensee!«

Maja Winter ist endlich glücklich mit ihrem »Café Butter-
blume« am schönen Bodensee und ihrem Freund Christian. Doch mit der Ruhe ist es vorbei, als eine schöne junge
Frau verschwindet, die zuletzt in ihrem Café gesehen wurde.
Christian verhält sich zunehmend rätselhaft und dann wird
auch noch im Café eingebrochen. Zum Glück gibt es den
sehr attraktiven Kommissar Michael, der die Ermittlungen
übernimmt. Als schließlich Majas alte Liebe Leon wieder
auftaucht, ist das Gefühlschaos endgültig komplett.

Wir machen's spannend

Katrin Rodeit
Mein wirst du sein
978-3-8392-1457-2

»Der erste Fall für die sympathische Privatdetektivin Jule Flemming. Hochspannung aus Ulm!«

Eine Frau ist verschwunden. Die Privatdetektivin Jule Flemming soll sie für einen Freund aufspüren, der unter Tatverdacht steht. Der Fall sieht nach Routine aus, doch dann wird die Frau tot aufgefunden, und weitere Ermittlungen ergeben, dass sie einem Serienkiller zum Opfer gefallen ist. Ehe Jule sich versieht, gerät sie selbst in das Visier des Mörders …

Wir machen's spannend

Unsere Lesermagazine
2 x jährlich das Neueste aus der Gmeiner-Bibliothek

Alle Lesermagazine erhalten Sie in Ihrer Buchhandlung oder unter www.gmeiner-verlag.de.

24 x 35 cm, 32 S., farbig; inkl. Büchermagazin »nicht nur« für Frauen

10 x 18 cm, 16 S., farbig

GmeinerNewsletter
Neues aus der Welt der Gmeiner-Romane

Haben Sie schon unsere GmeinerNewsletter abonniert?

Monatlich erhalten Sie per E-Mail aktuelle Informationen aus der Welt der Krimis, der historischen Romane und der Frauenromane: Buchtipps, Berichte über Autoren und ihre Arbeit, Veranstaltungshinweise, neue Literaturseiten im Internet und interessante Neuigkeiten.

Die Anmeldung zu den GmeinerNewslettern ist ganz einfach. Direkt auf der Homepage des Gmeiner-Verlags (www.gmeiner-verlag.de) finden Sie das entsprechende Anmeldeformular.

Ihre Meinung ist gefragt!
Mitmachen und gewinnen

Wir möchten Ihnen mit unseren Romanen immer beste Unterhaltung bieten. Sie können uns dabei unterstützen, indem Sie uns Ihre Meinung zu den Gmeiner-Romanen sagen! Senden Sie eine E-Mail an gewinnspiel@gmeiner-verlag.de und teilen Sie uns mit, welches Buch Sie gelesen haben und wie es Ihnen gefallen hat. Alle Einsendungen nehmen automatisch am großen Jahresgewinnspiel mit attraktiven Buchpreisen teil.

Wir machen's spannend